Bo Balderson

Der Fall des Staatsministers

Bo Balderson

Der Fall des Staatsministers

Aus dem Schwedischen
von
Dagmar Mißfeldt

Typographische
Werkstatt
& Verlag
Stegemann

Impressum

Titel der schwedischen Originalausgabe:
Statsrådets fall

Published by agreement with Bengt Nordin Agency, Sweden,
and Agentur Literatur, Berlin
Satz: Typographische Werkstatt & Verlag Stegemann
Druck und Bindung:
Clausen & Bosse, Leck
ISBN 3-9808037-4-0

Mitwirkende

Staatssekretär Svante Svanberg	Beamter von geringer Körpergröße und mit scharfer Zunge
Svea Svanberg	seine Frau, blonde Walküre mit Tennisschläger
Justizchef Rydlander	hochgewachsener Beamter mit Schuppen
Frau Rydlander	seine Frau, kleine, propere Dame mit einer Vision
Konsul Karl Karling	eleganter Unternehmenschef mit Haushälterin
Ministerialrat Dååbh	Steuerexperte mit Vorliebe für unsere Vorfahren
Disponent Johan Johansson	rundlicher Klosettfabrikant mit Temperament
Anita Johansson	seine Frau, Assistentin von Staatssekretär Svanberg, junge Dame mit wechselnder Haarfarbe

Der Staatsminister

Seine Frau Margareta

Der Erzähler: Vilhelm Persson, Studienrat

1

Ich erwachte und wußte, daß dieser Tag der Anfang aller Schrecknisse war.

In nur wenigen Stunden würde die vollständige Renovierung meiner Wohnung eingeleitet werden.

Ohne Zweifel war eine Renovierung nötig. Die Tapeten waren zerrissen und Muster und Farbe zur Unkenntlichkeit verblichen. Die Fensterrahmen waren spröde, die Kloschüssel hatte einen Sprung, der Herd war eingebrannt, und in den Ecken sah die Decke aus wie ein Berufsboxer um die Augen, der einen sehr erfolgreichen Abend hinter sich hatte.

Viele Jahre hindurch hatte ich den Vermieter dringend gebeten, seinen Verpflichtungen nachzukommen und die Wohnung in einen menschenwürdigen Zustand zu versetzen. Als einzige Antwort erhielt ich die vierteljährliche Benachrichtigung über die obligatorische Mieterhöhung.

Doch dann, zwei Wochen später, hatte er zugeschlagen.

In einem Rundschreiben forderte er die Hausbewohner auf – wir lebten offensichtlich alle in dem gleichen Elend –, zum angegebenen Datum die Wohnungen den Handwerkern zugänglich zu machen. In Fällen, wo der Wohnungsinhaber nicht persönlich anwesend war, würde man sich des Generalschlüssels bedienen.

Nach einem Augenblick des Triumphs packte mich die Wut. Die Reparaturen sollten selbstverständlich ausgeführt werden, jedoch nicht im September, sondern in der Zeit, wenn ich mich im Stadthotel in Strängnäs oder Mariefred aufhalten konnte, vorschlagsweise in der ersten Julihälfte.

Ich tat in einem barschen Brief dem Vermieter meine Meinung kund. Jetzt antwortete er allerdings in einem persönlichen Schreiben, besaß jedoch die Frechheit, darin allein auf meinen vorherigen Brief, datierend vom 15. August, hinzuweisen, in dem ich verlangt hatte, daß umfassende Maßnahmen gegen die zunehmende Verwahrlosung »jetzt, unverzüglich und ohne Aufschub« durchgeführt werden müßten.

Ich wußte genau, was auf mich zukommen würde.

Tage- und womöglich wochenlang würden die Handwerker zu allen Tages- und Nachtzeiten und mit einem unangenehmen Ausdruck von Besitzrecht auf dem Gesicht Zutritt zu meiner Wohnung fordern. Grobes Papier würde man auf dem Boden ausgelegen, die Möbel würden zu einem Klumpen in die Zimmermitte geschleppt, und ihren Platz nähmen Tapetenrollen, Leitern und schmierige Dosen wechselnden, aber stets übelriechenden Inhalts ein.

Ich müßte Farbe, Terpentin und Kleister einatmen.

Ich wäre gezwungen, sogar den hintersten und verborgensten Winkel den Händen der Eindringlinge zu überlassen.

Ich würde zum Logierbesuch werden, einem ungern gesehenen Gast in den Trümmern meines alten Heims.

Natürlich machte ich am Telefon gegenüber meiner kleinen Schwester Margareta, der Frau Staatsminister, meinem Ärger Luft. Und sie erklärte sogleich, daß ich bei ihr in der Villa in Spånga wohnen solle, gemeinsam mit ihr, dem Staatsminister, den sechzehn Kindern und den zwei Hunden.

Die Wahl zwischen übelriechenden Kleisterdosen oder eine Woche lang einen gemütlichen Abend im Kreise der Kinder und Hunde des Staatsministers zu verbringen, fiel mir nicht schwer.

Ich hatte mich unmittelbar, einer Enthusiasmus vergleichbaren Regung folgend, für die Kleisterdosen entschieden.

Doch meine Schwester, die ihren Willen und ihre Stimme durch das tägliche Zusammenleben mit Gatten und Kindern abgehärtet und geschärft hatte, hatte mich schon nach zwei Tagen und vier Telefonaten zum Nachgeben gezwungen. »Du als Lehrer solltest doch an Kinder gewöhnt sein«, hatte sie gemeint. »Und die Hunde beißen nur Leute, die sie nicht mögen.«

Ich seufzte, stand auf und nahm die morgendlichen Verrichtungen in Angriff, alles während ich über die eigenartige Tatsache nachsann, daß sich die gleichen Handgriffe während meiner Dienstzeit in einer halben Stunde erledigen ließen, sich jetzt aber im Lauf meiner Krankschreibung über den ganzen Vormittag hinzogen. Nach dem Mittagessen bei Tee und Zwieback und einem weichgekochten Ei war ich etwas besser aufgelegt und begann das einzupacken, was ich für mein Exil in Spånga brauchte. Mir fiel ein, daß die Briefmarkensammlung mitmußte – dort konnten sich mitten am Tage ein paar ruhige Stunden ergeben, wenn der Staatsminister in der Staatskanzlei und die Kinder in der Schule waren. Zusätzlich zu den Arzneien – denen für den Darm und für das Herz – füllte sich ein ganzer kleiner Koffer. Als Lektüre wählte ich Fritz von Dardels »Erinnerungen« in vier Bänden, unterhaltend, ohne schlüpfrig zu sein, indiskret, ohne ins Klatschhafte zu verfallen – und wenn dem so wäre, trug sich alles immerhin vor langer Zeit zu …

Anschließend ließ ich mich in meinen Sessel nieder und betrachtete die Flecken an der Decke, entdeckte, daß ich sie vermissen würde, und fragte mich, wer zuerst einfallen würde – der Staatminister mit den Kindern und Hunden oder die Handwerker.

Es war der Staatsminister. Groß und zerzaust stand er plötzlich im Flur und rief: »Wie blaß du aussiehst, du brauchst Leben und Bewegung!« und machte sich daran, mittels der Verbindung von Impulsivität und Geistesabwesenheit, die wohl eine Voraussetzung dafür ist, Vater von sechzehn Kindern zu werden, die Flurkommode hinauszubugsieren.

Ich gebot ihm Einhalt und zeigte auf die Koffer.

Die schwarze Staatskarosse stand direkt vor mir, als ich aus der Haustür trat. Für einen kurzen Augenblick hielt ich sie für einen Leichenwagen, und meine Seele durchfuhr gewissermaßen ein Kellerhauch. Daran änderte sich nicht viel, als ich das Gefährt erkannte und mich entsann, zu wie vielen Verabredungen mit dem Tod dieses Fahrzeug mich schon befördert hatte ...

Doch der Troll platzte in der Septembersonne, und der Rücksitz glich einem Schlangennest aus lebenden und lebensfrohen Jungen. Ich sank auf dem Platz neben dem des Fahrers und Staatsministers nieder, der die Koffer hinten verstaut hatte, über mich herfiel wie die Mutter über ein verlorenes Kind, das Plaid unter mir zurechtzupfte, mich anschnallte und mich mit Gurten umwickelte, bis ich mir wie ein Bestandteil des Sitzes vorkam. Ich jammerte ein wenig und sagte, ich hätte es vorgezogen, vom Chauffeur abgeholt zu werden (der mich nicht auf diese Weise festband und während des Dienstes nie Kinder dabeihatte) und erkundigte mich, warum der Staatsminister sich mitten an einem Donnerstagvormittag nicht auf seinem Posten in der Staatskanzlei befand. Er antwortete, Herr Geijer sei wegen einer seiner ewig wiederkehrenden Erörterungen mit den Spitzen der Regierung dort. Ich hatte davon schon vorher reden gehört: Offensichtlich bekommt der Gewerkschaftschef, wenn er bei derlei Besuchen im Korridor auf den Staatsminister trifft, schlechte Laune, wird mürrisch und unzugänglich, und den Staatsminister bittet man aus diesem Grunde, sich in diesen Tagen von diesem hohen Hause fernzuhalten. (Wie ich an anderer Stelle[1] in dieser Schriftenreihe geschildert habe, kam der Staatsminister durch eine Serie fataler Umstände zu seinem Amt, obwohl er durch Erbschaft weite Teile der schwe-

1 Siehe: Bo Balderson: »Der Staatsminister und der Tod«

dischen Industrie besitzt. Seine Regierungskollegen haben gelernt, mit ihm und seiner Vergangenheit vor Augen zu leben und zu arbeiten, Herr Geijer jedoch – obgleich in mancherlei Hinsicht ohne Vorurteile – ist nie über dessen Beförderung hinweggekommen.)

Der mittägliche Verkehr hatte bereits beträchtlich zugenommen, doch die imposante Limousine schoß wie ein Hai unter kleinen Fischen vorwärts – ich vermute, anderen Fahrern geht im Kopf herum, welch enorme Summe ein Zusammenstoß und die Beschädigung eines solchen Vehikels kosten muß, und weichen darum aus und suchen keinen Streit. Wir hätten binnen zwanzig Minuten in Spånga sein können, wenn nicht ein Jüngling vom Rücksitz gerufen hätte, daß Mama Käse von Arvid Nordquist und Wäsche aus der Kanzlei brauchte. (Die Familie hat die seltsame Angewohnheit, dort ihre Wäsche auszutauschen. Wenn es an der Zeit ist, transportiert der Staatsminister den Sack mit dem beschmutzten Leinenzeug aus Spånga und stellt ihn im Flur des Justizministeriums ab, wo ihn die Wäscherei im späteren Verlauf des Tages mitnimmt im Austausch gegen einen Beutel mit jetzt gewaschener und gebügelter Wäsche. Ich erinnere mich, daß der älteste Sohn des Staatsministers einmal auf einen der Säcke den Schriftzug »Justizministerium – abgehende Post« pinselte. Der Fotograf einer Abendzeitung, der zufällig des Weges kam, fing den Staatsminister unter der ungeheuren Last ab, und dieser stand – vollkommen unverdientermaßen und von recht kurzer Dauer – in dem Ruf, der Arbeitssklave der Regierung zu sein.)

Der Käse wurde gekauft, doch im Anschluß an einen kurzen, verworrenen Dialog mit sich selbst verschob der Staatsminister den Wäschewechsel mit Rücksicht auf Herrn Geijers Gefühle auf den nächsten Tag, und wir waren schon an der Staatskanzlei vorübergeflossen, als der Staatsminister abermals von sich hören ließ: »Rydlander! Wir sollten doch auch Justizchef Rydlander mitnehmen!«

Käse und Wäsche interessieren mich nicht, Justizchefs hingegen schon. Der Justizchef ist bekanntlich der höchste Beamte innerhalb eines Staatsministeriums, der Fragen von gesetzgebendem Charakter vorbereitet. Ich erwog selbst einmal, Jura zu studieren, mein Vater jedoch wendete ein, es gebe bereits so viele Juristen, daß man die Erde mit ihnen düngen könnte, und damals hörte man noch auf seine Eltern, und so kam ich dann zu den Geisteswissenschaften und meiner Lehrerlaufbahn. Doch das Interesse für die Jurisprudenz, vor allem für stilistische Probleme der Gesetzesschreibung, hat nie nachgelassen, und ich hatte viele Male den Staatsminister nach seinem Justizchef befragt, doch er hatte nur ein verwirrtes Gesicht gemacht und gemurmelt: »Rydlander? Er ist groß ... und dann hat er auch noch Schuppen gehabt ...«

Als Charakterisierung eines der höchsten Beamten im ganzen Ministerium ist dies unleugbar ein wenig dürftig, und deshalb war ich nun froh, dem Mann persönlich begegnen und mir eine Meinung über ihn bilden zu können.

»Da drüben steht er!« rief der Staatsminister und begann einen Ankerplatz zu suchen.

Er ist tatsächlich groß, der Justizchef Rydlander. Hoch aufgeschossen, gerade gewachsen und breite Schultern. Die imposante Erscheinung eines Beamten in Schwarz vom Hut bis zu den Schuhen. Doch an den Bewegungen war etwas seltsam ... Die Hände flatterten in schnellen, nervösen, ruckartigen Bewegungen zu den Schultern.

»Was hat er?« flüsterte ich. »Was macht er da?«

»Die Schuppen«, antwortete der Staatsminister.

»Die Schuppen?«

»Er glaubt, er hat Schuppen auf dem Kragen und den Schultern und versucht sie abzubürsten ... Hallo, hoffe, Sie mußten nicht warten!«

Ich konnte jetzt das Gesicht des Mannes studieren. Auch das war ein eigenartiges Erlebnis. Soweit ich erkennen konnte, besaß er kein Gesicht im herkömmlichen Sinne. Bloß ein großes, konturloses Feld zwischen Hutkrempe und Kinn. Eine dicke, eulenrunde Brille füllte einen Teil des Leerraums aus, ein kleiner Abschnitt wurde von einem schmalen, nervösen Lächeln in Anspruch genommen. Wir wurden einander vorgestellt; stramm an den Sitz gefesselt, vermochte ich nicht, ihm die Hand zu reichen, sondern lediglich mich leicht zu verneigen. Der Staatsminister riß mit einer einladenden Geste die Tür zum Rücksitz auf. Justizchef Rydlander schaute ins Wageninnere, wich zurück und befeuchtete die Lippen.

»Es ... es scheint mir da drinnen voll zu sein«, stellte er fest und schlug sich auf die Schultern.

»Sie können sich doch ganz dicht ans Fenster klemmen, wenn Sie Johan auf den Schoß nehmen!« rief aus dem Fond derselbe Jüngling, der seinen Vater an den Käse erinnert hatte. »Aber passen Sie auf, daß Sie sich nicht in was Schmieriges setzen. Jemandem da hinten ist eben das Eis heruntergefallen.«

Der Justizchef murmelte etwas, das ich als das Wort »Taxi« interpretierte, doch der Staatsminister versetzte ihm einen freundlichen Klaps auf den Hintern, und mit einem kurzen, nervösen Aufschrei wurde die schwarz gekleidete Gestalt von der Masse verschluckt.

Ich lächelte grimmig in meinen Seilen vor mich hin. Es freut mich immer, wenn die Obrigkeit in unmittelbaren Kontakt mit der modernen, aufgeweckten Jugend kommt, der wir Lehrer täglich aus Erziehungsgründen ausgesetzt sind.

Dann sausten wir nach Spånga, und der Staatsminister warf seinem Mitarbeiter einen arbeitsscheuen Blick über die Schulter zu und fragte, ob es etwas Dringendes zu erledigen gebe und es lange dauern werde. Und Justizchef Rydlander schrie, er habe vor, die Vorschläge zum Gesetz über das Recht der Kommunen vorzuziehen, das Trinkwasser mit Fluor zu versetzen, und der Staatsminister murmelte: »Was die sich so alles einfallen lassen!« Aber der Justizchef kam wieder darauf zurück und entgegnete, das Ministerium arbeite seit zwei Jahren an dieser Frage und daß vom Staatsminister erwartet werde, sich für die Sache stark zu machen und im Verlauf des Nachmittags zu einer Entscheidung zu kommen, und der Staatsminister seufzte und meinte, er werde verrückt, wenn es so sonnig und schön sei, und er habe die Absicht gehabt, mit den Kindern Ball zu spielen.

2

Ich habe in einer früheren Arbeit[1] erwähnt, daß der Staatsminister nach seiner unerwarteten Beförderung gezwungen wurde, seine von den Vätern ererbte Villa in Djursholm zu verlassen und sich in Spånga niederzulassen, einem Vorort Stockholms, der nach Meinung der Parteiführung als proletarisch einzustufen sei. »Ein sozialdemokratischer Staatsminister kann nicht in Djursholm wohnen, wo die Briefkästen vom Svenska Dagbladet und Wochenjournalen trächtig dastehen«, wie der Staatspräsident die Sache bei einem vertraulichen Gespräch mit Erlander formulierte. Er empfahl statt dessen Spånga, bereits die Heimat zahlreicher Koryphäen der Parteiführung.

Nach einer Woche des Suchens hatte der Staatsminister sein neues Domizil in Spånga gefunden, ein Eigenheim älteren Datums, wie man es zuweilen als »geräumige, charmante Villa mit Parkgrundstück, geeignet zur Nutzung als Krankenhaus oder dergl.« annonciert sieht (doch das wahrheitsgemäß vielmehr als »scheunenartiges Gebäude, nur geeignet als Übungsobjekt für die Feuerwehr, mit großem, verwildertem Garten« beschrieben werden müßte). Umgeben von der gesamten Kinderschar, schloß der Staatsminister das Geschäft schnell ab – er wickelt Geschäfte stets schnell ab. Der Verkäufer – ein älterer Mann, gebrochen unter der Last seines Hauses und bis auf die Knochen besteuert – titulierte den

1 Siehe: Bo Balderson: »Der Mord in Harpsund«

Staatsminister als »Inspektor« und vergoß Freudentränen, als die Dokumente unterschrieben vor ihm lagen. »Nie hätte ich gedacht, daß das Amt für Kinder- und Jugendpflege so gut bezahlen würde!« war seine Entgegnung vor der Abfahrt in ein freundlicheres Klima.

Nachdem eine Armee von Handwerkern die sechsundzwanzig Zimmer wieder in einen bewohnbaren Zustand versetzt hatte, zog der Staatsminister mit seinem Hausstand ein (und erklärte in einem allseits beachteten Interview: »Es hat mich eine Million gekostet, aber was soll man machen bei der derzeitigen Lage auf dem Wohnungsmarkt?«). In der unteren Etage waren zwei Räume von den übrigen Wohnlichkeiten abgetrennt, schallisoliert und als Arbeitszimmer eingerichtet worden. Für einen Mann mit familiären Verhältnissen wie denen des Staatsministers ist schließlich ein solches Arrangement eine ganz natürliche Sache und im übrigen notwendig mit Blick darauf, daß er, wie kürzlich gesehen, mitunter Hausverbot an seinem ordentlichen Arbeitsplatz hat. (Diese doppelte Akkreditierung hat sogar übrigens entscheidende Vorteile. Sucht man ihn vergeblich in der Staatskanzlei, wird er auf dem Posten in Spånga vermutet und umgekehrt. Ist er an keinem der beiden Orte anzutreffen – was meines Wissens nach oft der Fall sein muß –, wähnt man ihn auf dem Weg zwischen beiden Stellen. Das Ganze beschert einem Mann mit kräftigem Appetit auf das Leben reichlich Gelegenheit zur Abweichung vom eingefahrenen Arbeitsschema, ohne deshalb gleich allzuviel Anstoß zu erregen – wer kennt denn nicht die Verkehrsverhältnisse in Stockholm? Die engsten Mitarbeiter des Staatsministers müssen selbstverständlich ständig bereit sein, ihrem Herrn zu folgen und die Arbeit in diese verborgenen Räumlichkeiten der Villa zu verlegen. Wenn Großes geschieht, dann geschieht es meistens in Spånga.)

Kaum waren wir an diesem Donnerstag nachmittag dort draußen angekommen – die Karosse hatte sich gerade des

Justizchefs und der Kinder entledigt –, kam eine Person, die meiner Annahme nach ein geschulter Mitarbeiter sein mußte, am anderen Ende des Gartenweges auf uns zu. Um einen Spielkameraden der Kinder konnte es sich keinesfalls handeln, das erkannte ich, dann hätte die Frau Staatsminister eingegriffen.

Diese Person war nämlich eine völlig furchterregende Erscheinung. Vielleicht nicht besonders hochgewachsen, jedoch breit wie ein Scheunentor und mit einem Kopf, der ohne die übliche Verbindung durch Hals und Nacken direkt auf dem Rumpf montiert zu sein schien. Das Gesicht war in Wut erbleicht unter einem Haarschopf, so kurzgeschnitten und grellgelb, daß er an Borsten einer unglücklich gefärbten Fußmatte denken ließ.

»Diese widerliche, kleine Ratte!« schrie er. »Ich drehe ihm den Hals um!«

Der Staatsminister verlangte keine näheren Erklärungen, sondern stellte den Höhlenmenschen als David Dååbh vor, Ministerialrat im Finanzministerium, und ging leidenschaftlich und neben der Jüngsten dazu über, die zu Hause zurückgebliebenen Mitglieder seiner Nachkommenschaft abzuküssen, zu umarmen und einen Klaps zu geben.

»Dieser verfluchte Idiot«, variierte Ministerialrat Dååbh seinen Ausruf und drang durch ein Beet vor zu einem Baum, den er mit Fußtritten bearbeitete. Justizchef Rydlander folgte ihm unter beruhigenden Worten.

»Er scheint aufgeregt«, flüsterte ich.

»Da müßtest du ihn erst mal sehen, wenn er bei der Haushaltsberatung in Fahrt kommt«, antwortete der Staatsminister. »Einer der brutalsten Typen vom Finanzminister. Experte in der Ausarbeitung von Steuertabellen und im Herunterschrauben der Finanzansprüche des Ministeriums. »Der Gorilla» nennt man ihn unter Eingeweihten. Von den Finanzen ausgeliehen, um eine von unseren Regierungsvorlagen zu überprüfen.«

Diese Erklärungen dämpften meine Verwunderung ein wenig. In finsteren Augenblicken hatte ich mir durchaus ausgemalt, der Mann hinter meiner Steuertabelle sähe aus und benehme sich genauso wie dieser Ministerialrat.

Der Staatsminister bahnte sich den Weg zu dem traktierten Baum, löste Justizchef Rydlander als Seelentröster ab und schlug dem Steuermenschen vor, eine kleine Runde mit der Staatskarosse zu drehen und den Wagen dann an der Tankstelle zwecks einer dringend notwendigen Reinigung der Rücksitze abzugeben: erst geradeaus und dann nach rechts auf die Hauptstraße nach Stockholm abbiegen. Und Ministerialrat Dååbh empfand ein großes Bedürfnis nach Luftveränderung, denn er grunzte Beifall, nahm die Schlüssel in Empfang und trampelte durch die Rosen auf Pforte und Auto zu.

»Lassen Sie sich reichlich Zeit!« rief der Staatsminister ihm nach, und damit gingen wir zu dem Haus, das für die nächste Zeit meine Heimstatt werden sollte. Der Weg durch den Garten gabelte sich bald, und wir folgten den Platten geradeaus, die zum Bürotrakt führten. Eine große, lackierte Außentreppe und eine massive Eichentür und wir standen in dem vorderen Arbeitszimmer, in dem eigenen des Staatsministers.

Das Zimmer war geräumig, und da der Staatsminister es mit Erbstücken aus dunkler Eiche möbliert hatte, wirkte es wie ein värmländisches Werkkontor aus der Jahrhundertwende: ein abgenutzter Schreibtisch mit Rolladen (die Abnutzung dürfte auf frühere, gutbürgerlich gebildete Generationen des Geschlechts zurückzuführen sein), ein Sofa im Karl-Johan-Stil, dem schwedischen Empirestil (mit bedeutend frischeren Gebrauchsspuren), einem Paar gewaltiger, geschnitzter Schränke und einer großzügigen Anzahl von Stühlen. Der altmodische, vorsozialdemokratische Charakter wurde allein von der Auslegeware gebrochen.

Der Schreibtisch machte den Eindruck, als hätte eine irregeleitete Putzfrau etliche Papierkörbe darüber ausgeschüttet, woraus ein geschulter Beobachter die Folgerung ziehen konnte, der Staatsminister hätte dort im Lauf des Vormittags gearbeitet. Justizchef Rydlander spürte offenbar ein gesteigertes Bedürfnis nach Ordnung in sich aufkommen, denn er stürzte hin und machte sich daran, die Unterlagen zu Stapeln aufzuschichten.

»Wo hast du Ratten?« fragte ich.

»Ratten?« entgegnete der Staatsminister und riß ein Fenster auf, woraufhin ein gewaltiger Luftzug alles auf dem Schreibtisch in den alten Zustand zurückversetzte.

»Ministerialrat Dååbh hat da draußen etwas von einer schmutzigen, kleinen Ratte erzählt, der er den Hals umdrehen will.«

»Oh, er meint bestimmt Svante Svanberg. Meinen Staatssekretär, weißt du. Sie kriegen sich manchmal in die Wolle. Hast du ihn noch nicht kennengelernt? Ein kleiner, rattenartiger ... ähäm. Er ist bestimmt dort im Zimmer der Mitarbeiter. Ist dabei, letzte Hand an unsere Regierungsvorlage über radikal erweiterten Rechtsbeistand für Minderbemittelte zu legen. Komm mit, dann kannst du ihm ›Guten Tag‹ sagen!«

Und schon rauschte er über die Auslegeware hinweg und riß die Tür zu dem hinteren Arbeitszimmer auf.

Er klopfte nicht an.

Dennoch mußte er besser als alle anderen wissen, zu welchen Unfällen eine solche Unterlassung führen kann. Er selbst wurde schließlich so zum Staatsminister.

Ehe mir interessantere Dinge zu betrachten geboten wurden, konnte ich noch gewahr werden, daß das Arbeitszimmer der Mitarbeiter ungefähr in dem gleichen Stil eingerichtet war wie das des Staatsministers, jedoch mit vier Schreibtischen samt eines Kanapees ausgestattet.

Auf diesem Kanapee – effektvoll im Fond des Raumes plaziert – lag halb, saß halb der gesuchte Staatsekretär, der engste Mitarbeiter des Staatsministers im Ministerium. Ich kannte ihn aus den Zeitungen. Er hatte tatsächlich Ähnlichkeit mit einer Ratte. Ich persönlich würde allerdings behaupten, wenn man denn unbedingt Vergleichsobjekte aus der Tierwelt heranziehen mußte, er ähnele am ehesten einem Vogel. Die kurze, schmächtige Gestalt, die schwarzen, lebhaften Augen, der magere Hals, das Büschel, das vom Schädel abstand – all das ließ an einen empfindlichen und schnellen Vogel denken, der mit einem gut entwickeltem Intellekt ausgestattet war.

Es ist immer wieder ein Erlebnis für einen Studienrat der Gemeinschaftskunde, einem Staatssekretär begegnen zu dürfen – sei er vogelartig oder nicht –, doch das Interessanteste an dem hohen Beamten war zumindest in dieser Situation, daß er auf seinem Kanapee nicht allein ruhte. Hinter ihm auf dem schräggestreiften Überwurf und zum Teil verborgen durch selbigen lag eine junge Dame. Ich erhebe nicht den Anspruch, die Arbeitsformen in der schwedischen Verwaltung in allen Details zu kennen, möchte dennoch die Behauptung wagen, daß keine Person in dem Raum während der vergangenen Minuten damit beschäftigt gewesen war, letzte Hand an ihrer Königlichen Majestät Regierungsvorlage über radikal erweiterten Rechtsbeistand für Minderbemittelte zu legen.

»Ähäm«, sagte der Staatsminister. »Ich wußte nicht …«

Staatssekretär Svanberg hatte begonnen sich zu befreien, ohne besondere Eile an den Tag zu legen. Er schien mehr amüsiert als verlegen.

»Hallo«, sagte er, nachdem er sich in aufrecht sitzende Stellung gebracht hatte. »Schrecklich, wie schnell Sie zurück sind! Hoffe, Sie entschuldigen, daß ich mich auf Ihrem schönen Kanapee ein wenig entspannt habe. Und wer sind Sie?« fuhr er mir zugewandt fort, frei und volksnah.

»Studienrat Persson«, antwortete ich mit Betonung auf den Titel. Die Schwierigkeit unserer Tage besteht nicht darin, mit führenden Politikern bekannt zu werden. Das Problem ist, es zu vermeiden.

Der Staatsminister hüstelte und vollführte eine unbestimmbare Geste zum Kanapee hin.

»Darf ich Staatssekretär Svanberg vorstellen. Und die Dame unter Staatssekretär ... ähäm, die Dame, die ... ähäm ... die Dame ist seine Assistentin, Frau Anita Johansson.«

Die beiden hatten sich mittlerweile vollends voneinander gelöst, und ich konnte Frau Johansson in Gänze betrachten. Sie war es wohl wert, in voller Größe studiert zu werden. Das flammend rote, wenn auch leicht zerknitterte Kleid umschloß einen äußerst gut geformten Körper kleineren Formats, das Haar, eine Ponyfrisur und grellrot, umrahmte ein sonnengebräuntes und stupsnasiges Gesicht, in dem die Augen eine funkelnde Hauptrolle spielten.

Ohne ein Wort strich sie das Kleid glatt, verpaßte ihrem Partner eine schallende Ohrfeige und stöckelte auf bestimmten und laut klappernden Absätzen aus dem Raum.

Seltsamerweise dachte ich in dem Augenblick nur, daß es ein verdammter Geiz des Staatsministers war, nicht auch den Fußboden im Arbeitszimmer der Mitarbeiter mit Teppich auszulegen.

Staatssekretär Svanberg rieb sich die Wange.

Da gab es allerdings nicht allzuviel Wange zu reiben. Dafür, daß er einigermaßen jung an Jahren war, bestimmt nicht mehr als fünfundvierzig, sah er ungewöhnlich abgezehrt und hohlwangig aus. Die Gesichtshaut spannte sich um Knorpel und Knochen wie der Handschuh um die Hand eines Chirurgen. Diesen Kopf in einen Totenschädel zu verwandeln würde der Natur nicht viel Mühe abverlangen, dachte ich bei mir, und nur den Nahestehendsten würde ein Unterschied auffallen.

»Oh, sie hat aber mächtig zugelangt!« murmelte er. »Und das mir, der ich ein wenig die trübe Stimmung vertreiben wollte. Aber so ist das eben mit diesen perfekten Sekretärinnen: gute Arbeitsmoral, alles zu seiner Zeit. Und jeder Mensch kann überreizt reagieren, wenn Sie einfach so hereinplatzen. Sieht man's? Sie haben für uns doch bestimmt keinen Spiegel, oder? Aber Anita hat bestimmt irgendwo einen ...«

Er holte aus einem der Schreibtische eine Handtasche hervor und begann darin zu wühlen. Schließlich fand er, wonach er suchte, und begutachtete kritisch sein Gesicht.

»Wird wohl eine ordentliche Beule geben ... apropos gewalttätige Menschen, jemand sollte sich um Dååbh kümmern. Eine einfache Hirnoperation würde bestimmt ausreichen. In der gegenwärtigen Verfassung ist er doch lebensgefährlich, in den nächsten Tagen erwürgt er jemanden. Ich habe ihn eben gewiß etwas provoziert, wollte mit Anita allein sein, um mich auf einen komplizierten Passus konzentrieren zu können ... ähm ja. Sagte nur etwas davon, daß ich Aktien hätte und setzte einen kleinen Scherz über die Bewegung obendrauf. Und statt zu grunzen und abzuziehen, wie er es sonst immer tut, ging er direkt auf mich los. Und dann stand er da, hat die Hände ausgebreitet und gerungen. Ist Ihnen schon mal aufgefallen, wie unnatürlich lang seine Arme sind? Muß in seiner Kindheit in der Bewegung viel Wasser getragen haben ...«

Der kleine Staatssekretär strich sich über das schwarze, nach hinten gekämmte Haar und drückte mit der Handinnenfläche ein Büschel nach hinten, bestimmt mehr aus Gewohnheit denn in der Hoffnung auf Erfolg.

»Und wie läuft es mit der Pädagogik, Herr Studienrat Nilsson?« fuhr er in seinem Monolog fort. »Man sagt doch, ein guter Lehrer wird nicht älter als 50 Jahre. Aber Sie sehen mir so aus, als hätten Sie das kritische Alter überschritten ...«

An dieser Stelle steckte Justizchef Rydlander den Kopf zur Tür herein – nach dem Anklopfen – und teilte dem Staatsminister mit, daß der Ministerpräsident am Telefon sei, und ich ergriff die willkommene Gelegenheit, um Raum und Staatssekretär zu verlassen.

3

»Es geht mich zwar nichts an«, sagte ich zum Staatsminister, als wir kurz darauf in dem großzügig angelegten Garten flanierten, »aber die Wahl deiner Mitarbeiter kommt mir ein wenig seltsam vor. Ein Gorilla als Ministerialrat, eine Ratte, alternativ ein Vogel, als Staatssekretär, ein Schuppentier als Justizchef ...«

»Halt, stop!« entgegnete der Staatsminister. »Sowohl Staatsminister Svanberg als auch Justizchef Rydlander saßen schon auf ihren Posten, als ich zum Justizminister ernannt wurde. Und für Ministerialrat Dååbh bin ich nicht verantwortlich, er gehört schließlich zum Finanzministerium. Er ist nur zufällig hier. Im übrigen gibt es an den anderen beiden nicht viel auszusetzen. Rydlander ist ein außergewöhnlicher Jurist und Administrator, und Svanberg besitzt einen messerscharfen Verstand. Man darf sich einfach nicht allzusehr an seinem Zynismus und dem allgemeinen Geplapper stören. Uns im Justizministerium, die daran gewöhnt sind, fällt es kaum noch auf. Aber du hast ja gesehen, wie Dååbh es aufgenommen hat. Nein,« fuhr der Staatsminister fort und kickte einen von den Kindern liegengelassenen Fußball aus dem Weg, »Rydlander und Svanberg sind schon jeder für sich in Ordnung. Ein echtes Problem ist, daß die beiden nicht so gut zusammenarbeiten. Svanberg delegiert unaufhörlich eine Menge langweiliger Vorgänge an Rydlander, der freundlich und geduldig ist und im stillen leidet. Ich muß Svanberg auf die eine oder andere Weise loswerden. Entweder wird er Regierungspräsident oder aber ...«

Ich bekam das alternative Schicksal des Staatssekretärs nie zu hören, denn noch ehe der Staatsminister mit seiner Rede geendet hatte, stand er im Gebüsch und bohrte seinen Kopf wie ein Neuntöter hinein.

»Verflucht!« zischte er zwischen den Ästen. »Kommt *er* jetzt etwa hierher? In vollem Ornat und allem Drum und Dran. Dååbh wird ihn auf der Stelle umbringen!«

Etwas an der Wahl seiner Worte, wahrscheinlich der Ausdruck »Ornat«, verleitete mich dazu, ihm ins Buschwerk zu folgen. Mir fiel ein, daß der Bischof höchstpersönlich, in voller Amtstracht und mit Krummstab, auf dem Weg war, um einen unerwarteten Familienzuwachs zu taufen. Wenn ein Bischof von einem Ministerialrat angefallen und womöglich sogar erwürgt wird, so ist das ein Ereignis, das eine Person mit allgemeinem Interesse an Geschichte nicht versäumen durfte.

Was ich zwischen den Tannennadeln erblickte, war für mich eine Erleichterung und Enttäuschung zugleich.

Ein langes, weißes Auto hatte auf dem Asphalt vor der Gartenpforte des Staatsministers Halt gemacht.

Daneben stand schon der livrierte Chauffeur und machte seine Honneurs, während ein Herr in gutgeschneidertem, blaugrauem Anzug und dazu passendem Brillengestell dem Rücksitz entstieg.

»Danke«, sagte er beiläufig. »Bengtsson, Sie können den Wagen nach Djursholm fahren. Ich nehme ein Taxi.«

»Aber ist das nicht der Bergbauchef Karl Karling?« flüsterte ich meinem Schwager in der Hecke zu.

»Klar. Weiß der Teufel, warum er herkommt. Aber beim letzten Mal war es wohl wegen eines Bergwerkes. Dååbh kann ihn nicht ausstehen. Er kann Unternehmer im allgemeinen nicht ausstehen und diesen hier am allerwenigsten nach seinen Äußerungen über die Steuerlast. Glaub mir, er wird ihn erwürgen. Du kümmerst dich um ihn, während ich Dååbh vorbereite.«

»Und was ist mit dir? Daß er dich nicht erwürgt, der du einen ganzen Konzern besitzt?«

»Mein lieber Freund! Ein Ministerialrat kann wahrscheinlich einen Staatssekretär erwürgen. Aber ganz bestimmt keinen Staatsminister. Die Parteidisziplin ist in diesem Punkt sehr strikt. Unterhalte dich mit ihm über Bergwerke, er liebt Bergwerke. Vergiß aber nicht, ihn mit ›Konsul‹ anzusprechen. ›Direktor‹ beleidigt sein Ohr auf so aufsteigerhaft grobe und vulgäre Weise. Er vertritt wohl San Salvador. Und versuch, jung und effektiv auszusehen. Er will junge und effektive Menschen um sich haben. Jetzt verdufte ich!«

Mit einem aufmunternden Zischen verschwand der Staatsminister in Richtung Arbeitszimmer.

Ich trat auf den Gartenweg und konzentrierte mich intensiv darauf, wenn schon nicht jung, so doch zumindest energisch auszusehen.

Konsul Karling selbst gab zweifellos einen imposanten Anblick ab. Groß, schlank, breitschultrig – einer von diesen jugendlichen, sehnigen Unternehmenschefs, die morgens Squash spielen, einen Arbeitstag von fünfzehn Stunden absolvieren und sich abends dem Tennis und nachts der modernen Belletristik widmen. Das Gesicht erinnerte an die Pforte hinter ihm – kräftige, geometrische Muster in Eisen gegossen. Einziges Anzeichen von Schwäche an diesem Mann war die Brille. Aber diese hatte männliche Bügel und war viril rechteckig.

Er beäugte mich kritisch. Die Musterung fiel nicht zu seiner Zufriedenheit aus, das war unschwer zu erkennen. »Ineffektiver, überalterter Buchhaltertyp, geeignetes Rationalisierungsobjekt bei eventueller Fusion«, so in etwa lautete sein stummes Urteil.

»Ich bin Konsul Karling«, sagte er, und ich beneidete ihn um sein Vermögen, auch einer Auskunft den Tonfall eines Befehls zu verleihen.

»Persson«, antwortete ich.

»Ich suche den Staatsminister.«

»Er läßt Ihnen Grüße ausrichten und sagen, daß er im Augenblick mit einem seiner Mitarbeiter beschäftigt ist.«

»Sind Sie Angestellter des Ministeriums?«

Obgleich ich mir der Risiken bewußt war, gab ich zu, daß ich Lehrer war, und Konsul Karling teilte sogleich mit, daß der Unterricht an den Schulen des Landes ineffektiv sei. Er skizzierte *seine* Schule dergestalt, daß man dort Lehrer durch Apparaturen ersetzen und die Schüler zu Menschen heranbilden sollte, die am treffendsten als ausgezeichnet turnende Diplomkaufleute bezeichnet werden konnten. Für schöne Literatur schien es keinen Platz zu geben. Mir war klar, daß ich mich in einem Punkt getäuscht hatte – ganz bestimmt widmete sich Konsul Karling des nächtens nicht der Belletristik.

Bei dem Versuch, Achtung für meine Person und Zeit für die vorbereitende Tätigkeit des Staatsministers zu gewinnen, klärte ich ihn darüber auf, daß ich der Schwager des Hauses sei. Damit hat man unter normalen Umständen seltsamerweise immer auf eine sichere Karte gesetzt. Die Verbindungen zum Staatsminister können noch so entfernt und von noch so zweifelhafter Qualität sein, nie erreichen sie einen Status der Peinlichkeit. Als die Schwägerschaft ausgemolken und der Kontakt hergestellt war, erwog ich, auf die Bergwerke zu sprechen zu kommen.

Konsul Karling wurde gleich sanfter. Er sah mich jetzt beinahe so an, als sei ich eine gutfunktionierende Maschine.

»Ein faszinierender Mann, dieser Staatsminister. Ein Genie möchte ich behaupten. Ja, ich zögere nicht, dieses Wort in den Mund zu nehmen. Unter anderem bin ich auch aus diesem Grunde hier, um mir Rat in einer komplizierten Frage zu holen. Ich erinnere mich, als die Wirtschaft das letzte Mal den Vorzug hatte, von seiner Erfahrung in ökonomischen Fragen und seinen einzigartigen Kenntnissen zu profitieren, was Aspekte der Bergwerksindustrie betrifft ...«

(Mir ist es ebenfalls in Erinnerung. Es muß zwei Jahre zurückliegen. Die Bergwerksgesellschaft stand vor der schicksalsschwersten Entscheidung ihrer Geschichte: Sollte das Unternehmen das Angebot annehmen, eine der größten Nikkelgruben der Welt zu erwerben oder nicht? Proben wurden entnommen, Experten wurden gehört und Untersuchungen angestellt, doch das Ergebnis fiel nicht eindeutig aus. Ein Kauf konnte sich als Gewinn erweisen, aber auch als Katastrophe. Da es bei dem Geschäft um Hunderte von Millionen ging und auf Gut und Böse Rückwirkungen auf das Wirtschaftsleben des Landes hätte haben können, beschloß die Regierung, die Entscheidung an den Eigner – den Staatsminister – weiterzugeben.

Dieser wurde einberufen und fand sich tatsächlich zu der Zusammenkunft ein, jedoch mit gepeinigter Miene angesichts der gutmütigen Züge der anderen Anwesenden. Er hatte nur eine dunkle Vorstellung, warum er sich dort befand, ahnte aber, daß es ihm bei all den vielen Ziffern und vielleicht sogar Diagrammen langweilig werden würde. Er meinte, verstanden zu haben, daß es bei der ganzen Sache um ein Bergwerk ging, und über Bergwerke wußte er wenig, außer daß es sich dabei um dunkle und ungemütliche Orte handelte. Er ließ auch aus anderen Gründen den Kopf hängen. Seit einigen Wochen quengelten zu Hause die Kinder (und fünfzehn Kinder – die damals gültige Anzahl – quengeln laut hörbar), daß sie einen Hund haben wollten, einen Cockerspanielwelpen mit langen Schlappohren, doch der Staatsminister, der fürchtete, das Tier könnte das Baby beißen, hatte unter zunehmenden Seelenqualen die Entscheidung in der Frage vertagt. Wichtige Probleme lasteten also auch dort auf ihm, wohin er zur Zusammenkunft eintraf, und nachdem ihm klar geworden war, daß ein mehr als einstündiger Vortrag über Bergwerke zu erwarten war, fühlte er die Kräfte schwinden und ersuchte, auf dem Sofa liegend lauschen zu dürfen.

Dort lagerte er dann in einer Stellung, die zwischen leichtem Dämmerzustand und reinstem Schlafe wechselte, und beschäftigte sich mit dem Hunde-Problem, während der Vizedirektor unzählige Ziffernfolgen heranzog und ein schwindelerregender bergbauwirtschaftlicher Aspekt den anderen ablöste. Nachdem eine Stunde und zwanzig Minuten verstrichen waren, beendete der Direktor seinen Vortrag, und der Staatsminister kam zu Bewußtsein, so wie man in einem Augenblick erwacht, da das dauernd wiederkehrende Nachtprogramm verstummt ist. Er taumelte empor, starrte seine atemlos wartende Regierung mit blickleeren Augen an und sagte: »Ich kaufe es! Natürlich kaufe ich es!«

Und dann zog er los und kaufte das Hündchen mit den langen Schlappohren.

Und die Direktoren zogen los und kauften ihr Bergwerk.)

»... lag halbwegs auf dem Sofa«, war Konsul Karling über den Kiesweg hinweg zu vernehmen. »Man hätte glauben können, er schliefe, so still lag er da, aber in seiner reglosen Konzentration sammelte er all die Fakten, die auf ihn einströmten, absorbierte all das gewaltige Material mit seinem klaren, trainierten Gehirn. Er unterbrach den Redner nie mit einer Frage, bat nie um die Wiederholung einer Ziffer. Doch als der Vortrag beendet war und er alle Fakten aufgesogen und verarbeitet hatte, erhob er sich und tat seine Entscheidung kund: ›Ich kaufe es!‹. Kein Zögern, keine Unentschlossenheit, kein Versuch, die Entscheidung aufzuschieben oder sich der Verantwortung zu entziehen. Keine billige Dramatik, bloß die einfachen Worte: ›Ich kaufe es!‹ Ich brauche wohl nicht daran zu erinnern, daß sich das Geschäft als außerordentlich einträglich erwiesen hat: Das Bergwerk wirft jetzt dreimal so viel ab wie unsere Untersuchungskommission für möglich gehalten hat. Vor diesem Manne, Herr Studienrat Persson, sind wir alle kleine Lichter. Ja, ich versichere Ihnen, als er uns damals anschaute mit seinem leicht verschleierten Blick und sein ›Ich kaufe es!‹ sagte, fühlte ich, wie ein einfacher Soldat sich gefühlt haben mußte, als Napoleons Augen auf ihm ruhten ...«

In dem Moment kam zum Glück der Bonaparte der Geschäftswelt und kümmerte sich persönlich um seinen ungebetenen Gast.

Ich ging hinauf aufs Zimmer.

Ich hatte das Briefmarkenalbum ausgepackt.

Die ägyptische Sammlung mußte geordnet werden.

Aber die Unordnung war groß und überwältigend, als habe der Herbst alle gefallenen Blätter der Kastanie gesammelt, eins nach dem anderen ... Und das Bild der Sphinx führte meine Gedanken zu den Beamten, denen ich soeben begegnet war: der Ausdruckslosigkeit von Justizchef Rydlander, der steinharten Brutalität von Ministerialrat Dååbh, der Hohläugigkeit von Staatssekretär Svanberg. Ich erkannte, daß sie zu jenen Männern gehörten, die die schwedische Verwaltung trugen und unsere Geschicke lenkten. Und dann noch der Staatsminister ...

Ich sank auf das Bett nieder und blätterte mit ungewohnter Unlust in Dardels Memoiren. Eine Seite reichte, und die Buchstaben verloren ihre Konturen, verschwammen, verschwanden ...

Ich schlief.

Von den Stimmen wurde ich geweckt.

Ich leistete Widerstand. Doch sie schlugen ein Loch in den

Schlaf, ständig neue Löcher, die die Müdigkeit nicht stopfen konnte. Ich war jetzt wach oder so gut wie.

Sie kamen von unten, von draußen, und sie ergaben keinen Sinn und verrieten keine Identität. Doch der Tonfall war erschreckend: hart, erbittert, aggressiv.

Während ich durch das Zimmer zum Fenster ging, verstummten sie.

Ich schaute hinunter in den Garten.

Dort wuchs zwischen Weg und Wand eine Ansammlung von Eiben. Im Kreis gepflanzt, schlossen sie alle Blicke aus.

Nur diejenigen, die hoch plaziert standen, hätten den kleinen Mann erspähen können, der im Rondell aus dichtgewachsenen, geschnittenen Bäumen kniete.

Er rieb sich die Wange.

Zu früherer Stunde an diesem Nachmittag war ich Zeuge geworden, wie Staatssekretär Svanberg im Arbeitszimmer von seiner Assistentin Frau Johansson geohrfeigt wurde.

Jetzt hatte ihm offenbar jemand eine Neuauflage beschert.

Auf der Toilette saß ein Kind und legte bei offener Tür ein Puzzle und rief: »Hallo, Onkel, haste was zu naschen?« Und auf der Treppe wäre ich beinahe über einen der Hunde gestolpert, bekam aber das Geländer zu fassen und rettete meine Knochen. Zum Glück fielen mir auch die Worte meiner Schwester ein, daß die Tiere nur Personen bissen, die sie nicht mochten – sie sollen angeblich mittels ihres unglaublich gut entwickelten Geruchssinns zwischen Freund und Feind unterscheiden können –, und unterdrückte nach Kräften alle giftigen Gefühle und bösen Gedanken.

Das Eßzimmer war menschenleer, doch im Wohnzimmer stand Ministerialrat Dååbh rauchend vor einem französischen Fenster. Ich hatte mir vorgestellt, er bevorzuge Pfeife; die kräftige, untersetzte Gestalt deutete es gewissermaßen an, die Finger aber umschlossen eine feingliedrige Zigarette. Er hörte mich erst, als der Fuß auf dem Parkett aufsetzte.

»Was?!« sagte er, und es gelang ihm, trotz des frappanten Mangels eines Halses schnell den Kopf in meine Richtung zu drehen. »Wo zum Teufel sind denn alle? Ich warte auf Svanberg«, fuhr er fort. »Haben Sie ihn gesehen? Diesen, kleinen Kerl von einer Ratte?«

Ich antwortete, ohne weiter ins Detail zu gehen, daß ich ihn zuletzt im Garten gesehen hätte. Ministerialrat Dååbh nahm die Nachricht – sofern es überhaupt eine Nachricht war, das grobschlächtige Gesicht gab einem nichtgeschulten Beobachter wenig Aufschluß – mit einem Schnauben auf. Verstohlen maß ich mit Blicken seine Arme, die leicht eingeknickt an der Seite herabhingen. Sie waren in der Tat ungewöhnlich lang. Und diese fliehende Stirn und die Halslosigkeit ... Ein häßlicher Gedanke schoß mir durch den Kopf. Konnte er wirklich ... Nein, es war einfach nicht möglich! Irgendwo wäre es entdeckt worden ... Wenn nicht im Finanzministerium, wo bestimmt allerlei passieren durfte, wenn der fiskalische Eifer da war, dann früher in der Schule bei den jährlichen Lehrerkontrollen ... Und er war schließlich des Sprechens kundig. Insgeheim überprüfte ich, wie es um meine eigenen Arme bestellt war – seltsam, wie lange man leben kann, ohne über so etwas nachzudenken –, und glaubte erheblich normalere Proportionen feststellen zu können.

»Er steckt bestimmt mit dem Bergbaukonsul zusammen. In dessen Gesellschaft dürfte er sich heimisch fühlen. Widerlicher Typ«, murmelte der Ministerialrat, ohne sich präziser auszudrücken. »Widerliche Typen übrigens überall in diesem Haus. Der Staatsminister, Svanberg, Konsul Karling ... Ebensogut könnte man im Direktoriumszimmer der Enskilda Banken sitzen und arbeiten! Der einzige anständige Kerl ist doch Justizchef Rydlander. Doch er verträgt leider Gottes keinen Rauch, so daß man sich für eine Zigarette wie ein Schuljunge davonschleichen muß«, ergänzte er, wie um seine Anwesenheit im Wohnzimmer des Staatsministers zu erklären. »Haben Sie Aktien?«

Ich antwortete sofort mit »Nein«. Ich besitze allerdings drei Anteile an Stockholms Ångslups AB, eine Erbschaft meines Vaters, aber in Kenntnis des Temperaments des Ministerialrats und seiner allgemeinen Einstellung zu Aktien und Aktieneignern erachtete ich es als unnötig, in diesem Punkt eine pedantisch wahrheitsgetreue Antwort zu geben.

Er streckte einen seiner auffälligen Arme aus und zog mich ans Fenster.

»Kennen Sie Leute mit Aktien? Die meisten haben ein derartig intimes Verhältnis zu ihren Papieren, daß sie sie beim Vornamen nennen. ›LM‹ und ›Atlas‹ und ›Gränges‹. Wie Kinder oder Hunde. Und dann haben diese Teufel Glück und sterben, wenn der Kurs seinen Tiefststand erreicht hat, und bringen die Gesellschaft um die Steuereinnahmen. Pfui Teufel!« schrie er auf und knöpfte damit offensichtlich wieder an Staatssekretär Svanberg an. »Daß ein Mensch mit einer Führungsposition in der Bewegung von den Anstrengungen der Arbeiter profitiert, ist geschmacklos, daß er außerdem herumläuft und damit prahlt, macht das Ganze unerträglich. Ihn sollte man hinauswerfen. Aber sie müssen wohl Rücksicht auf den Staatsminister und all seine Konzerne nehmen. Mein Gott, was für ein Dreckstall!«

Nach einigen anderen Äußerungen gleichen Stils öffnete er die Glastür und marschierte in den Garten hinaus.

Ich selbst suchte den Staatsminister.

Beide Arbeitszimmer waren verwaist. Ich machte die Haustür einen Spalt auf, auch der mit Steinplatten ausgelegte Gartenweg zur Pforte lag menschenleer zwischen Reihen von blühendem Phlox da.

Ich machte eine letzte Runde durch die Räume, und nun

stand Konsul Karling an einem der Schreibtische im Arbeitszimmer.

Ich hatte nicht angeklopft – dort war es schließlich eben noch menschenleer gewesen –, und er mußte mich erst sehr spät gehört haben, erst als die Türklinke nach unten gedrückt wurde. Auf der Schwelle zum Zimmer erlebte ich, wie sich sein Gesicht vor meinen Augen verwandelte. Das viril Festgefügte, männlich Regelmäßige löste sich auf, das Kinn verlor an Halt und wurde zu einem von vielen, und der Mund wurde geöffnet und blieb es, wie bei einem sehr alten oder sehr überraschten Menschen. Seine Verwirrung war so offensichtlich und mein eigenes Versäumnis, nicht anzuklopfen, so peinlich, daß ich bloß einige unverständliche Entschuldigungen stammelte, ehe ich mich ins Zimmer des Staatsministers zurückzog.

Erst dort erlangte ich Denk- und Reflektionsvermögen zurück.

Was hatte der Konsul allein im Arbeitszimmer der Mitarbeiter zu suchen? Warum hatte er so schuldbewußt überrumpelt ausgesehen? Und warum hatte er die Hände so gehalten, hinter sich? Was verbarg er da hinter dem Rücken?

4

Kurze Zeit später lief mir in der Eingangshalle Justizchef Rydlander über den Weg, den ich nur flüchtig gesehen hatte, seit wir gemeinsam bei lebendigem Leibe aus dem Auto gestiegen waren. Einen Augenblick lang fragte ich mich, ob er Staatssekretär Svanberg im Garten niedergeschlagen hatte, doch der Mann sah in seinem schwarzen Mantel und seinem Bowler so übertrieben, so außerordentlich korrekt aus, daß ich den Gedanken als absurd abtat.

»Ich darf mich vielleicht von Ihnen verabschieden«, sagte er mit der zurückhaltend heiseren Stimme, die zuweilen als Zeichen einer interessanten Persönlichkeit gilt, die aber fast immer auf eine chronische Infektion der oberen Atemwege zurückzuführen ist. »Der Staatsminister besaß genug Freundlichkeit, mich zu bitten, zum Abendessen zu bleiben, unglücklicherweise jedoch bin ich bereits eingeladen. Sonst ist es immer ein, ähm, ein Erlebnis, gemeinsam mit all den Kindern zu essen ...«

An dieser Stelle war über die plane Fläche der Brillengläser hinweg etwas zu erkennen, das mit ein bißchen Phantasie als ein Ausdruck der Erleichterung interpretiert werden konnte.

Er verbeugte sich und zog von dannen.

Ich schaute ihm nach, wie er zur Gartenpforte ging. Auf halber Strecke nahm er das Fortbürsten der Schuppen wieder auf. Aus der Ferne erinnerte er ein wenig an einen Polizisten in Zivil, der dem Wahnsinn verfallen war und einen imaginären Straßenverkehr dirigierte …

Er war bestimmt froh, daß ihm das Tohuwabohu am Eßtisch erspart geblieben ist!

Aus dem Innern der Villa war Frau Johansson, die junge Assistentin des Staatssekretärs, aufgetaucht, jene Dame, die sich so überaus eindrucksvoll vom Kanapee erhoben und ihren Chef geohrfeigt hatte.

»Wir essen in einer Viertelstunde, und alle Kinder sind wie immer mit dabei«, erklärte sie. »Nette Kinder. Wenn auch lebhaft.«

Sie lächelte über die Erinnerung und die Zukunft. Aber vielleicht mochte sie Kinder. Es soll ja Leute geben, bei denen es so ist. Ich begutachtete das muntere, von roten Haaren eingerahmte Gesicht, konnte aber weder Wunden noch Schwellungen entdecken. Und solche Verletzungen müßten zu finden sein, wenn sie es war, die im Garten eine neue Runde mit ihrem Arbeitsgeber eingeläutet hätte. Falls es sich nicht um eine schnelle Auseinandersetzung gehandelt hatte – sie schien gut genug durchtrainiert zu sein, um einen Gegner von kleiner Statur mit dem ersten Schlag zu fällen.

»Der Staatsminister? Er sitzt in der Bibliothek. Ich habe ihm Bücher über Japan und die UN herausgesucht.«

Sie lächelte vielsagend und verschwand in den Bürotrakt.

Der Staatsminister saß tatsächlich eine Treppe höher in der Bibliothek. Er erzählte, der Ministerpräsident habe ihn telefonisch beauftragt, den japanischen Premierminister zu empfangen, der am späten Abend auf Stockholms Flugplatz Arlanda erwartet wurde. Der Ministerpräsident hatte betont, er habe seine Repräsentationspflichten auf ein absolutes Minimum reduziert und sei in dieser Woche schon dreimal hinaus zum Flugplatz gefahren: am Montag, um den Führer der vietnamesischen Befreiungsfront abzuholen, am Dienstag, um eine Delegation der angolanischen Befreiungsfront zu empfangen, und am Mittwoch schließlich, um den Anführer der Black-Panther-Bewegung aus den USA willkommen zu heißen.

»Soll doch der Teufel alle Premierminister abholen«, war er fortgefahren. »Der Mann ist noch dazu offensichtlich vollkommen uninteressant, dieser alte, konservative Halunke. Kein militanter Hintergrund, keine revolutionäre Zukunft und ganz bestimmt keine Visionen für die nächsten fünfzig Jahre. Du mußt einspringen! Der Außenminister ist ja in der Sowjetunion, und die anderen feiern in der chinesischen Botschaft Maos Geburtstag. Oder war es der Namenstag? Mach eine Andeutung, du seist eine Art Hilfsministerpräsident, das macht einen besseren Eindruck. Erzähl aber keinen Quatsch! Was du sagen sollst? Tja, du kannst doch immer von der UN berichten, sag, daß wir die UN unterstützen. Die UN! Die Vereinten Nationen, die Weltorganisation! Natürlich sind wir da Mitglied! Oder sag einfach gar nichts, was? Da kommen auch Leute vom Außenministerium, laß die reden. Du kannst denen Sachen erklären, an denen ihr vorbeifahrt ... nein, das kann wie Eigentum aussehen ... wie Ethnozentrismus meine ich. Egal, erzähl von der Familie. Also in Arlanda, heute abend um halb zwölf. Komm bloß nicht zu spät!« Der Ministerpräsident hatte zum Abschluß der Hoffnung Ausdruck verliehen, daß der Staatsminister nicht gedachte, den Wagen eigenhändig zu lenken.

Anschließend machte sich der Staatsminister an seine Japanstudien. Offensichtlich war er von seinem Thema ganz gefangen genommen, denn er brabbelte eine Menge vor sich hin. Als er mir verwirrt verwirrende Auszüge aus der älteren Geschichte des Landes vortrug, unterbrach ich ihn mit dem Recht des Fachmanns und erkundigte mich, was Konsul Karling für ein Anliegen gehabt habe und wie das Treffen zwischen ihm und Ministerialrat Dååbh verlaufen sei.

»Och«, sagte der Staatsminister, »Karling wollte nur, daß

ich mir eine Bilanzrechnung anschaue. Hast du so etwas schon mal gesehen? Auf der einen Seite steht eine Tabelle mit den Aktiva und auf der andern eine mit den Passiva. Ja, das ist ja gar nicht so schwer. Aber verstehst du«, fuhr er fort und klang mit einem Mal besorgt, »das Komische ist, daß sich in meinen Unternehmen die beiden Tabellen immer genau auf die gleiche Summe belaufen. Verstehst du das? Aktiva und Passiva sind gleich groß! Jahr für Jahr! Da rackern die sich ab und arbeiten, und die Direktoren sagen, alles läuft blendend, und dann kommen sie mit so einer Auflistung, die beweist, daß alles genau aufgeht. Wozu zum Teufel sollen sie überhaupt weitermachen? Mein Vater hat immer gesagt, daß ein Unternehmen, das nicht vorwärtskommt, Rückschritte macht. Meine Unternehmen müssen inzwischen im Lauf der Jahre massenhaft Rückschritte gemacht haben. Solange ich mich entsinnen kann. Komisch, daß sie noch existieren. Aber die Direktoren strahlen vor Zufriedenheit, die haben natürlich ihre fetten Gehälter. Ich werde wohl Karlings Lohn um die Hälfte kürzen, dann gibt es nächstes Jahr wenigstens ein paar Hunderttausend Plus. Jetzt wollte er noch ein Unternehmen aufbauen, aber ich habe Nein! gesagt. Wozu soll das gut sein? Die Aktiva steigen natürlich ein wenig. Aber die Passiva wachsen genauso stark an. Bedeutet also bloß, daß man immer auf derselben Stelle tritt, wenn auch auf einem etwas größeren Fleck sozusagen. Nein, ich habe meine Entscheidung nicht begründet, und er hat auch nicht widersprochen. Hat bloß gesagt, er verlasse sich ganz auf meinen ›visionären Blick‹. Aber man braucht wohl kaum einen visionären Blick, um eine Tabelle zu lesen! Wie Karling und Dååbh miteinander auskamen? Och, ganz gut. Dååbh ist gerade mit den Vorbereitungen für eine neue Steuererhöhung beschäftigt und scheint momentan eine ungewöhnlich nachsichtige Haltung gegenüber den Großunternehmern zu haben. Er fluchte natürlich, aber murmelte dann etwas davon, daß Karling in der

›Klasse der Neunzigprozentigen‹ Mitglied werden würde und sagte, daß solche Besprechungen ihn inspirierten und ihm neue Energie verliehen ...«

Ein Geräusch, wie wenn ein Stein Glas durchschlägt.

»Die Kinder spielen bestimmt Ball«, sagte der Staatsminister phlegmatisch und schlenderte zum Fenster.

Ein Rasen, volles Buschwerk und weiter entfernt eine Hecke.

Aber keine Ballspieler.

Nur der Schimmer von etwas Grauem, das im Grünen verschwand ...

»Das müssen wir untersuchen«, entschied der Staatsminister.

Wir gingen zu der Stelle hinunter.

Es handelte sich weder um einen Ball noch um einen Stein, sondern um einen Apfel. Um einen kleinen, grünen, steinharten Astrachanapfel. Er mußte mit erheblicher Kraft geschleudert worden sein, da er die Fensterscheibe zum Zimmer der Mitarbeiter durchschlug und jetzt auf dem Fußboden zwischen den Schreibtischen lag.

»Das *müssen* wir untersuchen«, beschloß der Staatsminister und verschwand hinaus in den Garten. Durch das demolierte Fenster sah ich, wie er schnell um das Gebüsch bog und Spuren suchte. Ich sank auf einen Stuhl und dachte bei mir, daß ich bestimmt mehr Ruhe gehabt hätte, wenn ich in der Bastugatan bei den Kleistereimern und Handwerkern geblieben wäre. Ich war erst wenige Stunden in Spånga, hatte aber schon einige aufreibende Dinge erlebt. Ein Ministerialrat hatte gedroht, einen Staatssekretär zu erwürgen. Derselbe Staatssekretär war von seiner Assistentin geohrfeigt und später im Garten von einem unbekannten Individuum mißhandelt worden. Ein Unternehmensführer, in Personalunion Konsul, war herumgeschlichen und heimlich in ein Zimmer geschlüpft, wo er nichts zu suchen hatte, und jetzt hatte jemand einen Apfel durchs Bürofenster des Staatsministers geworfen.

Und irgend etwas sagte mir, daß das noch nicht das Ende der Geschichte war.

Der Staatsminister kehrte allein und ohne Spur aus dem Garten zurück.

Der Gong rief zum Adendessen.

Es wurde ein anstrengendes Unterfangen, aber ein wohl kaum anstrengenderes, als unter den gegebenen Umständen zu erwarten gewesen wäre. Staatssekretär Svanberg, seine temperamentvolle Assistentin Frau Johansson, Ministerialrat Dååbh und Konsul Karling hatten uns gebeten zu warten und es offensichtlich – im Gegensatz zu Justizchef Rydlander – nicht fertiggebracht, die Einladung abzulehnen.

Die Erwachsenen saßen wie eine unbedeutende Sekte an einem Ende des Tisches, und dann folgten die Kinder in der Reihenfolge ihres Alters, sich heftig zankend und in voller Garnitur, die Kleinsten zum Glück so weit entfernt, daß man ihre quengelnden Mißfallensäußerungen über den unbeugsamen Willen der Kindermädchen und ihre proteinhaltige Kost mehr erahnte als wahrnahm. Es ist mir ein Rätsel, warum eine Familie, die über sechsundzwanzig Zimmer und ausreichend Personal verfügt, darauf beharrt, geschlossen das Adendessen einzunehmen, auch wenn Gäste anwesend sind. Doch der Staatsminister ist in diesem Punkt vollkommen unnachgiebig. »Es ist nützlich«, sagt er. Und vielleicht hat er trotz allem recht. Denn nachdem der Finanzminister an einer solchen Fest- und Jubelveranstaltung teilgenommen hatte, ließ er sich endlich dazu bewegen, den Lehrern, die bei den Schulspeisungen Aufsicht führten, einen Ausgleich zukommenzulassen.

Hochstimmung kam an unserem Tischende nicht auf. Das Ganze erinnerte offen gestanden eher an einen Leichenschmaus, bei dem ein schlecht angesehener Toter wieder zu

Leben erwacht war und unter den Gästen Platz genommen hatte. Der Leichnam, der in diesem Fall auch über äußere Übereinstimmungen mit etwas kürzlich Ausgegrabem verfügte, sollte Staatssekretär Svanberg sein. In genauer konstitutioneller Übereinstimmung mit Karl XII. als Toter, die mir schon bei unserer ersten Begegnung aufgefallen war, waren nunmehr weitere schönheitssteigernde Blutergüsse und Beulen hinzugekommen. Er hatte einen schweren Nachmittag hinter sich. Und die Prüfungen nahmen kein Ende.

Seine eigene Assistentin sah ihn kalt über den Tisch hinweg an und zischte hin und wieder etwas, fast so wie ein Novembertag, der der Ansicht ist, es sei mit Wind und Kälte noch nicht genug, sondern indessen einen Regenschauer niedergehen ließ. Ministerialrat Dååbh grunzte nur einmal quer durch ihn hindurch, als sei er ein Feld verunreinigter Luft. Konsul Karling, der inzwischen wieder seine Kinnlade unter Kontrolle gebracht hatte, wirkte etwas zerstreut; vielleicht berechnete er, wieviel ihm nach der Halbierung durch den Staatsminister und der neunzigprozentigen Steueranhebung auf den Rest durch den Ministerialrat von seinem Gehalt bleiben würde. Indessen versäumte er es nicht, zwischen Kauen und Denken dem Staatsminister feindselige Blicke zuzuwerfen. Hätte dieser um das Brot gebeten, hätte er es vermutlich bekommen, aber ohne ein kurzes Lächeln.

Staatssekretär Svanberg ließ die ihn umgebende Kälte nicht unberührt. Er redete zwar, jedoch viel gedämpfter, viel sporadischer, während das Abendessen, das aus Sandwiches, Kalbsfilet und Eis bestand, seinen Fortgang nahm.

Der einzige Mensch, von meiner Schwester, der Gastgeberin, einmal abgesehen, der so war wie immer, das war der Staatsminister. Er erläuterte mit energischer Verwirrung die trivialsten Fakten über Japan und das japanische Volk, die für alle sensationelle und unbekannte Neuigkeiten darstellten. Ich empfand mit einem Mal große Sympathie für den japanischen Premierminister. Nachdem er endlich in der nordischen Nacht gelandet war, würde er spüren, daß er sehr weit gereist war.

Gleich nach dem Dessert, sich kaum Zeit lassend, die Hand der Wirtin unter dem Kronleuchter zu drücken, brach Staatssekretär Svanberg auf. Es hatte den Anschein, als beabsichtigte Konsul Karling, ihm zu folgen; er brachte einige abgehackte Dankesworte hervor und setzte zum Anlauf auf die Halle und den Flur an, doch der Staatsminister legte ihm den Arm um die Schulter und führte ihn zurück.

Den Kaffee nahm man im Wohnzimmer. Der Staatsminister hatte verschiedene Wände ausschlagen lassen und eine Atmosphäre geschaffen, die an einen behelfsmäßig hergerichteten Hangar erinnerte. Auch hier waren die Kinder bei uns. Man liest davon, daß die Jugend von heute nie zu Hause sei, sie treibe sich auf der Straße herum und bilde Cliquen oder jage Rentner. Doch der Nachwuchs meiner Schwester ist immer zu Hause. Außerdem halten sie sich in demselben Zimmer auf wie ihre Eltern und deren Gäste, was so gut wie ein Einzelfall sein dürfte. Bedenkt man, daß jedes Kind mindestens zwei Kameraden anzieht, ist leicht zu verstehen, daß das Wohnzimmer des Staatsministers kaum ein Aufenthaltsort ist, den ältere, gebrechliche Menschen aufsuchen, um nach dem Abendessen ihren Kaffee zu trinken.

Dennoch wird dort der Kaffee serviert.

An diesem Abend glich der Raum mehr denn je einem gutbesuchten Mehrzwecksaal. In einer Ecke spielte sich das ab, was der Kleidung nach zu urteilen die allwöchentliche Versammlung von Spångas Pfadfindern sein mußte. Offensichtlich wurde ihnen als gute Tat für den Tag Hilfsbereitschaft gegenüber älteren Mitmenschen eingeschärft, denn als ich mich bei einigen Gelegenheiten in meinem Sessel drehte, stürmten einige der uniformierten Kleinen herbei, zogen mich hoch und führten mich im Zimmer auf und ab (einmal auch zur Toilette), bis es mir gelang, zu verstehen zu geben, daß ich nur die Sitzposition zu verändern suchte. An einer anderen Stelle des Zimmers wurden verbrechensvorbeugende Maßnahmen trainiert und weiter hinten probte ein Orchester. Der Staatsminister, der sich zunächst an einem Holzfeuer im Kamin zu schaffen gemacht hatte, aber vom Rauch vertrieben wurde, war dazu übergegangen, eine Gruppe von Jugendlichen im Schottischen, einem polkaähnlichen Rundtanz, anzuführen. Sein Vortanz war energisch, allerdings weniger schön zu nennen. Mitten im Zimmer, gewissermaßen in Konkurrenz zu der Tanzgruppe, waren einige Jugendliche mit dem Bau eines Kanus beschäftigt.

Es herrschte ein wildes Treiben wie in der Hölle.

Ich begreife nicht, worin der tiefe Sinn bestehen soll, Milliardär zu sein, wenn man in solchen Verhältnissen leben muß. Genausogut könnte man seine Abende in einer Obdachlosenunterkunft verbringen oder bei einem Krawall oder beim Treffen einer Bürgerinitiative.

Nahe dem Eßzimmer waren ein paar Sofas zu einer Art Wagenburg zusammengeschoben worden, eine relativ friedliche Ecke, wo meine Schwester Margareta mit dem Verbandskasten und umgeben von ein paar betäubten Gästen präsidierte. Dort schliefen auch die Kleinsten. (Früher waren sie von ihren Kindermädchen in kühle, ruhige Räume gebracht worden, waren dort aber nicht eingeschlafen, zurück in den Krach getragen worden und sofort eingeschlummert. Als der Lärmpegel einmal sank, wälzten sie sich unruhig hin und her.)

Nach einer halben Stunde riß sich Konsul Karling los. Er verabschiedete sich von der Gastgeberin, und ich glaube, er bedankte sich bei ihr, doch die Worte verstand ich nicht, obwohl es vollkommen offensichtlich war, daß er sie herausschrie. Eine Viertelstunde später war eindeutig Frau Johansson der Ansicht, ihren Teil für das Essen abgeleistet und die jugendlichen Aktivitäten lange genug ausgehalten zu haben. Sie winkte mir ein wenig hilflos zu und wurde von einer verständnisvollen Gastgeberin in die Halle gelotst. Zur gleichen Zeit erhob sich Ministerialrat Dååbh und bahnte sich den Weg über den Fußboden und riß den Staatsminister aus seinem Tanz. Dieser vollführte einige erschöpfte Gesten und verschwand mit seinem Gast im Arbeitsbereich.

Kurz danach begann meine Schwester, die Kinder eins nach dem anderen abzufertigen. In regelmäßigen Abständen führte sie mehrmals unterschiedlich viele Schläge gegen einen Gong aus, und bei jedem Signal (oder kurz darauf) löste sich eine Altersgruppe und wünschte eine gute Nacht. Ein General hätte sein Heerlager nicht mit größerer Gewandtheit und Autorität räumen können.

Dann saßen wir zusammen und unterhielten uns einige Zeit in Ruhe und Frieden. Meine Schwester interessiert es immer zu erfahren, wie es mir geht und wie ich in meiner Einsamkeit lebe. (Als sie klein war, trug ich sie auf den Schultern und war ihr Pferd und später, als ich ein Einkommen hatte, soll ich ihr Taschengeld aufgebessert haben. So etwas hat der große Bruder vergessen, aber nicht das Mädchen, das mit der Münze in der Hand zum Süßigkeitenladen lief.) Jetzt wollte sie von der Wohnung und den Reparaturen hören, und sie versprach, für neue Gardinen zu sorgen und den alten, abgewetzten Teppich im Flur zu erneuern.

Um halb elf Uhr ging sie hinauf in ihr Zimmer, und ich schlenderte ins Arbeitszimmer. Der Tabakrauch hing wie Nebelschwaden im Raum, und ich brauchte zu keinem gekünstelten Husten Zuflucht zu nehmen, um mein Kommen anzuzeigen. Der Glasermeister hatte offensichtlich einen Schnelleinsatz absolviert, da die auf so rätselhafte Weise eingeschlagene Fensterscheibe bereits erneuert worden war. Einen Augenblick lang spürte ich einen Stich von Neid gegen die Hohepriester der Demokratie – mit der Sicherheitspolizei im Rücken hätte ich wohl keine sieben Jahre lang warten müssen, damit meine gesprungene Kloschüssel ersetzt wird. Der Staatsminister legte gerade den Telefonhörer auf und schaute auf die Uhr.

»Dååbh!« rief er dem Ministerialrat zu, der an einem kleineren Tisch Unterlagen in seine Aktentasche steckte. »Sie sind fertig, oder? Ich fahre Sie in die Staatskanzlei und nehme den Chauffeur mit und fahre weiter nach Arlanda. Der Wagen ... Oh, mein Gott, der Wagen! Der steht ja immer noch an der Tankstelle! Wir müssen ihn holen.«

Er schaute mich einen Moment lang an, als beurteile er meine Qualität, spät am Abend Autos zu holen.

»Dååbh«, echote es dann, »Sie holen den Wagen, oder? Ich muß in der Kanzlei anrufen und herausfinden, ob dort wirklich ein Chauffeur ist und im Außenministerium ... Wie spät ist es? Halb elf, das schaffen wir problemlos!«

Ministerialrat Dååbh war zu uns gestoßen. Offensichtlich war er alles andere als zufrieden mit seiner Aufgabe als Autoholer. Sein Gesicht unter dem gelben, abstehenden Haar war genauso angepreßt und weiß wie bei unserer ersten Begegnung auf dem Gartenweg nach seinem Zusammenprall mit Staatssekretär Svanberg.

»Was zum Teufel ...«, setzte er an und rang die Hände in bekannter Manier, doch dann sorgte offensichtlich die Parteidisziplin dafür, daß er stillschweigend zuhörte, während der Staatsminister an den Verlauf der Straßen erinnerte.

»Sie sind in zehn Minuten wieder da!« rief er als Abschiedsgruß mit einem Anflug von Befehlston und stürzte sich von neuem aufs Telefon, das nach und nach die begehrten Auskünfte von sich gab.

Nach Ablauf von zwanzig Minuten war der Ministerialrat noch nicht zurückgekehrt. Der Staatsminister, der die letzten Minuten an den Schreibtisch getreten war und sich verbindlich verneigt hatte – offensichtlich übte er die Empfangszeremonie auf dem Flugplatz – unterbrach sich, schaute auf die Uhr und schrie los.

»Verdammt noch mal, jetzt wird's aber höchste Zeit! Wo bleibt er nur?«

In dem Augenblick kam er.

Ich glaube, ich habe noch nie einen so wütenden Menschen gesehen.

Mit rotgeränderten Augen, gelbem Haar und grimmig stand er da auf der Schwelle und starrte uns an. Adern schwellten und schwollen und lagen wie blaue Seile kreuz und quer über dem Gesicht, und der untersetzte Körper zitterte wie eine schwer arbeitende Maschine.

»War mit dem Wagen etwas nicht in Ordnung?« fragte der Staatsminister.

»Dieser verdammte Idiot ...«, brach der Ministerialrat hervor. »Dieser verdammte Idiot! ... Was? Das Auto war nicht vorgefahren. Und nicht betankt ... Und die Scheiben« – hier versagte ihm die Stimme – »die Scheiben waren schmutzig, und er hat nur gegrinst ... Dieser verdammte, verfluchte Idiot ...«

Der Staatsminister klopfte ihm zur Beruhigung auf die Schulter, zwinkerte verständnisvoll zum Abschied und sagte in einem Ton, den man bei einem ungerecht behandelten Kind anschlägt: »Na los, jetzt fahren wir! Wir schaffen es noch, Sie werden's schon sehen.«

5

Um neun Uhr am nächsten Morgen betrat ich den Bürotrakt der Villa.

Der Staatsminister war an Ort und Stelle, war aber nicht so unbekümmert wie sonst.

In den frühen Morgenstunden hatte man aus der Kanzlei angerufen. Die Besprechungen mit dem Gewerkschaftsführer über die Erhöhung der Verbrauchssteuer konnten nicht zu einem Ende gebracht werden, sondern befanden sich in einem äußerst heiklen Stadium. Herr Geijer war überaus aufgeregt und leicht reizbar, und der Bescheid war vom Ministerpräsidenten persönlich ergangen, daß sich der Staatsminister um jeden Preis am Tage fernzuhalten habe.

Ansonsten war die Autofahrt von Arlanda nach Stockholm mit dem japanischen Premierminister am Vorabend sehr anstrengend gewesen. Es stellte sich nämlich heraus, daß der Regierungschef nur seine eigene Muttersprache beherrschte und daß dem Außenministerium ein Irrtum unterlaufen war und einen vietnamesischen Dolmetscher geschickt hatte. »Die kommen immer von dort«, war ihre einzige Entschuldigung gewesen. Andere Mitarbeiter des Außenministeriums vor Ort konnten zusammengezählt elf interessante Sprachen, aber nicht Japanisch. Der Staatsminister war darum gezwungen, während der halbstündigen Fahrt mittels Gesten mit dem Gast zu kommunizieren. Nachdem man sich durch die zugelassenen Gesprächsthemen gestikuliert hatte, mußte er auf verbotene Gebiete zurückgreifen, und fast am

Haga Schloß angekommen, hatte er bei der Erwähnung von Schwedens Haltung in der Vietnamfrage womöglich eine etwas überspitzte Beurteilung in Form einer heftigen Armbewegung gemacht, unmittelbar gefolgt und unterstrichen von einem Stoß mit dem Bein und hatte sich dabei eine Kontusion – oder eine Konstitution, wie der Staatsminister es nannte – am Knie zugezogen.

Eine dritte Klippe der Verärgerung war Staatssekretär Svanberg. Er war weder in seiner Wohnung noch in der Kanzlei, noch an einem anderen erdenklichen Ort. Er war ganz einfach verschwunden.

Und seine Gegenwart an diesem Vormittag war dringend erwünscht. Der Staatsminister hatte nämlich einem alten Versprechen zufolge eine Delegation des Stockholmer Vereins der Wirtschaftsleiterinnen zu empfangen, die dem Justizminister ihre Ansichten über die steigende Kriminalität und das zunehmende Rowdytum in der Hauptstadt vorzutragen wünschte, und Staatssekretär Svanberg war der einzige, der im Besitz der – vermutlich erlogenen und in jedem Fall frisierten – statistischen Angaben war, die die Argumente der Frauen widerlegen, ihren Protest zum Verstummen bringen und ihre Befürchtungen zerstreuen sollten.

Und jetzt war dieses Superhirn, dieser vortreffliche Dialektiker verschwunden, und die Frauendelegation, die im letzten Augenblick von der Staatskanzlei nach Spånga umdirigiert worden war, wurde in einer Viertelstunde erwartet.

Der Staatsminister saß auf dem Sofa und versuchte sich an Verbrechen zu erinnern, besonders an die mit sinkender Zahl, die in der letzten Zeit begangen wurden, während Frau Johansson per Telefon in derselben Frage Fakten aus besser unterrichteten Kreisen zusammentrug.

Der Staatsminister störte uns die ganze Zeit mit einfältigen Vorschlägen, allerlei Gerede und Unsinn.

»Wir setzen dich auf den Stuhl dort hinüber und stellen

dich als Kanzleirat vor. Du siehst aus wie ein Beamter. Dich umgibt wirklich eine Aura von beruhigender Bürgerlichkeit. Und für dich wird es interessant sein, einmal zu sehen, wie es auf so einem Empfang zugeht. Aber das muß schnell über die Bühne gehen – wir haben um elf eine Sitzung. Ich setze mich hinter den Schreibtisch, das verleiht mir ein wenig Autorität, etwas mehr Autorität. Du mußt versuchen, die Sprecherin zu bezaubern, Frau Samuelsson heißt sie. Nimm ihre Hand, nein, das solltest du vielleicht lieber nicht tun, jedenfalls nicht die ganze Zeit, aber lächle sie an und sag, sie habe eine frische Gesichtsfarbe – ich habe sie gesehen, sie ist rot im Gesicht wie ein Stierkalb – und trägt Wirtschafterinnenkluft, ich nehme an, irgendeine gestreifte Tracht mit Borte und Schürze. Und ihr werdet sehen, Svanberg taucht auf, er kommt oft in letzter Sekunde. Wenn ich doch nur draufkäme, wo ich dieses wunderbare, spiegelverkehrte Diagramm habe, das beweist, daß die Kriminalitätsrate sukzessive sinkt …«

Aber der Staatsminister hatte keine Zeit mehr, nach seinem Diagramm zu suchen, und Staatssekretär Svanberg hatte keine Zeit mehr, seinem Herrn beizuspringen, denn in just diesem Augenblick drängten sich schon die Frauen vor der Tür.

Frau Johansson eilte hinaus, um ordnend und helfend einzugreifen, der Staatsminister plazierte mich auf dem erkorenen Stuhl und nahm selbst eine würdevolle Haltung hinter dem Schreibtisch ein, die eine Hand lässig auf dessen Platte gestützt.

Und dann trabten die Frauen herein. Es waren nicht so entsetzlich viele, vielleicht drei Wagenladungen, und sie trugen Zivil, und ihnen fehlten die äußeren Attribute einer Hauswirtschafterin, abgesehen von einer gewissen gemeinsamen Tendenz zur Körperfülle. Vor allem die Lehrerin, Frau Samuelsson, war ein kräftiges Frauenzimmer. Und ein wütendes. Das graue Kostüm schien kurz davor, durch eine gefährliche Kombination aus innerem Leidensdruck und kräftiger Leibesfülle aus den Nähten zu platzen. Mit einer Handbewegung formierte sie ihre Hilfshauswirtschafterinnen zu einem bedrohlichen Halbkreis um den Staatsminister, der sich bereits etwas mehr auf den Schreibtisch stützte. Frau Samuelsson fixierte ihn mit einem Blick, wie ihn eine ältere, disziplinierte Volksschullehrerin gegen den Raufbold der Klasse einsetzt, und rief: »Herr Staatsminister!« und legte los.

Es war wahrhaft herzerfrischend. Die Regierung im allgemeinen und der Staatsminister im besonderen bekamen ihr Fett weg. Nach einem einleitenden, bissigen Resümee über die Preisentwicklung war Frau Samuelsson schnell zu ihrem Thema des Tages gekommen. Die Verrohung und der moralische Verfall in Stockholm wurde in grellen Farben ausgemalt. Sie beschrieb, wie Frauen und alte Menschen es aus Angst vor Gewalttätern nicht mehr wagten, ihre Wohnungen zu verlassen. Sie erklärte, sie sei selbst mehrmals von verlotterten Mannsbildern belästigt worden – eine Behauptung, der man meiner Ansicht nach kaum Glauben schenken durfte. Sie berichtete mit erstaunlicher Sachkenntnis und abstoßendem Realismus über die abscheulichen Morde in der Hauptstadt innerhalb der letzten fünf Jahre und schloß – nach einer Anhebung ihrer Oberweite, die nicht von dieser Welt war – mit der Forderung nach sofortigen und durchgreifenden Maßnahmen gegen »Raufbolde, Radaubrüder und kriminelle Subjekte« samt eines Appells an den Staatsminister, »ein Birger Jarl zu werden, der von neuem den Frauenfrieden in der Hauptstadt verteidigt».

Birger Jarl, der über dem Schreibtisch zusammengesunken war, stellte sich auf die Hinterbeine und begann das Gegenfeuer zu eröffnen. Er sprach von unserer im Grunde so gesunden Jugend, über die ständig steigenden Ressourcen, die die

Regierung und der Reichstag der Ordnungsmacht zur Verfügung stelle, er sprach von Polizeihunden, Polizeipferden und davon, wie er persönlich mit unermüdlicher Aufmerksamkeit die Entwicklung verfolge.

An dieser Stelle schnaubte Frau Samuelsson kräftig, doch der Staatsminister holte abermals aus und erklärte, die neueste Statistik belege, daß die Schwerkriminalität rapide abgenommen hätte. »Ich könnte Ihnen Zahlen zeigen ...«, sagte er.

»Tun Sie das!« antwortete Frau Samulesson.

»Ich könnte Ihnen Zahlen zeigen«, wiederholte der Staatsminister, »aber leider ist mein Diagramm im Moment ... ich weiß nicht, wo ...« – er suchte nach den richtigen Worten, und er fand sie: »Sie stehen mir im Moment nicht zur Verfügung.«

»Unordnung scheint sich von den Straßen ins Justizministerium ausgebreitet zu haben«, entgegnete Frau Samuelsson und lächelte grimmig. »Und warum verstecken Sie sich hier draußen in Spånga, in einem ruhigen Villenvorort? Traut sich nicht mal mehr die Regierung, in der Innenstadt zu arbeiten?«

Hier setzte der Staatsminister alles auf eine Karte.

»Hauswirtschafterinnen!« rief er. »Ich versichere Ihnen, ich gebe Ihnen mein Wort als Politiker ... ähäm. Ich gebe Ihnen mein Wort darauf, die Regierung hat die Lage unter Kontrolle. Wenn ich doch nur wüßte, wo ... Jetzt weiß ich es wieder! Jetzt fällt mir ein, wo das Diagramm ist, das beweist, daß eine Wendung zum Besseren stattgefunden hat!«

Er nahm Anlauf, durchbrach den Halbkreis der Hauswirtschafterinnen und stürmte auf einen der gewaltigen Eichenschränke an der Längswand zu.

»Hier«, rief er triumphierend, »hier ist der Beweis dafür, daß die Schwerkriminalität gerade jetzt rapide abnimmt! Der Beweis dafür, daß sich alle Mitbürger auf Stockholms Straßen ihres Leibes und Lebens genauso sicher sein können wie in diesem Zimmer!«

Und dann löste er einen Riegel und schlug die Schranktür auf.

Wir hatten Staatssekretär Svanberg unrecht getan.

Er mußte lange vor uns allen zur Stelle gewesen sein.

Er lag in Inneren des Schranks. Nein, vielleicht saß er mehr dort, zusammengekauert wie ein Embryo im Mutterleib. Der Kopf war auf die Seite gefallen, und die gebrochenen Augen schauten uns an.

Wir hatten uns alle zum Schrank umgedreht und mußten ihn alle im selben Augenblick entdeckt haben.

Ich entsinne mich der Stille, und ich entsinne mich der Schreie, der gellenden, hysterischen Schreie ...

6

Es war abermals Vormittag.

Den ganzen Abend und die ganze Nacht hatte die Polizei in der Villa gearbeitet. Mit all ihren Männern und all ihren Apparaturen hatten sie Verhöre durchgeführt, Untersuchungen angestellt, Vermessungen vorgenommen, und erst im Morgengrauen waren sie fertig geworden.

Wir hätten wohl im Arbeitszimmer sitzen bleiben können, aber aus irgendeinem Grunde war es nicht zur Sprache gebracht worden. Darum saßen wir in der Bibliothek, dem einzigen ruhigen Privatraum im Haus. Der Staatsminister blätterte zerstreut in dem vorläufigen Polizeibericht, das Ergebnis der Mühsal des Tages und der Nacht.

»Es war doch etwas ärgerlich«, murmelte er. »Ich meine, er war doch immerhin mein engster Mitarbeiter. Und in meinem Schrank ... Erwürgt und das alles.«

Ich dachte bei mir, man mußte hohe Ansprüche haben, um das Geschehene als »etwas ärgerlich« beschreiben zu können. »Skandalös und erschütternd« waren die Worte, die ich in der Situation passender fand. Doch seine Reaktion wunderte mich trotzdem nicht. Der Staatsminister hatte schließlich seinen Staatssekretär noch nie leiden können, er hatte ihn zusammen mit dem Amt geerbt, und er hatte zuletzt am Vortag seinen Willen kundgetan, daß er ihn loszuwerden gedachte, auf die eine oder andere Art und Weise. Und was Ereignisse und Situationen – die peinlichen oder die anderen – anbelangt, so hatte er nie sichere Urteilskraft besessen. Seine

Naivität ist in solchen Fällen jener grandiosen Art, wie man sie sonst nur bei Kindern und anderen glücklich unterentwickelten Individuen findet. Daran, daß der Todesfall ihn selbst in einem seltsamen Licht erscheinen lassen könnte, schien er folglich nicht auch nur einen zerstreuten Gedanken verschwendet zu haben. Recht häufig hat mich die dunkle Ahnung beschlichen, der Staatsminister sei als Staatsminister ungeeignet. Bisweilen frage ich mich, ob er als Mensch richtig geeignet ist.

Und jetzt blätterte er im Polizeibericht. Der Leiter der Ermittlungen war sehr kooperativ gewesen und hatte ihm die Unterlagen anstandslos zur Verfügung gestellt. Inwieweit es sich darauf zurückzuführen ließ, daß der Staatsminister sein höchster Chef war oder auf dessen Meriten bei anderen Mordfällen oder einfach nur auf die Tatsache, daß er, der Leiter der Ermittlungen, sich auf den vakanten Posten des Polizeipräsidenten von Stockholm beworben hatte, wage ich nicht eindeutig zu beurteilen.

Kurz und gut, der Staatsminister hatte den Bericht bekommen. Und jetzt schüttelte er schnell das Gefühl ab, es sei etwas Ärgerliches geschehen, und ging zu den Fakten über.

»Die Polizei hat sich natürlich auf das Arbeitszimmer konzentriert«, berichtete er. »Oder genauer gesagt auf die Arbeitszimmer, sie bilden ja eine Abteilung mit eigener Haustür zum Garten und nur einer Tür zum Privatbereich des Hauses. Die Fenster sind geschlossen und ordentlich verriegelt gewesen und sind nicht beschädigt worden. Der Glasermeister hatte die neue Scheibe vorrätig und kurz nach dem Abendessen eingesetzt, und der Kitt war trocken, als ich nach Arlanda fuhr, so daß wir mit irgendeiner Art von Hokuspokus nicht rechnen können. Svanberg und sein Mörder müssen also durch die Tür zum Garten oder zum Wohnzimmer in mein Arbeitszimmer gekommen sein. Wann? Ja, wann stand das Arbeitzimmer leer? Zuerst sollte ich vielleicht sagen, der

Gerichtsmediziner ist der Ansicht, er sei irgendwann zwischen halb elf und halb eins am Donnerstag abend gestorben, heute haben wir Samstag. In der Zeitspanne muß er auch in den Schrank verfrachtet worden sein, sagt der Doktor. Ich nehme an, er kann das anhand der Stellung der Gliedmaßen, der Leichenstarre und dergleichen feststellen. Nach dem Abendessen vorgestern hier – wir waren gegen halb sieben Uhr fertig – zog doch Svanberg seiner Wege, während Frau Johansson, Ministerialrat Dååbh und Konsul Karling noch mit uns im Wohnzimmer sitzen blieben und Kaffee tranken. Um sieben Uhr ging Karling, eine Viertelstunde später Frau Johansson und zur gleichen Zeit zogen Dååbh und ich uns zurück in mein Arbeitszimmer, wo wir bis kurz vor halb elf arbeiteten, als du hereinkamst und ich Dååbh zur Tankstelle schicken mußte, um den Wagen zu holen. Zwanzig Minuten später war er zurück, dann fuhren wir in die Staatskanzlei und von dort begab ich mich weiter nach Arlanda.«

Der Staatsminister faßte sich vorsichtig ans Knie.

»Ich kehrte kurz vor halb eins hierher zurück und ging ins Arbeitszimmer, lüftete und sammelte eine ganze Weile Unterlagen zusammen. Also: Das Zimmer war nur während meines Ausfluges nach Arlanda leer, zwischen zehn vor elf und zwanzig Minuten nach zwölf. In der Zeit mußte Svanberg ins Zimmer gekommen, ermordet und im Schrank versteckt worden sein. Das stimmt hervorragend mit den Angaben des Gerichtsmediziners überein, daß er irgendwann im Laufe der zweistündigen Zeitspanne zwischen halb elf und halb eins getötet und in den Schrank verfrachtet worden sein mußte.«

»Er mußte also schon da drinnen gelegen haben, als du zwischen halb eins und eins gelüftet und deine Unterlagen zusammengesammelt hast?«

»Natürlich«, antwortete der Staatsminister mit animalischer Unberührtheit.

»Und die Arbeitszimmer waren abgeschlossen, solange du fort warst?«

»Ja. Ich ließ hinter mir die Tür ins Schloß fallen, als ich mit Dååbh losfuhr, ich rüttelte sicherheitshalber noch mal dran, erinnere ich mich. Und du hast ja ausgesagt, du hättest es mit der Tür zum Privatbereich genauso gemacht, als du nach unserer Abfahrt dorthin zurückgingst, nachdem wir abgefahren waren. Als ich vom Flugplatz zurück war, waren beide Türen nach wie vor abgeschlossen. Und der Polizei zufolge hat niemand an den Schlössern herumgefummelt. Sie sind übrigens einbruchsicher, von der Sicherheitspolizei genehmigt und installiert. Wir haben schließlich eine Menge geheimer Unterlagen da drinnen. Folgerung?«

»Wer hat einen Schlüssel? Der Mörder ist unter den Schlüsselbesitzern.«

»Für die Tür zum Wohnzimmer haben nur Margareta und ich einen Schlüssel. Für die Außentür zum Arbeitszimmer, außer mir selbst und Margareta: Justizchef Rydlander, Frau Johansson und Ministerialrat Dååbh – er hatte seinen übrigens am selben Morgen bekommen, er war schließlich zum ersten Mal hier draußen.«

»Du hast Staatssekretär Svanberg vergessen.«

»Nein, er hatte keinen Schlüssel. Ja, das heißt, er hatte mal einen. Aber am Mittwoch hat er ihn in meinem Gartenteich verloren, und er kam nicht mehr dazu, sich gegen Quittung einen neuen bei der Sicherheitspolizei abzuholen. Ich stand selbst daneben und sah, wie der Schlüssel absoff, und gestern ließ die Polizei das Wasser ab und fischte ihn aus dem Sand.«

Ich kam mir langsam wie in einem Agentenroman vor.

»Aber wie konnte er dann am Mordabend hier hereinkommen?« wunderte ich mich, als ich mich von dem Schrekken erholt hatte.

Der Staatsminister sah zustimmend aus, als erachte er die Frage als passend und intelligent.

»Er muß mit einer Person hierher gekommen sein, die ihnen beiden aufschloß. Oder aber er kam als letzter und wurde von jemandem hereingelassen, der dort drinnen wartete. In dem Fall muß der Mörder unter den Besitzern eines Schlüssels zu dem Raum zu finden sein.«

»Du, zum Beispiel.«

»Ich?«

Der Staatsminister klang empört.

»Ja, du hast doch vorgestern gesagt, du willst deinen Staatssekretär loswerden, auf die eine oder andere Art und Weise. So oder so. Na, ich glaube an deine Unschuld. Es wäre raffinierter gewesen, ihn zum Regierungspräsidenten zu machen. Kein Blut – kein Märtyrer. Wie wurde nach Ansicht des Gerichtsmediziners eigentlich der Mord verübt?«

»Er wurde mit bloßen Händen erwürgt.«

»Dann muß es wohl ein Mann gewesen sein, oder?«

»Ganz und gar nicht. Svanberg war doch klein und schmächtig, wog nur 51 Kilo, entnehme ich dem Bericht. Wie zum Teufel wiegt man eigentlich eine Leiche? Ein robustes oder wütendes Frauenzimmer wäre ihm sicher gewachsen gewesen. Außerdem war er aller Wahrscheinlichkeit nach bewußtlos oder jedenfalls umnebelt, als er erwürgt wurde. Der Arzt hat nämlich eine Platzwunde am Hinterkopf gefunden. Der Mörder kann ihm also einen Schlag versetzt, daß er umfällt, und ihn dann erwürgt haben.«

»Ist das nicht ein bißchen unpraktisch? Warum nicht gleich richtig zuschlagen und die Sache in einem Aufwasch erledigen?«

»Tja, er – oder sie – hatte vielleicht keine Waffe, die schwer genug war. Oder aber der Schlag fiel nicht so aus, wie beabsichtigt. Oder aber es bestand keine Tötungsabsicht – der Impuls regte sich vielleicht erst, als er da auf dem Teppich lag. Oder aber alles spielte sich ganz anders ab. Es scheint jedenfalls festzustehen, daß er auf dem Teppich lag, als er erwürgt wurde. Im Haar auf dem Hinterkopf hat man nämlich Textilfasern von der Auslegeware im Arbeitszimmer gefunden. Und in der Mundhöhle und der Luftröhre waren weitere Textilstaubreste, leider nicht genug, um eine nähere Bestimmung zuzulassen. Er muß den Staub mit seinen letzten Atemzügen eingeatmet haben, als er auf dem Teppich lag und die Hände des Mörders sich seinem Hals näherten ... die Zimmer sind ja gut gegen den Rest des Hauses isoliert, so daß es nicht verwunderlich ist, daß bis dorthin kein Laut gedrungen ist. Ich höre nicht ein bißchen, wenn ich dort arbeite und die Kinder im Wohnzimmer nebenan alles auf den Kopf stellen. Alle waren übrigens um halb elf hinauf und zu Bett gegangen, du warst der letzte Mann hier unten in der Etage. Margareta hat erzählt, ihr sei gestern morgen beim Putzen der Arbeitszimmer – sie macht es immer selbst, wenn ich ein paar Unterlagen herumliegen haben sollte – aufgefallen, daß die Stühle neben der Tür zum Flur nicht mehr genau dort standen, wo sie sonst immer stehen. Wahrscheinlich waren sie umgefallen, als der Mörder sein Opfer niederschlug, und danach wieder aufgestellt wurden, aber nicht an exakt derselben Stelle. Ansonsten ist ihr nichts Besonderes aufgefallen. Allerdings wischte sie natürlich nicht im Schrank Staub. Aber den Teppich saugte sie gründlich ab – es wird doch immer viel Erde und Dreck hereingetragen, wenn die Leute direkt vom Garten ins Haus laufen. Svanberg hatte übrigens etwas Erde und Kies unter den Schuhen und am Hosenaufschlag, sehe ich. Und Grasflecke an den Absätzen. Klingt, als habe er sich hier im Gelände bewegt ... Was die Fingerabdrücke angeht, gibt es weder welche an der Tür noch am Schrank, noch an den Stühlen, abgesehen von solchen, die dort in Verbindung mit der Aufwartung der Hauswirtschafterinnen hinterlassen wurden. Aber es muß massenhaft andere gegeben haben. Folgerung?«

»Der Mörder hat sie nach der Tat abgewischt?«

»Genau. Und das gibt uns vielleicht das Recht zu einer weiteren Folgerung: Er ist nicht mit der Absicht zu töten gekommen. Wäre die Tat geplant gewesen, wäre er mit den Händen wohl vorsichtiger gewesen und hätte jedenfalls nach dem Mord Handschuhe getragen, als er die Stühle aufstellte und den Leichnam in den Schrank verfrachtete. Und dann hätte er hinterher auch nicht mit dem Taschentuch durchs Zimmer gehen müssen.«

»Irgendwelche Spuren im Garten?«

»Nein. Der Weg hier vorne entlang ist ja asphaltiert, und alles andere ist nicht spurenfreundlich. Und von der Gartenpforte bis zur Außentreppe ist alles mit Kalksteinplatten ausgelegt. Aber da ist ja noch der Kratzer ...«

»Der Kratzer?« wiederholte ich nach ermunternder Art der Lehrer, sogar bei vagen Anzeichen geistiger Aktivität Interesse zu bekunden.

»Ein dicker, ganz frischer Kratzer quer über das Türschloß zum Garten. Am Tag war er noch nicht da, dann wäre er mir aufgefallen. Der Mörder muß ihn beim Aufschließen gemacht haben.«

»Aber er dürfte sich doch sowohl mit der Tür wie mit dem Schloß ausgekannt haben, oder?«

»Ja, das ist ja das Seltsame. Und die Außenbeleuchtung brannte den ganzen Abend. Es ist übrigens kein normaler Stocherkratzer, er muß wohl mit dem Schlüssel fast gegen die Tür gefallen sein oder ihn mit ungeheurer Wucht über das Schloß gezogen haben. Vielleicht war er betrunken. Oder nur nervös ...«

»Und kein Mensch hat jemanden auf der Straße oder dem Gartenweg beobachtet?«

»Anscheinend nicht. Die Straße vor unserem Haus ist nur wenig befahren, vor allem spät abends. Es kommen vielleicht ein Auto oder ein Fußgänger in der Viertelstunde vorbei. Und die Gärten sind dichtbelaubt. Aber wenigstens vom ersten

Stock der Villa gegenüber muß man im Grunde den ganzen Kalksteinweg und die Außentreppe überblicken können. Und beide waren beleuchtet. Egal, die Polizei hat bestimmt noch nicht ihre Verhöre beendet ... Aber ich vergesse ja ganz zu erzählen, was der Gerichtsmediziner als wirklich interessant bezeichnet!«

»Aha«, sagte ich zögernd. Was Gerichtsmediziner nach der Leichenschau als wirklich interessant bezeichnen, kann meiner Erfahrung nach zwar interessant, aber auch sehr unappetitlich sein.

»Er sagt, Svanberg müsse die letzten Tage seines Lebens dreimal mißhandelt worden sein. Fragte, ob er als Sparringspartner für einen Boxer seinen Dienst versah. Er hatte nämlich drei große Blutergüsse im Gesicht, alle in unterschiedlichen Entwicklungsstadien. Den letzten muß er sich eine oder eine halbe Stunde vor seinem Tod zugezogen haben.«

Jetzt war mein Interesse geweckt. Auf diesem Gebiet hielt ich mich beinahe für so etwas wie eine Autorität.

»Die erste Ohrfeige wurde ihm von Frau Johansson verpaßt, als sie vom Kanapee im Arbeitszimmer aufgestanden ist, und da waren wir beide Zeugen. Nummer zwei handelte er sich etwas später im Garten vor meinem Fenster ein. Wer dafür verantwortlich war, habe ich natürlich nicht gesehen, aber es war ein ordentlicher Schlag, der ihn in die Knie gezwungen hatte. Über den dritten und letzten blauen Fleck kann ich keine Angaben machen. Das kann wohl nur der Mörder selbst.«

»Du meinst, der Mörder und Svanberg seien spät abends hierher gekommen, hätten sich unterhalten, und dann hätte der Mörder ihm einen Faustschlag ins Gesicht verpaßt, sich anschließend eine halbe Stunde weiter unterhalten und ihn dann erwürgt? Oder haben sich die beiden eine halbe Stunde lang geprügelt, ehe der Mörder auf die Idee gekommen ist, ihn zu erwürgen?«

Ich antwortete, daß ich in diesem Punkt keine eindeutige Meinung zu vertreten wagte.

»Egal«, sagte der Staatsminister, »aber warum hat der Mörder die Leiche in den Schrank verfrachtet? Warum diese zusätzliche, widerliche Arbeit, die große Mühe gekostet haben muß, auch wenn der Körper ungewöhnlich leicht war, als Körper betrachtet. Eine Panikreaktion?«

»Ich finde, das Ganze ist ziemlich klug eingefädelt und war bestimmt die zusätzliche Mühe wert. So wurde doch die Entdeckung des Verbrechens um fast einen Tag hinausgezögert. Wenn er die Leiche auf dem Boden hätte liegen lassen, dann wärst auch du nicht umhingekommen, sie bei deiner Rückkehr von Arlanda im Zimmer zu entdecken. Auf alle Fälle wärst du drüber gestolpert.«

»Ein anderer bemerkenswerter Umstand«, fuhr der Staatsminister unberührt fort, »ist, daß dem Toten der Mantel fehlte, als er im Schrank aufgefunden wurde, ebenso der Wollschal. Donnerstag abend war es schließlich kühl, nur drei Grad um elf Uhr, und als er nach dem Abendessen von hier aufbrach, hatte er eine Baskenmütze auf und seinen ledernen Halbmantel an. Was sagst du dazu?«

Ich sagte, meiner Ansicht nach klinge es schrecklich, mit Blick auf seine Stellung als hoher Beamter. Der Staatsminister jedoch entgegnete, er wolle kein Urteil über den Kleidergeschmack des Verstorbenen, sondern einen Kommentar über die Tatsache, daß dieser offenbar spät abends ohne Mantel und Kopfbedeckung zur Villa zurückgekehrt war.

»Er kam wahrscheinlich im Auto. Wo hatte er übrigens den Abend gesteckt, ehe er herkam und starb?«

»Tja, das ist das zweite Rätsel. Die Polizei weiß es nicht. Ich entsinne mich, daß ich ihn zum Hauptausgang hinausließ und beobachtete, wie er durch die Gartenpforte ging und nach rechts hinter der Hecke verschwand. Da war es halb sieben. Nach dem Glockenschlag scheint er wie vom Erdboden verschluckt zu sein. Kein Mensch hat ihn gesehen. Seine Frau sagt, er sei nicht zu Hause gewesen. Er hat kein Auto, nicht einmal einen Führerschein. Und kein Taxifahrer hat ihn chauffiert. Aber wir haben gerade von Mütze und Mantel gesprochen. Warum hatte er sie nicht mehr?«

»Er hatte sie vielleicht noch, als er hier ankam – im Auto oder zu Fuß. Aber der Mörder nahm Mantel und Baskenmütze mit, als er sich aus dem Staub machte. Frag mich aber bloß nicht, warum ...«

7

Das Telefon hatte wie ein wütendes Vogeljunges geschrien, und der Staatsminister stürzte sich auf den Apparat und stopfte den Hörer mit kleinen, unbestimmbaren Lauten, die danach in artikulierte Worte übergingen.

»Was, du bist hier? Und die auch! Ja, ich komme, ach nein, komm du lieber hoch! … – Fleißige Gauner«, murmelte er und befreite sich von Hörer und Schnur. »Sie waren hier und legten heute morgen mit der Arbeit los, nachdem die Polizei ihr Okay gegeben hatte. Rydlander, Dååbh und Anita Johansson. Sie hat Svanbergs Schreibtisch gesichtet und ist mit einigen eiligen Unterlagen auf dem Weg. Ob ich die Gelegenheit nutzen und sie fragen sollte, was sie vorgestern abend gemacht hat und so weiter? Sie gehört zu den Personen, die einen Schlüssel zu diesem Zimmer haben …«

Ich antwortete, mir fiele es schwer, mir eine Frau als Würger vorzustellen, aber der Staatsminister entgegnete, ich sei noch immer fest im alten Rollendenken verhaftet und forderte mich auf, mir die Ohrfeige ins Gedächtnis zu rufen, die sie zweifellos mit Kraft ausgeteilt hatte, und nötigte mich, ihrem federnden Gang und ihrer allgemeinen Geschmeidigkeit Aufmerksamkeit zu schenken.

»Würde mich nicht wundern, wenn sie abends Judo trainiert«, sagte er, und dann stand Frau Johansson in der Tür.

Das feuerrote Kleid war durch ein schwarzes ersetzt worden, eine stumme, aber gut sitzende Erinnerung an das Ableben des Staatssekretärs und Vorgesetzten. Die dunklen

Augen, das schwarze Haar und die kinnlangen, gerade geschnittenen Seitenarrangements (meine Güte, dachte ich nach Alt-Männer-Art echauffiert bei mir, sie muß eine Perükke tragen, beim letzten Mal hatte sie noch rote Haare!) vollendeten ein Gebilde, das rein farblich hoch gesteckte Ansprüche an einen Trauerfall erfüllte. Doch kein Künstler, der den Namen zu Recht trug, hätte sie unter seinem Pinsel wieder erstehen lassen können, ohne die nahezu wollüstige Lebenskraft einzufangen und zu vermitteln, die die sympathische Gestalt ausstrahlte, und die temperamentvolle Energie, die jeden Zug in dem braungebrannten Gesicht prägte.

Ich sah, wie sie auf uns zukam, und ich erinnerte mich, wie sie sich wutentbrannt vom Kanapee erhoben hatte, und war mit einem Mal überzeugt, daß sie, sollte Bedarf bestanden haben, in der Lage gewesen wäre, ihren totenschädelgleichen Chef in den Schrank zu bugsieren.

Der Staatsminister erhob sich und begann, vage und unzusammenhängende Kondolenzen abzusondern aus Anlaß dessen, was er zunächst als »diesen unangenehmen Vorfall« bezeichnete, es aber geschwind in »dieses tragische Ereignis« verbesserte, und die hinterbliebene Assistentin antwortete, indem sie – ganz und gar ohne Anzeichen eines Zusammenbruchs – den Verstorbenen als Chef und Mensch würdigte.

Nachdem der Choralgesang verklungen war, breitete sie den mitgebrachten Stapel an Unterlagen vor dem Staatssekretär aus und zeigte mit kurzen Schreibmaschinennägeln auf unterstrichene Linien und gewichtige Passagen, sprach außerdem langsam und deutlich und einen Anflug von Ungeduld übergehend, als sei der Staatsminister ein seltsames Zwitterwesen zwischen Kind und Diktaphon.

Sie saß die linke Seite mir zugewandt, und das Licht vom Fenster fiel auf sie. Ihr Anblick war sehr schön, und der Versuch war vollkommen vergeblich, es nicht genießen zu wollen.

Nach einer Weile entdeckte ich den blauen Fleck. Er war gleich unter dem Auge und schimmerte leicht, ganz leicht durch die Schicht brauner, erstarrter Creme ...

Sie war aufgestanden und schob die Papiere zu einem ordentlichen Bündel zusammen.

»Der Bericht über die Neuetabelierungskontrolle im Bergbau ist verschwunden.«

»Neuetabelierungskontrolle ...?« blökte der Staatsminister.

»Ja, Herr Svanberg war doch seit seiner Zeit im Industrieministerium Vorsitzender der Kommission. Die erste Korrektur des Berichts war am Donnerstag vormittag fertig, und er ließ sich ein Exemplar kommen, das er in die Aktentasche steckte. Aber das Schriftstück ist verschwunden.«

»Verschwunden?« wiederholte der Staatsminister.

»Er hatte es dabei, als er nach dem Abendessen hier aus dem Haus ging, und seitdem habe zumindest ich weder das korrigierte Exemplar noch den Bericht gesehen.«

Der Staatsminister starrte sie an.

»Wie ... seit wann haben Sie den blauen Fleck da?«

»Seit neulich abend. Ich bin gegen eine Tür gelaufen.«

Sie lachte. Ein sehr angenehmes Lachen.

»Was ... ähäm ... was haben Sie übrigens Donnerstag abend gemacht?« fragte der Staatsminister und versuchte ein unbeschwertes Gesicht zu machen.

Jetzt war sie ernst.

»Wenn Sie glauben, ich hätte Svante Svanberg erwürgt, dann fürchte ich, muß ich Sie enttäuschen. Ich gab ihm am Nachmittag im Arbeitszimmer eine Ohrfeige, das ist wahr, aber damit waren wir quitt. Ich war bis Viertel nach sieben hier, danke für das Abendessen übrigens, und dann ging ich nach Hause.«

»Ging?«

»Ja, ich wohne doch quer über die Straße.«

Der Staatsminister schaute verständnislos drein, eine Gabe, für die er ein angeborenes Talent besitzt.

»Aber da wohnt doch dieser alte, dicke Direktor. Wie heißt er doch noch gleich ...?«

»Johansson«, sagte die Assistentin hilfsbereit. »Ich bin mit ihm verheiratet. Anita *Johansson.* Und ich habe kein Alibi, denn ich war den ganzen Abend allein zu Hause. Mein Mann, der wirklich viel zu dick ist, war bis spät abends im Büro, und so tief in den direktorialen Überfluß bin ich noch nicht versunken, daß ich mir Personal hielte. Bis bald!«

»Oh, verflucht noch einmal«, sagte der Staatsminister. »Glaubst du, sie hat es mir übel genommen? Ich meine das mit ihrem dicken Direktor?«

Ich antwortete, daß sie solche Reaktionen wahrscheinlich gewohnt sei.

Der Staatsminister, der jetzt offensichtlich Blut geleckt hatte, erklärte, er wolle auch ein wenig mit Ministerialrat Dååbh »plaudern« und rief unten im Arbeitszimmer an. Während wir auf den Steuermann warteten, blätterte der Staatsminister im Polizeibericht.

»Er scheint ein Alibi zu haben, der Halunke. Nach dem Abendessen hier und dem Kaffee arbeiteten er und ich bis halb elf in meinem Arbeitszimmer, dann kamst du, und ich schickte ihn wegen der Staatskarosse zur Tankstelle. Nach zwanzig Minuten war er zurück, und anschließend fuhren wir in die Staatskanzlei. Ich ging hinauf, um einige Unterlagen zu holen, und ließ ihn im Konferenzsaal der Finanzbehörde zurück. Dort arbeitete er dann mit Sträng und fünf Steuermenschen bis vier Uhr morgens eine Regierungsvorlage aus. Arme Teufel, was muß das für eine Nacht gewesen sein! Dååbh war ja schon wütend, als wir losfuhren. Egal, es scheint einer von den normalen, gemütlichen vollen Abenden gewesen zu sein. Die einzige Abwechslung, die geboten wurde, waren die Liegestützen von Sträng und alle drei Stunden kurze Besuche auf der Toilette. Erklär mir mal, wie *er* da Svanberg erschlagen und im Schrank versteckt haben soll? Aber«, fügte er voller Hoffnung hinzu, »du wirst schon sehen, daß es in ihren Konferenzsälen dunkel und verraucht wurde und er sich gegen halb zwölf unbemerkt hinausschlich und einen Wagen auslieh. Zwanzig Minuten hierher, zwanzig Minuten zurück und fünf fürs Erwürgen, das macht eine dreiviertel ... Da kommt er!«

Diesmal brauchte man unter Schichten von verdeckender Creme weder zu suchen noch zu fahnden, um den blauen Fleck zu finden. Man sah ihn auf den ersten Blick. Er prangte dort mitten in dem breiten Gesicht, ungefähr auf halber Strecke zwischen dem gelben, kurzgeschnittenen Haar und der Stelle, wo der Hals der gewohnten Reihenfolge der Natur nach hätte anfangen müssen.

Der Staatsminister starrte wie eine hypnotisierte Schlange auf den Bluterguß, während der Ministerialrat uns informierte, wie weit im Finanzministerium die Prüfung der Regierungsvorlage zum erweiterten Rechtsbeistand vorangeschritten war. Als er fertig war und zu verstehen gegeben hatte, daß er bereit sei, Fragen über eventuell ausstehende dunkle Punkte zu beantworten, wollte der Staatsminister wissen, wie er zu dem blauen Fleck gekommen sei.

Ministerialrat Dååbh gab die recht knappe Antwort, daß er im Verlauf des Donnerstagabends in der Kanzlei gegen eine Tür gelaufen sei.

Der Staatsminister und Verhörleiter stellte klugerweise die Angabe des scheunentorbreiten Mannes nicht in Frage, sondern tastete sich in anderer Richtung vor.

»Schrecklich traurig, das mit Svanberg ...«

»Traurig?!« unterbrach ihn der Ministerialrat.

»Und wer kann Ihrer Meinung nach ...«

»Jeder.«

Der Staatsminister bedankte sich für den Besuch.

»Warum waren die beiden eigentlich zerstritten?« fragte ich in die Stille, nachdem die Tür mit Wucht geschlossen worden war. »Das kann wohl nicht nur an Svanbergs Aktienbesitz, seinem Zynismus über die Bewegung und an seinem reizbaren Naturell gelegen haben?«

»Nein, der Ursprung ist alter, verläßlicher Groll. Svanberg war ihm schon lange auf der Karriereleiter im Weg. Den Posten des Staatssekretärs zum Beispiel hatte sich Dååbh bestimmt schon für sich ausgerechnet. In einigen Fällen soll er davon gesprochen haben, daß er ›mit ihm abrechnen‹ wolle. Und du hast doch selbst gesehen, in welcher Verfassung er am Donnerstag nachmittag in den Garten gestürmt kam, nachdem Svanberg ihn gereizt hatte.«

»Sperr ihn ein«, schlug ich vor. »Ein Kerl kann nicht, darf nicht rumlaufen, so aussehen und sich so benehmen wie ein Mörder, ohne einer zu sein. Die Natur bringt nichts blindlings hervor. Und für einen Mann, der Steuertabellen mit neunzigprozentiger Anhebung erstellen kann, muß sich ein Erdrosselungsmord ziemlich harmlos ausnehmen.«

»Aber er hat doch ein Alibi! Sträng und fünf von seinen Jungs aus dem Finanzministerium schwören, daß er nie den Saal verlassen ...«

»Pfeif drauf! Ich habe Sträng noch nie über den Weg getraut. Mach Dååbh dingfest, solange es noch Zeit ist!«

Der Staatsminister blätterte.

»Er ist fünfundvierzig und seit fünf Jahren Witwer.«

»Verhafte ihn. Außerdem fehlt ihm ein Alibi für zwanzig Minuten in der entscheidenden Zeitspanne. Um halb elf hast du ihn losgeschickt, um das Auto zu holen, und er war erst zehn Minuten vor elf wieder zurück. Zwanzig Minuten sind nicht viel, meinst du vielleicht. Aber ich habe Kriminalromane gelesen und weiß, daß Menschen die abscheulichsten Morde innerhalb von zwanzig Minuten begehen können.

Sagen wir, Dååbh geriet mit seinem alten Rivalen Svanberg in der VIP-Lounge der Tankstelle aneinander, die haben bestimmt eine mit Teppich, der erklärt, woher die Textilfasern in seinem Mund und auf seinem Kopf kommen. Die Fasern auf dem Kopf stammen den Experten zufolge wahrscheinlich vom Teppich in deinem Arbeitszimmer, aber auch Experten können sich mal irren. Egal, Dååbh bringt ihn mit einem Schlag auf den Kopf zum Schweigen und erwürgt ihn. Anschließend verfrachtet er ihn hierher, und ehe er das Arbeitszimmer betritt, wo wir warten, *schnürt er sich die Leiche mit einem Riemen auf den Rücken.* Svanberg ist schmächtig, und Dååbh breit und weil er geschickt vermeidet, uns den Rücken zuzuwenden, bekommen wir nie zu sehen, was er da trägt. Langsam geht er im Rückwärtsgang zum Schrank – ungefähr so wie ein Nobelpreisträger, der sich vom König entfernt, nachdem er seine Auszeichnung in Empfang genommen hat – und als unsere Aufmerksamkeit einen Augenblick lang nachläßt, öffnet er die Schranktür und schwupps! gleitet die Leiche hinein. Das Zimmer war noch dazu voller Tabakrauch, und bei schlechter Sicht kann alles Mögliche passieren. Denk nur mal an den nebeligen Morgen in der Schlacht bei Lützen, wo Gustav II. Adolf 1632 starb! Wir drei waren zwei Minuten lang zusammen dort drinnen – dank der Literatur kenne ich Mörder, die das Unternehmen in der Hälfte der Zeit bewerkstelligt hätten. Nimm ihn fest!«

Der Staatsminister, der nicht schwer für einen kühnen Gedanken zu gewinnen ist, hing schon am Telefon.

Er machte ein enttäuschtes Gesicht, als das Gespräch beendet war.

»Die Tankstelle hat keinen Raum mit Teppich. Und Dååbh war nur fünf Minuten da, schrie die ganze Zeit und beschimpfte das Personal, weil der Wagen nicht vorgefahren und betankt war. Außerdem waren auf der Seitenscheibe noch Spritzspuren.«

Er saß eine Weile still da, Sorgenfalten auf der Stirn. Der Traum, der nie wahr werden sollte, war als Traum zu schön gewesen, um wahr …

»Übrigens«, sagte er und kehrte in die graue Wirklichkeit zurück, »übrigens hätten wir darauf achten sollen, ob Dååbh die Leiche auf dem Rücken festgezurrt hatte. Ich meine, er ist zwar breit, aber auch ziemlich klein. Svanbergs Beine müssen also bei ihm unten auf dem Boden geschleift haben, und die hätten wir gesehen. Natürlich ist Dååbh ein echter Schlachtertyp«, fuhr der Staatsminister mit generöser Geste fort. »Doch bei genauerer Überlegung muß ich doch zugeben, daß die Tat nicht ganz zu ihm paßt. Er könnte bestimmt einen Menschen umbringen, aber dabei würde er jemanden totschlagen, nicht ermorden. Bis zum Wahnsinn gereizt, würde er jemanden erwürgen oder den Schädel mit einer Flasche einschlagen oder mit der Schrotflinte erschießen und dann die Flucht ergreifen und verschwinden, alles andere außer seiner Wut vergessend. In diesem Fall ist der Tathergang ein anderer und viel raffinierterer. Der Mörder hat seinem Opfer offensichtlich zunächst einen relativ leichten, beherrschten Schlag auf den Kopf versetzt und ihn dann da erwürgt, wo er am Boden lag. Danach hat er am Tatort alle Spuren beseitigt: die Leiche ordentlich im Schrank verstaut, abgeschlossen, den Riegel vorgeschoben, die umgefallenen Stühle aufgestellt und systematisch alle Fingerabdrücke abgewischt. Erst nachdem er all diese Maßnahmen getroffen hat, hat er sich aus dem Staub gemacht und dabei vermutlich den Mantel und die Baskenmütze des Opfers mitgehen lassen. So eine eiskalt ausgeführte Nachbesserung stimmt psychologisch nicht mit dem Bild überein, das ich von Dååbh habe.«

Mit dem Staatsminister über Psychologie zu diskutieren ist kein Unterfangen, auf das man sich ohne zwingenden Grund einläßt, darum wendete ich mich einem anderen Ende des Fadens zu.

»Auch Svanbergs Aktentasche ist seiner Assistentin Frau Johansson zufolge seit dem Mordabend verschwunden. Und auf diesem Wege auch der Bergbaubericht. Kann eine Person ein Interesse daran gehabt haben, sich diese Unterlagen zu beschaffen?«

»Leute im privaten Bergbau würden natürlich einiges dafür geben, so schnell wie möglich die Pläne der Behörden in Erfahrung zu bringen ... Meine Güte, denkst du dabei etwa an Konsul Karling?«

»Ja. Kurz vor dem Abendessen am Donnerstag überraschte ich ihn allein im Zimmer der Mitarbeiter. Ich hatte ganz entschieden den Eindruck, er hätte dort irgend etwas verschwinden lassen. Und er machte ein Gesicht, als hätte ich ihn auf frischer Tat ertappt.«

»Oh, verdammt!« Der Staatsminister hatte sich erhoben und angefangen, im Zimmer auf und ab zu traben.

»Du hast ihn vielleicht gestört, als er gerade auf der Suche nach diesem Bericht war. Dann traute er sich nicht mehr, weiterzumachen. Und nach dem Abendessen verschwand Svanberg damit in seiner Aktentasche. Vielleicht folgte Karling ihm, forderte ihn zu einem Gespräch auf und als er nicht bekam ... Nein, ich kann es mir nicht vorstellen! Er ist zwar geschäftsführender Direktor, aber Mord?«

»Wann bist du ihm zuletzt begegnet?«

»Auf einem Kongreß, das muß wohl ein halbes Jahr her sein. Aber das war in Stockholm. Hier draußen ist er vorher noch nie gewesen.«

»Ist es da nicht etwas sonderbar, daß er gerade an dem Tag hier aufkreuzt, wenn der Bergbaubericht fertig ist? Der offizielle Grund, dich in einer Investmentsache um Rat zu fragen, kann doch reine Tarnung gewesen sein.«

»Mein Gott, um Himmels Willen, das wird eine Aufsichtsratssitzung geben!« schrie der Staatsminister. »Da werde ich hingehen.«

»Auf die Gefahr, eine Enttäuschung zu erleben: Konsul Karling kann nicht der Mörder sein. Er hat doch keinen Schlüssel zum Arbeitszimmer.«

Der Staatsminister sah aus wie ein Kind, das die versprochene Lakritzschnecke nicht bekommen hatte.

»Da hast du recht! Verflucht noch mal! Sofern er sich nicht am Donnerstag den Schlüssel von einer anderen Person beschafft hat. Aber alle haben ihren noch, und Svanbergs lag im Gartenteich. Obwohl ich glaube, wir sollten Karling einmal genauer unter die Lupe nehmen. Er rief heute morgen an und bat wieder um ein Treffen mit mir. Die Regierung war bestimmt nicht ganz zufrieden mit meiner Entscheidung vom Donnerstag in der Investitionsfrage. Aber ich werde standhaft bleiben. Er hätte jetzt kommen sollen, ich gehe hinunter und schaue nach. Laß mich das Verhör ... ähäm, das Gespräch führen. So etwas erfordert ein gewisses Maß an Fingerspitzengefühl.«

Ich antwortete, daß ich mich genau davor fürchtete.

8

Einige Minuten später traten die beiden Businessgiganten Seite an Seite ein. Konsul Karling begrüßte mich freundlich beiläufig, so wie man einen alten Lehrer eben begrüßen kann, wenn Leben und Karriere endlich bewiesen hatten, wer recht gehabt hatte und wer nicht, als die Noten in Mathematik und Deutsch damals in jenem Frühjahr verteilt wurden. Die Kinnlade war fest, die Stärke des Handschlages schmerzhaft und die allgemeine Aura von Effektivität nahezu betäubend.

Doch der Mann war trotz allem nicht aus Granit. Er war nicht unverwundbar. Auch er konnte unter der Gesichtshaut verfärbte Blutergüsse bekommen. Und das Merkwürdigste war, daß er nicht nur einen, sondern zwei an jedem Auge hatte.

»Ich hoffe, Sie entschuldigen, daß ich die Sonnenbrille auflasse«, begann er. »Ich bin nicht ganz vorzeigbar. Am Donnerstag abend …«

»Ich weiß«, sagte der Staatsminister. »Sie sind gegen eine Tür gelaufen.«

Die symmetrischen Gesichtszüge schienen für einen Augenblick kurz davor, den gleichen Verfall zu erleiden, den ich zwei Tage zuvor beobachten konnte, als ich ohne anzuklopfen das Zimmer der Mitarbeiter betreten hatte und ihn dort, die Hände auf dem Rücken und mit schuldbewußter Miene, angetroffen hatte. Die Linien seines Kinns wurden umgruppiert, und die drohende Auflösung verwandelte sich in ein Lächeln, halb verlegen, halb erstickt.

»Woher ...? Das bin ich ganz und gar nicht! Die Glühbirne zu Hause im Flur war durchgebrannt, und als ich eine neue einschrauben wollte, stieß ich gegen eine Tür, die meine Haushälterin unvorsichtigerweise hatte offenstehen lassen. Als ich mich dann weiter zum Lichtschalter vorwärts tastete, lief ich gegen eine Kommode. Eine hohe Kommode. Eher ein Schrank.«

»Sie sind spät am Donnerstag abend nach Hause gekommen?« fragte der Staatsminister in lässigem Tonfall.

»Überhaupt nicht. Ich bin direkt von hier nach Hause gefahren und war vor acht Uhr dort. Und dann arbeitete ich im Schreibzimmer, bis ich ins Bett ging. Das kann meine Haushälterin bestätigen«, fügte er etwas unangebracht hinzu.

»Ins Bett mit der Haushälterin vor acht Uhr«, murmelte der Staatsminister abwesend – es war offensichtlich, daß er in Gedanken seinen taktvollen Vorstoß in der Aktentaschenfrage vorbereitete.

Konsul Karling lachte heiser und unnatürlich, wie es natürlich ist, wenn man der plumpen Spaßhaftigkeit seines Chefs ausgesetzt ist.

»Studienrat Persson behauptet, er habe Sie am Donnerstag überrascht, wie Sie im Arbeitszimmer in Svanbergs Unterlagen gewühlt haben.«

Ich empfand beinahe widerwillig Bewunderung. Selbst wenn ich es den ganzen Tag geübt hätte, wäre es mir nicht gelungen, mich so tölpelhaft auszudrücken.

Konsul Karling wandte mir sein verbittertes Gesicht zu.

»Das ist das Unverschämteste und Unwahrste, das ich je von einer Person Ihres Berufsstandes gehört habe!« fauchte er mich an. »Es stimmt, daß ich im Arbeitszimmer war, als Sie ohne anzuklopfen hineingeschneit kamen. Aber ich hatte einen legitimen Grund, mich dort aufzuhalten. Vorher, am Nachmittag, hatte sich Staatssekretär Svanberg meinen Füller ausgeliehen, seiner war kaputt, und dann hatte er ihn mit ins Arbeitszimmer genommen und ihn dort liegenlassen. Als ich es erfuhr, war es nur zu natürlich, hineinzugehen und ihn zu holen. Und das geschah selbstverständlich mit seinem Wissen und seiner Zustimmung.«

Vielleicht war es seine Art, sich auf Worte eines Toten zu berufen, die mich dazu verleitete, den Handschuh aufzuheben, vielleicht die Erinnerung an lebhafte Wortduelle mit wortgewandten und mit weniger Schneid ausgestatteten Schülern.

»Sie behaupten, Sie hätten Ihren Füller an Staatssekretär Svanberg verliehen, weil sein eigener defekt war? Das ist seltsam. Als die Polizei ihn in seiner Tasche fand, funktionierte er tadellos.«

Konsul Karling starrte mich an, als sei ich ein aufsässiger, aber beklagenswert gut informierter Sekretär.

»Ja, ich habe die Wahrheit etwas vereinfacht, um Ihnen die Möglichkeit zu geben, mitzukommen. Staatssekretär Svanberg hatte seinen Füller im Arbeitszimmer *vergessen*. Er lieh sich meinen, ließ aber auch den auf dem Schreibtisch liegen. Ich ging hinein und holte ihn mir.«

Er wandte sich mit einem kriecherischen Lächeln an den Staatsminister.

»Wenn ich Sie recht verstanden habe, so könnten Sie sich vorstellen, Ihre Einstellung zum Bergbauprojekt einer Überprüfung zu unterziehen? Aber glauben Sie nicht, wir sollten uns besser unter vier Augen darüber unterhalten?«

Doch der Staatsminister erhob sich mit den Worten, sein Entschluß in der Bergbaufrage stehe nach reiflicher Überlegung ein für alle Mal fest und basiere auf unerschütterlichen wirtschaftlichen Gesetzen, womit er ihn zur Tür geleitete.

»Die blauen Flecke«, sagte ich, als er mit leeren Händen gesegnet zurückkehrte. »Woher um Himmels Willen kommen all diese blauen Flecke? Sind die ansteckend? Einer von ihnen kann gegen eine Tür gelaufen sein, aber nicht alle. Die

Leiche des Staatssekretärs hat drei Stück, Konsul Karling zwei, Ministerialrat Dååbh und Frau Johansson haben je einen. Der Fall mit dem grün und blau geschlagenen Mörder …«

Der Staatsminister, der mich anstarrte wie ein Kind den Zauberer, unterbrach meine Überlegungen.

»Woher zum Teufel weißt du, daß Svanbergs Füller nicht kaputt war?«

Ich antwortete, ich hätte noch nicht einmal gewußt, daß er überhaupt einen besessen habe, aber daß Politiker nicht das Alleinrecht genossen, in brenzligen Situationen zu bluffen.

Der Staatsminister schnalzte beeindruckt.

»An seinen Angaben über den Füller ist etwas faul, finde ich. Selbst abgesehen davon, daß er von seiner ersten Vision abgerückt ist, als du ihn unter Druck gesetzt hast. Und warum mußte er die Hände auf dem Rücken halten und ein Gesicht machen, als hätte man ihn auf frischer Tat ertappt, als du das Arbeitszimmer betratst, wenn er sich in ehrlichen Absichten dort aufhielt? Es gehört viel dazu, wenn ein geschäftsführender Direktor ein Gesicht macht, als hätte man ihn auf frischer Tat ertappt. Nein, wir sollten ein ernstes Gespräch mit seiner Haushälterin führen, die ihm das Alibi liefert. Du ahnst nicht, was man alles von Haushälterinnen erfahren kann, wenn man bei ihnen den richtigen Ton trifft. Aber erst ist Rydlander dran! Führe … bitte ihn herein!«

Bereits vor dem Todesfall hatte Justizchef Rydlander in seinem schwarzen Anzug und mit seiner sehr traurigen Miene an einen Beerdigungsunternehmer in Ausübung seines Berufes erinnert. Jetzt, da der dunkelblaue Schlips gegen einen schwarzen vertauscht worden war, machte es die Übereinstimmung perfekt und recht beklemmend. Ein blauer Fleck hätte die Tristesse aufgelockert – aber es gab keinen blauen Fleck, nur die eulenrunden Brillengläser. Ich versuchte nicht daran zu denken, doch da löste sich das mondbleiche Gesicht total auf und wurde flach, verschwommen und glattgestrichen wie eine Planke aus einem Zaun um eine kommunale Baustelle.

Die Herren hatten offensichtlich schon miteinander gesprochen, denn ein einleitendes Geläut zum Gedenken des verstorbenen Mitarbeiters erfolgte nicht. Nachdem ein Mindestmaß an Dienstgesprächen erledigt war, begab sich der Staatsminister schnell auf privates Terrain.

»Schade, daß Sie am Donnerstag nicht zum Abendessen geblieben sind, nicht?«

Der Justizchef befeuchtete sich die Lippen.

(»Der Kerl ist doch nervös!« dachte ich bei mir.)

»Ja, ich hatte ja schon eine andere Einladung. Zum Bürochef Eriksson von der Leitung des Gefängniswesens«, ergänzte er, wie um dem Verdacht vorzubeugen, er habe seinem Dienstherrn wegen einer Lappalie oder Kleinigkeit einen Korb gegeben.

»Aber er wohnt doch hier im Skogsstigen! Bloß ein paar Häuserblocks weiter!« rief der Staatsminister mit schlecht gespielter Überraschung aus. »Gingen Sie direkt dort hin?«

»Nein, ich nahm ein Taxi, zog mich zuerst um und ruhte mich aus.«

»Und Sie holten Ihre Frau ab?«

»Nein, es war ein später Herrenabend. Eriksson hatte das Freigangskommittee einberufen, um mir die Gelegenheit für vertrauliche Kontakte zu geben.«

»Und wann brachen Sie auf?«

»Zwischen halb elf und elf, glaube ich.«

»Sie nahmen natürlich den eigenen Wagen, oder?«

»Nein, ich habe Bus und U-Bahn genommen. Im Stockholmsvägen gibt es doch eine Haltestelle. Und ich schlafe besser, wenn ich erst einen Spaziergang an der frischen Luft gemacht habe.«

»Hatten Sie viel getrunken?«

Die Hand bürstete auf dem Jackettaufschlag herum, und die Zunge befeuchtete die Lippen.

»Überhaupt nicht. Nur ein paar Gläser Wein. Und einen Cognac zum Kaffee.«

»Und Sherry zum Eis und einige Whiskeygroggs am Abend?« schlug der Staatsminister hilfsbereit vor.

»Das ... das ist schon möglich. Ich erinnere mich nicht so genau ... Aber ich war vollkommen nüchtern, als ich mich auf den Weg machte. Selbstverständlich. In keinerlei Hinsicht beeinträchtigt.«

An dieser Stelle beugte sich der Staatsminister vor und starrte seinen Justizchef eindringlich an – offenbar suchte er nach blauen Flecken hinter den Brillengläsern. Dabei entstand im Gespräch eine Pause, die Justizchef Rydlander mit kurzen Hustgeräuschen ausfüllte. Mir war dieses Gehuste früher schon aufgefallen, und ich war zu dem Schluß gekommen, daß es sich bei ihm um einen Mann mit starken gesellschaftlichen Ambitionen, aber ohne die erforderlichen Fähigkeiten handelte. Nicht in der Lage, das entstandene Schweigen mit geistreicher oder irgendeiner anderen Konversation zu überbrücken, flüchtete er sich in etwas, das ich als sozialen Husten bezeichnen möchte. Hin und wieder flatterten auch die Hände zum Kragen empor, um unsichtbare Schuppen fortzubürsten. Als Gesellschaftsmensch im herkömmlichen Sinne war Justizchef Rydlander vielleicht nicht besonders auffällig, aber als Huster oder Flatterer oder Lippenbefeuchter kann ich mich nicht erinnern, je seinesgleichen begegnet zu sein. Langen Winterabenden im Kreise der Familie dürfte er einen, wenn schon nicht farbenfrohen und unterhaltenden, so doch einen auffallenden Charakter verleihen – ungefähr so wie eine schnurrende Katze oder ein sich unaufhörlich kratzender Hund, dachte ich bei mir, während der Staatsminister in seiner Musterung der Gesichtshaut fortfuhr.

Nach einer Minute hielt Herr Rydlander offensichtlich die Huster nicht mehr für geeignet, das Schweigen auszufüllen, da er in einen nervösen Redefluß ausbrach.

»Ja, das alles war schrecklich. Ich kann zwar nicht behaupten, ich hätte Svanberg persönlich nähergestanden oder daß ich ... Aber die Vorstellung ist entsetzlich, daß es mit ihm ein solches Ende genommen hat, daß er erwürgt, *ermordet* wurde in diesem verrauchten Zimmer.«

Seine Worte klangen, als habe der Tabakrauch dem Todesfall eine besonders tragische Note verliehen.

»Er hat natürlich immer klein gewirkt, finde ich. Aber das sah vielleicht nur so aus, weil er so leicht und schmächtig war ... Nie hätte ich für möglich gehalten, daß ich ihn zum letzten Mal gesehen hatte, als ich Sie am Donnerstag vor dem Abendessen verließ. Ich erinnere mich, wie der Phlox duftete, als ich den Gartenweg entlangging. Wie bei einer Beerdigung ...«

»Na, was sagst du dazu?« fragte der Staatsminister, nachdem sein Justizchef, begleitet von einer Serie von Hustern, abgetreten war.

»Er wirkt nervös.«

»Wirkt er wirklich nervös? Er hustete und bürstete ungewöhnlich viel, finde ich. Wenn er Viertel vor elf zum Abendessen aufbrach, dann hat er überhaupt kein Alibi – der Mord wurde doch zwischen halb elf und halb eins begangen.«

»Es war ehrlich von ihm, es ohne Kratzfüße zuzugeben. Das spricht für seine Unschuld.«

»Oh, ihm ist klar, daß so etwas unter allen Umständen immer rauskommt. Es waren schließlich mehrere Gäste da.

»Warum hast du ihn gefragt, ob er getrunken hatte?«

»Er gießt gern einen hinter die Binde. Und du erinnerst dich an den Kratzer am Schloß, oder? Wir setzen ihn auf die Liste der Verdächtigen.«

»Da steht er schon. Er hat schließlich einen Schlüssel zum Arbeitszimmer.«

»Dann setzen wir ihn auf die Liste der besonders Verdächtigen.«

»Und aus welchem Grund sollte er Staatssekretär Svanberg ermordet haben?«

»Wie ich schon gesagt habe, sie haben bei der Arbeit nicht an einem Strang gezogen. Vielleicht keine unmittelbaren Zusammenstöße wie zwischen Dååbh und Svanberg. Aber Svanberg wälzte eine Menge langweiliger Arbeit auf dessen Abteilung ab. Das hält eine stolze und sensible Natur nicht bis in alle Ewigkeit aus.«

Ich fand, der Staatsminister zöge mit erstaunlichem Gleichmut die Vorstellung vor, der höchste Beamte in seinem Ministerium sei von dem nächsthöchsten ermordet und in einem Schrank versteckt worden. Aber neue Männer standen wahrscheinlich allzeit bereit ...

»Ich zerbreche mir den Kopf über den Apfel«, meldete sich der Staatsminister wieder zu Wort. »Wer hat ihn am Donnerstag nachmittag durchs Fenster ins Arbeitszimmer geschleudert? Und warum?«

Ich fragte, ob es sich dabei um eine Art von politischer Demonstration gehandelt haben könnte, doch der Staatsminister glaubte nicht, daß so etwas in Spånga möglich sei.

»Am Donnerstag war es im Garten unruhig«, murmelte er. »Zuerst wurde Svanberg dort niedergeschlagen, und dann kam der Apfel. Und am Abend der Mord. Ich würde gern wissen, ob da ein Zusammenhang besteht ...«

9

Am späten Nachmittag fuhr der Staatsminister auf Kondulenzbesuch zur Witwe.

So wie er auf dem Rücksitz saß mit seinem dunklen Anzug und anderen Attributen der Ernsthaftigkeit angetan, erinnerte er zunächst an einen gut entwickelten Konfirmanden. Auf dem Schoß lag ein Strauß weißer Callas, der überreicht werden sollte. Ich hatte versucht, ihn von diesem Vorhaben abzubringen, der Staatsminister jedoch hatte erklärt, daß es üblich und angebracht sei und geschehen werde.

»Eine stattliche Frau«, murmelte er. »Eine richtige Walküre. Sie nimmt sehr selten am Gesellschaftsleben teil, ich bin ihr tatsächlich nur einmal begegnet. Aber sie ist eine geschickte Tennisspielerin, du hast ihren Namen bestimmt in der Zeitung gelesen: Svea Svanberg.«

Auf meine Frage, ob das Paar Kinder habe, antwortete der Staatsminister, daß er nichts dergleichen gehört habe und ergänzte, daß Staatssekretäre selten Kinder hätten oder zumindest sehr wenige Fälle bekannt seien, in denen sie sich während ihrer Amtszeit fortpflanzten. »Ich nehme an, daß sie dazu einfach keine Zeit haben. Oder aber sie haben Angst, daß man es ihnen als mangelnden Diensteifer von ganzem Herzen auslegen könnte.«

»Die Abendzeitungen scheinen gekommen zu sein«, fuhr er fort und drehte sich nach einem Kiosk um, wo die Schlagzeilenplakate versuchten, einander zu überbieten, wie zwei aufgedonnerte Huren, die an derselben Straßenecke Posten bezogen hatten. »Die Polizei hat selbstverständlich mit ihr gesprochen, aber Näheres war von ihr noch nicht zu erfahren.«

Das Haus lag in Enskede, und sehr viel mehr war kaum darüber zu sagen. Wir gingen zwischen bäuerlichen Fliederbüschen und anderen volkstümlich ungepflegten Gewächsen den mit Kies bestreuten Weg entlang. Der Staatsminister befreite die weißen Callas von dem dünnen Seidenpapier, rückte den Knoten seines Schlipses zurecht und drückte auf die Klingel.

»Man hat sie bestimmt zu Bett gebracht«, murmelte er nach dem vierten Läuten.

Ich meinte, sie ruhe sich gewiß bei Angehörigen aus.

»Was für ein schrecklicher Schock das für sie gewesen sein muß!« sagte der Staatsminister und machte ein Gesicht, als sei ihm dieser Umstand gerade in diesem Moment erst eingefallen. »Vielleicht sollte ich einfach nur meine Visitenkarte abgeben?«

Ich antwortete, daß das eine ausgezeichnete Lösung für dieses heikle Problem sei, und der Staatsminister zog sein Schreibwerkzeug hervor.

»Was schreibt man da eigentlich?« brummelte er und kaute auf dem Stift. »›Bedaure zutiefst, daß man Ihren Mann erwürgt in meinem Schrank aufgefunden hat?‹ Ach so, das sind unnötige Details? Aber dann so ...«

Als er endlich eine angemessene Formulierung gefunden hatte, begann er Blödsinn von sich zu geben dergestalt, daß er die Karte auf bestimmte Weise knicken müsse, um zu beweisen, daß er persönlich dagewesen war.

»Man macht es an den Ecken. Es ist wie eine eigenständige Sprache, man kann nahezu alles damit ausdrücken. Wollen mal sehen, es werden wohl die beiden oberen Ecken sein? Es wäre doch peinlich, wenn ich die falschen knicke und daraus würde: ›Bitte wählen Sie die Waffen und benennen Sie

Ihren Sekundanten. Wir treffen uns in der Morgendämmerung am Fluß.‹ So, jetzt aber. Und wohin mit den Blumen?«

Er steckte die Stiele in den Briefkasten.

Es sah aus, als trauere das Haus um den Briefträger.

Der Staatsminister zog sie heraus und betrachtete nachdenklich die Fassade.

»Eigentlich sollte man sich Zutritt verschaffen«, murmelte er. »Bestimmt liegt sie da drinnen, allein, verzweifelt, trostbedürftig. Vielleicht denkt sie gerade in diesem Augenblick an eine Tat der Verzweiflung ... Wenn du mich ein Stück hochhebst, dann könnte ich an den Balkon kommen ... Nein? Verflucht seien die Menschen, die an so einem Tag Tennis spielen! Es müßte ein Gesetz zum Frieden in einem Trauerhaus geschaffen werden. Bestimmt irgendwelche Bengel. Na los, wir gehen sie zusammenstauchen!«

Schon bei unserer Ankunft war monotones Aufschlagen eines Balles von einer Stelle auf der anderen Seite des Hauses zu hören gewesen, und ich ergriff gern die Gelegenheit, um mich von der Haustür zu entfernen. Das Gerede vom Balkon hatte mich stark beunruhigt.

Einige Büsche, eine Hecke, und vor uns lag der Tennisplatz, umgeben von dem üblichen, hochgeschlossenen Zaun aus Bäumen. Auf dem Platz stand eine einsame, weißgekleidete Dame und schickte mit kräftigen Schlägen einen Ball nach dem anderen übers Netz. Zu ihren Füßen lagen unzählige Bälle wie Eier um eine produktive und habsüchtige Henne.

Offensichtlich übte sie sich im Aufschlagen.

Sie war – obgleich nicht mehr jung – zweifellos sehr hübsch. Aber ihre Schönheit war von der muskulösen, staturhaften Art. Hochgewachsen, die blonden Haare lose auf die nackten Schultern herabhängend und die braungebrannten Gliedmaßen in der Abendsonne spielend, ließ sie an das auf Barrikaden kämpfende Frauenideal eines Künstlers denken, auch wenn die Fahne der Revolution hier gegen einen festbespannten Tennisschläger vertauscht war.

Der Mann an meiner Seite wies Anzeichen von Erregung auf.

»Mein Gott«, quakte er, »da ist *sie!* Sie höchst persönlich! *Die Witwe!*«

Er kratzte das Netz entlang wie eine neurotische Spinne, bis er eine Öffnung fand, auf den roten Aschenplatz schlüpfte und zu kondulieren begann.

Ich wage zu behaupten, daß es einer besonderen Kombination von Eigenschaften bedarf, um einer so gut wie taufrischen Witwe überzeugend zu kondulieren, die dabei ist, ihren Aufschlag zu verbessern. Ein Höfling im Versailles des 18. Jahrhunderts hätte es womöglich fertiggebracht. Dem Staatsminister gelang es nicht. Ich verstand nicht jedes Wort – viel wurde von den Schlägen gegen die Bälle übertönt –, aber das Wenige, das ich mitbekam, hörte sich abgehackt, angestrengt und wenig überzeugend an.

Zwischen zwei kräftigen Aufschlägen rief sie dann etwas, das wie »Danke!« klang, und bedeutete mit einer Armbewegung, der Staatsminister möge ihr die Bälle zurückwerfen. Er gehorchte, obgleich die Callas ihn beträchtlich behinderten. Im Laufe der Zeit war er gezwungen, auf seiner Jagd nach den Bällen immer entlegenere Bereiche des Platzes aufzusuchen. Offensichtlich fuhr er auch noch während dieser anstrengenden Übungen mit seiner Gedenkrede in einer Inbrunst fort, die man als bewundernswert und fanatisch bezeichnen kann. Als er zwischendurch auf dem Sprung nach einer mit Bällen versehenen Ecke vorbeiflatterte, vernahm ich die Worte »unersetzbarer Verlust«, »Arbeitskollege und Freund« und »zum Wohle des Landes«.

Allmählich ließ die Intensität der Aufschlagskraft nach, und nachdem eine Reihe von Bällen im Netz gelandet war, warf die Frau mit einem verärgerten Ausruf den Schläger fort.

»Jetzt geht's nicht mehr! Die Bälle können da liegenbleiben. Ich spiele etwas später weiter.«

Der Staatsminister, dessen Kleidung bei der Arbeit auf dem Platz ins Stadium der Auflösung übergegangen war und der vom roten Belag bis hoch zu den Knien verschmutzt war, näherte sich abermals mit den Callas, jetzt jedoch auf eine für ihn untypische, fast verstohlen schleichende Art. Die Gedenkrede war gehalten, den Bällen und dem Wind gehalten und von ihm verweht, und er überreichte die Blumen mit einer Krümmung des Halses und einem Laut, als würde man einen Korken aus einer Flasche ziehen.

Die Frau betrachtete den derangierten Strauß mit einem Blick, der eine gewisse Zärtlichkeit verriet.

»Ach, wie rührend! Sind die für Svante? Da müssen wir schnell hineingehen und sie ins Wasser stellen, dann halten sie sich noch bis zur Beerdigung!«

Wir folgten abstandslos, ich meine mich zu erinnern, daß der Staatsminister ihre Schläger trug. Wohlbehalten im Hause angekommen, äußerte er den Wunsch, die Toilette aufsuchen zu dürfen, dem entsprochen wurde. Ich selbst wurde ins Wohnzimmer geführt, wo ich mich zum ersten Mal seit zwanzig Jahren versucht fühlte, dankend einen Drink anzunehmen.

»Ich bin auch sehr maßvoll«, kommentierte die Gastgeberin meine Enthaltsamkeit. »Während der Saison trinke ich im allgemeinen keinen Tropfen. Aber an so einem Tag wie heute! Erst das mit Svante und dann zehn Bälle hintereinander ins Netz! Entschuldigen Sie mich einen Moment, ich hole nur etwas Eis.«

Frau Svanberg verschwand und überließ mich apathisch der Betrachtung einiger Vitrinen mit gravierten Silberbechern.

Sie, das Eis und der Staatsminister kehrten gleichzeitig zurück. Er hatte seine Kleider geordnet und war sichtlich erfrischt, auch das detektivische Funkeln war zur Stelle. Doch auch dieses Mal ergriff die Witwe die Initiative.

Sie war auf einen langen, dunkel bezogenen Ruhesessel aus Rohr gesunken. Sie lagerte dort wie eine Leopardin in Ruhestellung, dem äußeren Anschein nach träge, aber mit Wachsamkeit, Stärke und Reaktionsschnelligkeit dicht unter der geschmeidigen Haut. Die schulterlange Mähne lag wie glatt gekämmtes Goldhaar hinter dem Kopf, und ihr Blick war so blau wie bei einer Prinzessin aus dem Märchen. Somit hatte das Gesicht nichts von der Süßlichkeit einer Oblate. Die festen Linien um Mund und Kinn zeugten von Willensstärke und Zielstrebigkeit, und die Fältchen um die Augen waren nicht das Werk der Sonne, sondern der Beginn der mittleren Lebensjahre und würden vom Schlaf nicht fortgewischt werden.

An die bläuliche Färbung, die Beule dachte man kaum. Sie paßten zu der sportlichen, federnden Erscheinung, wie Wunden einen Kämpfer nach einer Schlacht kleiden ...

Sie schaute uns an, die wir da am Fußende saßen, und lächelte sparsam.

»Ich verstehe, daß Sie erstaunt sind, mich auf dem Tennisplatz anzutreffen. Ich meine, so kurz nach dem Tod meines Mannes. Wir sind elf Jahre verheiratet gewesen und nach herkömmlichen Vorstellungen sollte ich wohl jetzt eine verzweifelte Witwe sein. Aber ich will keine Trauer heucheln, die ich nicht empfinde. Und Tennis ist in gewisser Hinsicht mein Beruf. Es erfordert hartes und regelmäßiges Training. Und ich kann Ihnen versichern, daß Svante nicht einen Abend seiner Arbeit ferngeblieben wäre, wenn ich es gewesen wäre, die da im Schrank gelegen hätte ...«

Der Fuß, der über die Kante des Chaiselongues aus Rohr ragte, lag nicht still.

Er wippte auf und ab, eine rasche, regelmäßige Bewegung.

Sie lächelte.

Sie sprach so leichthin, so unbeschwert.

Unberührt aber war sie nicht, nicht vollkommen unberührt ...

Und ich fand, das machte sie auf jeden Fall etwas menschlicher.

»Aber«, sagte der Staatsminister naiv, »Sie haben ihn doch nun einmal geheiratet?«

Frau Svanberg breitete die Arme aus wie in Resignation über einen unerreichbaren Ball.

»Ja, meine Güte, Herrgott! Ich war neunzehn Jahre alt und war ohne Abschluß von der Schule abgegangen, das einzige, was ich konnte, das war Tennis, und er war zwölf Jahre älter und wollte nichts anderes, als mich versorgen. Ich würde von zu Hause wegkommen und mich ganz dem Tennis widmen können. Und er war unterhaltsam und hatte das gewisse Etwas, dem Frauen kaum widerstehen können.«

Wieder lächelte sie wie über eine nicht allzu angenehme Erinnerung.

»Es müssen innere Werte gewesen sein, denn sehr viel war an ihm ja nicht dran. Na ja, schon in der Hochzeitsnacht ahnte ich, wie es werden würde. Wir heirateten im April, und er rackerte sich für einen Faulpelz von Minister mit einem Interpellationsantrag ab. Als wir vom Hochzeitsessen nach Hause kamen, hatte er die Arbeit dabei. Wir schliefen natürlich zusammen, aber zwischendurch fuhr er auf und schrieb eine Runde an dem Interpellationsantrag, ich kann mich erinnern, daß es dabei um Schweineprämien ging. Er war zu der Zeit in allerhöchstem Maß potent, es war, als hätte ich einen Aufzug im Bett. Und es ging weiter, wie es angefangen hatte. Er schrieb nicht jede Nacht und nie wieder über Schweine, glaube ich, aber er verschwand morgens und tauchte erst spät abends oder früh morgens wieder auf, je nachdem wie man's nimmt. Nach einem Jahr kümmerte ich mich um meine Angelegenheiten, saß nicht mehr mit dem kalten Aufschnitt wach und stieg wieder Vollzeit in den Tennissport ein. Wir entwickelten uns übrigens ziemlich parallel in unseren verschiedenen Welten. In dem Jahr, als ich den Queens Cup im Handikap gewann, wurde er zum Ministerialsekretär ernannt, als ich Båstadmeisterin in den offenen Klassen wurde, machte man ihn zum Ministerialrat, und in dem Sommer, als ich das Semifinale in Wimbledon erreichte, wurde er zum Staatssekretär befördert ... Ich glaube, er war mit seinem Leben und mit sich selbst ganz zufrieden. Hier zu Hause hatte er Hotel und Essen mit allen Vorzügen, einen gut gefüllten Kühlschrank und ein komfortables Zimmer. In der Innenstadt hatte er seine Arbeit, seine Karriere – und seine Sekretärinnen. Bald machten wir auch in getrennten Richtungen Urlaub. Im Winter war ich drei Wochen auf den Kanarischen Inseln und vermißte ihn nur, wenn ich mir den Rücken mit Sonnenöl eincremen wollte.«

»Sie haben erwähnt, er hätte seine Sekretärinnen ...?« tastete sich der Staatsminister voran.

»Ja, Sie wollen doch nicht etwa behaupten – obwohl Sie ziemlich weltfremd sein sollen, abgesehen von all den Kindern natürlich –, daß Sie nicht mitbekommen haben, daß er eine auffallende Sammlung von jungen, süßen Sekretärinnen hatte? Und daß er kaum wie ein Vater für sie war? Besonders diskret war er schließlich nicht.«

Der Staatsminister saß schweigend da. Es schien, als denke er zurück, erinnere sich der einen oder anderen Sache, zähle eins und eins zusammen und bekomme ein stimmiges Ergebnis.

»Sie hätten sich scheiden lassen können, oder?« versuchte er anschließend.

»Ja, natürlich hätten wir das. Aber was hätte da aus mir werden sollen? Ich habe keine Ausbildung, und kein Gericht billigt einer gesunden Dreißigjährigen ohne Kinder Unterhalt zu. Und ich wollte Tennis spielen, nicht hinter einem Tresen stehen oder in einem Büro an der Schreibmaschine sitzen.«

»Aber ... wie werden Sie denn jetzt zurechtkommen?«

Nun lächelte sie nicht. Sie lachte.

»Mein lieber Herr Staatsminister, mein Mann hatte ein hohes Einkommen, und die Witwenrente fällt nicht schlecht aus. Übrigens hatten wir ein gemeinschaftliches Testament, das Haus gehört also jetzt mir. Und seine Aktien und Bilder. Hätte Svante mich überlebt, hätte er meine Tennisbälle bekommen.«

Der Staatsminister zuckte zurück wie vor einer unangenehmen Erinnerung.

Doch er riß sich von dem Vergangenen los.

»Ihr Mann war am Donnerstag bei mir zum Abendessen. Er brach auf, sobald wir fertig waren, so gegen halb sieben. Wann kam er hier zu Hause an?«

»Gar nicht. Und ich habe auch nicht auf ihn gewartet. Beim Morgentee – seit langem unser gemeinsames Bindeglied – hatte er hervorgeräuspert, er muß Überstunden machen und kommt spät nach Hause. Das gewohnte alte Lied.«

»Ich verstehe«, sagte der Staatsminister und sah wie ein mitleidiger Kurator aus. »Nun scheint er aber auch nicht in seinem Zimmer in der Kanzlei gewesen zu sein. Haben Sie eine Ahnung, wohin er gegangen sein könnte, als er uns nach dem Abendessen verließ?«

»Ja, arbeitete er nicht, dann würde ich vermuten, war er bei einer Sekretärin.«

Der Staatsminister beschrieb auf polizeiliche und enervierende Art emsig ein in Wachstuch eingeschlagenes Notizbuch.

»Waren Sie vorgestern abend zu Hause?«

»Ich habe allein hier zu Abend gegessen – gekochten Zander, wenn das für die Ermittlung von Bedeutung sein sollte – und anschließend las ich Zeitungen. Um halb neun fuhr ich mit dem Auto in die Stadt und guckte mir »Nie mehr allein« im Park-Kino an. Schrecklich langweilig, vollkommen vergleichbar mit dem Zander – tun Sie sich das nicht an, wenn es sich vermeiden läßt. Um halb zwölf war ich wieder zu Hause. Nach wie vor allein. Und dann gingen wir zu Bett.«

»Wir?«

»Ja, ich und der Zander.«

»Aber in der Zwischenzeit kann Ihr Mann doch zu Hause gewesen sein, zumindest kurz, während Sie im Kino waren, oder?«

Sie dachte nach.

»Ja, das kann natürlich sein. Aber ich glaube nicht, daß das der Fall war. Ich merke es immer, wenn er zu Besuch kommt. Der Kühlschrank ist geplündert, Geschirr und Gläser stehen im Spülbecken – in jedem Fall Gläser – und so weiter. Und ich fand alles wieder vor wie bei meiner Abfahrt.«

Der Staatsminister benetzte den Daumen und blätterte eine neue Seite um.

»Haben Sie eine Ahnung, warum jemand Ihren Mann umbringen wollte?«

Frau Svanberg lächelte und wand sich eine Strähne ihres sonnengoldenen Haares um den Finger. Mir fiel auf, daß sie keinen Ring trug.

»Sie haben ihn doch selbst gekannt. Er war geistreich und unterhaltsam, allerdings meistens auf Kosten anderer. Ich erinnere mich, daß ich mich früher einmal über den Sarkasmus und Zynismus amüsierte. Er selbst war nach wie vor sehr amüsiert. Aber ich kann mir vorstellen, daß es einige Leute nicht waren. Er muß, ehrlich gesagt, den Leuten kolossal auf die Nerven gegangen sein, oder? Vielleicht wenn man hitzköpfig ist oder lange genug gereizt wird ... Im übrigen nehme ich an, daß mein Mann wie alle anderen, die es auch so weit nach oben auf der Karriereleiter geschafft haben, über viele

Mitbewerber geklettert sein mußte. Aber diejenigen, über die er kletterte, waren wohl in dem Fall ungewöhnlich stark aufgerieben, da mein Mann immer Spikes benutzte.«

»Schuhe mit Spikes?« wunderte sich der Staatsminister. »Er benutzte Spikes? Daran habe ich gar nicht gedacht.«

Frau Svanberg schnalzte mit der Zunge.

»Das war eine Metapher. Aber Sie brauchten ja überhaupt nicht zu klettern. Sie wurden bestimmt per Luftpost befördert, gleich ganz nach oben an die Spitze. Vielleicht sollte ich übrigens erzählen, daß ich am Donnerstag abend hier Besuch hatte«, fuhr die Frau fort, offenbar durch die Erinnerung des Staatsministers inspiriert, der sie vom Fußende des Lagers glotzäugig anstarrte. »Um halb neun, gerade als ich ins Kino fahren wollte, fiel mir ein, daß ich einen Schläger auf dem Platz hatte liegenlassen, darum ging ich nach draußen und holte ihn rein. Erst als ich wieder im Flur war, fiel mir auf, daß das Licht nicht mehr brannte, weder dort noch über der Haustür. Im selben Augenblick merkte ich, daß weiter weg im Flur jemand war, an der Tür zum Wohnzimmer. Ich tastete nach dem Lichtschalter, aber da kam der Schatten direkt auf mich zu. Ich schlug mit dem Schläger zu – ein Rückhandschlag – und spürte, daß ich getroffen hatte, als er an mir vorbeistürzte und durch die Haustür entkam. Ich bin ihm nach, sah aber nicht viel und als mir einfiel, die Außenbeleuchtung einzuschalten, war er natürlich schon über alle Berge.«

»Haben Sie ihn erkannt? Kann es Ihr Mann gewesen sein?«

»Warum sollte er den Flur verdunkeln und herumschleichen wie ein Einbrecher? Übrigens versetzte er mir einen kräftigen Stoß; ich frage mich, ob Svante den überhaupt mit einem Satz zustande gebracht hätte. Er war doch recht klein, wie Sie wissen.«

Sie zeigte auf ihr Auge.

»Er muß mir eine Kopfnuß verpaßt haben, von dem blauen Fleck werde ich bestimmt die ganze Woche etwas haben.«

»Er? Dann war es also auf alle Fälle ein Mann?«

»Genau. Soll heißen, davon bin ich ausgegangen. Aber selbstverständlich gibt es auch gut durchtrainierte und starke Frauen. Und wie Sie sich vielleicht denken können, war keine Zeit für nähere Untersuchungen. Für Tasten oder ähnliches. Wenn Sie wollen, kann ich Ihnen gern genau demonstrieren, wie es abgelaufen ist.«

Der Staatsminister, der einen starken Hang zu handgreiflichen Demonstrationen und geschmacklosen Rekonstruktionen hat, stand schon im Flur.

»Ich kann es natürlich nicht genauso dunkel machen wie an dem Abend«, erklärte Frau Svanberg und zog die Vorhänge vor die Fenster. »Aber das müssen wir uns vorstellen. Der Staatsminister darf der Eindringling sein, der aus dem Schatten stürmt, dann spiele ich meine eigene Rolle. Er hat in der Ecke da drüben gestanden, als ich ihn zuerst gehört habe. Nein, dichter an der Kommode. Und ich kam also vom Garten rein und machte die Haustür auf, die war nicht abgeschlossen, ich war schließlich nur wenige Minuten draußen und betrat den Flur. Da hörte ich, daß sich jemand bewegte – wenn der Herr Staatsminister sich etwas bewegen wollte.«

Der Herr Staatsminister bewegte sich etwas, und ein Steingutstück fiel zu Boden.

Es spannte sich um den Mund von Frau Svanberg.

»Ich hatte den Schläger in der linken Hand, so daß ich in beengter und ungewohnter Stellung zuschlagen mußte. Wenn der Herr Staatsminister jetzt einen Satz machen wollte und auf mich losstürmen würde, dann werden wir sehen, wie es sich abgespielt hat.«

Der Staatsminister duckte sich und zögerte einen Augenblick – recht natürlich, muß ich sagen, wenn man bedenkt, daß es darauf ankam, eine Frau anzugreifen, der er sich eben erst mit einem Strauß weißer Callas genähert hatte. Aber er schloß die Augen, arbeitete sich zurück zum Stadium eines Neandertalers und legte los.

Ich sah, wie sich ein Arm erhob und hörte einen Schrei, einen gellenden, geradezu unmenschlichen Schrei. Die Tür krachte auf, und der Staatsminister verschwand, die Hände vors Gesicht geschlagen, den Kiesweg entlang.

Als ich ihn an der Gartenpforte eingeholt hatte, stand die roggenblonde Witwe auf der Treppe und rief uns nach:

»Genau so war es! Aber der vom Donnerstag schrie nicht so fürchterlich. Und ich habe heute auch fester zugeschlagen. Es war irgendwie stummer, so als würde man auf einen Netzpfosten einschlagen. Ich hatte überhaupt nicht vorgehabt, so fest zuzuschlagen, es kam aber automatisch. Wie wenn ein Ball auf dem Platz auf mich zufliegt. Man schlägt einfach zu. Man schlägt einfach ...«

10

»Das hat sie mit Absicht getan«, quengelte der Staatsminister, während er ins Auto krabbelte. »Ich bin sicher, das hat sie mit Absicht getan! Sie hat ihren Mann mit bloßen Händen erwürgt, und jetzt versucht sie, mich mit dem Tennisracket zu erschlagen, um nicht entdeckt zu werden. Was für eine schreckliche, was für eine abscheuliche Frau!«

War der Staatsminister zum Kondolieren wie ein blühender Konfirmand erschienen, so kehrte er jetzt grün und blau geschlagen, verdreckt und aufgeregt zurück.

Aber nicht gebrochen.

Schon nach wenigen Häuserblöcken funktionierte er wieder – mit Notizheft und allem Drum und Dran.

»Selbst wenn die juristische Beweisführung rein formell in einigen Details ergänzt werden muß, steht schon jetzt vollkommen fest, daß wir einer Mörderin begegnet sind«, erklärte er feierlich.

»Aber sie war doch in jedem Fall am Donnerstag zwischen neun und halb zwölf im Kino, also zu einem Großteil der fraglichen Zeit. Zwar allein, aber die Kassiererin oder der Hausmeister können vielleicht ...«

»Sie war diesen Donnerstag nicht im Kino.«

Der Staatsminister sah zufrieden aus auf der rechten Gesichtshälfte – die linke befand sich jenseits allen menschlichen Ausdrucksvermögens.

»Sie hat gelogen, dieses Weibsstück. Vorige Woche Donnerstag guckte sie ›Nie mehr allein‹ im Park-Kino. Als ich auf der Toilette gewesen war, nutzte ich die Gelegenheit – ganz routinemäßig – für eine Untersuchung ihres Mantels, der im Flur hing. Ich fand die Eintrittskarte. Sie war am siebten gültig. Und das war vorige Woche Donnerstag. Sie kam gerade dann in den Flur, als ich sie entdeckt hatte – seltsam übrigens, daß du sie nicht länger im Wohnzimmer aufhalten konntest. Aber ich behauptete, ich hätte mir mein Taschentuch aus dem Regenmantel geholt.«

»Du hattest doch gar keinen Mantel bei dir, oder?«

»Nein, das war der Schwachpunkt des Arguments, das muß ich zugeben. Aber mir fiel nichts Besseres ein. Sie konnte sich bestimmt denken, daß ich Ermittlungen angestellt habe, sie verdächtigt und mit dem Verbrechen in Zusammenhang gebracht wird. Das ist der Grund, warum sie dann versuchte, mich mit dem Tennisracket zu erschlagen.«

»Sie hat sich vielleicht nur im Tag geirrt ...«

»Man vergißt nicht, was man an dem Abend vorhatte, an dem der eigene Ehemann umgebracht wird. So verrückt ist sie nicht.«

»Aber vielleicht hat der Schock ...«

»Welcher Schock? Sie wirkte schockierend ungeschockt, hat sogar ausdrücklich das Ableben des Gatten mit zehn Aufschlägen ins Netz verglichen. Nein, das mit dem Kino war ein kaltblütiger, aber unbeholfener Versuch, sich ein Alibi zu verschaffen.«

»Sie hat den Film am Donnerstag vielleicht noch einmal gesehen. Und die Eintrittskarte für die Vorstellung hast du dann gefunden.«

»Man schaut sich nicht zweimal hintereinander einen Film an, den man mit einem Stück alten, verbrauchten Zanders vergleicht, vor allem nicht, wenn der Vergleich zum Vorteil des Fisches ausfällt. Übrigens«, fuhr der Staatsminister fort und dämpfte die Stimme zu einem Flüstern – vollkommen überflüssig, da der Chauffeur im Laufe seines Dienstes alles gehört und gesehen haben dürfte –, »übrigens hat man schrecklicherweise herausgefunden, wenn ein verheirateter Mann oder eine verheiratete Frau ums Leben gebracht wird, dann ist so gut wie immer die bessere Hälfte mit einer Schlinge oder Axt oder Pulver am Werke gewesen. Auch wenn das mit dem Tennisracket und der Eintrittskarte nicht wäre, muß sie die Mörderin sein. Das ist sozusagen statistisch erwiesen.«

Ich hatte die ganze Zeit das Gefühl, daß die Frau, obgleich sie unvorsichtig mit den Gerätschaften im Dunkeln hantiert und sich in mancherlei Hinsicht merkwürdig verhalten hatte, keine Mörderin war. Daß die Statistik sie mit dem Verbrechen in Zusammenhang brachte, überzeugte mich vollkommen von ihrer Unschuld.

Ich suchte nach einem Argument und fand es.

»Aber wie hätte sie sich Zutritt in dein Arbeitszimmer verschaffen sollen? Sie hat schließlich keinen Schlüssel!«

»Mein lieber Freund, sie hat bestimmt ihre Tat geplant, rechtzeitig einen Abdruck von den Schlüsseln ihres Mannes gemacht und sich einen Nachschlüssel besorgt. So viel Zusammenleben hatten die beiden wohl in jedem Fall noch, daß sie zwischendurch Zugriff auf seine leeren Hosen gehabt hat.«

»Da du alles weißt, weißt du bestimmt auch, wer der Einbrecher in das Haus war?«

Der Staatsminister machte ein zufriedenes Gesicht.

»Ja, ich habe tatsächlich auch darüber schon nachgedacht. Wahrscheinlich hat sie sich alles ausgedacht.«

»Alles ausgedacht?«

»Ja. Sie hat geglaubt, mit so einer Lüge in mehrfacher Hinsicht zu gewinnen. Erstens und nicht minder wichtig ist, daß sie so bei der Rekonstruktion die Gelegenheit bekommen würde, mich mit dem Schläger aus dem Weg zu räumen. Zweitens liefert die Geschichte eine plausible Erklärung für ihren blauen Fleck. Jetzt kann sie sagen, sie hat ihn bekommen, als der unbekannte Besucher ihr im Dunkeln eine Kopfnuß verpaßt hat. Aber bestimmt hat sie ihn sich beim Erwürgen ihres Mannes eingehandelt. Dem Mord ist vielleicht ein kurzer, aber heftiger Ringkampf vorausgegangen. Bevor sie seinen Hals zu fassen bekommen hat und langsam, aber unerschütterlich das Leben aus ihm herausgequetscht hat, ist es ihm vielleicht noch gelungen, ihr einen Fausthieb zu versetzen, der ihr das Auge blutig schlug.«

Mir war klar, daß Morde eine verrohende Wirkung auf den Staatsminister hatten.

»Wäre es nicht einfacher gewesen, zu behaupten, sie sei gegen eine Tür gelaufen? So wie alle anderen?«

»Doch, aber da hätte sie nicht die Chance bekommen, mich mit dem Tennisracket zu schlagen. Außerdem versucht sie uns damit in die Irre zu führen. Die Polizei, dein Freund und Helfer, kommt natürlich zu dem Schluß, daß am Donnerstag der Mörder im Flur war, auf der Jagd nach ihrem Mann, dem Opfer, das er erst im späteren Verlauf des Abends und an ganz anderer Stelle fand. Sie selbst ist also über jeden Verdacht erhaben. Eine sehr hinterlistige und kaltblütige Frau. Aber nicht hinterlistig genug! Wir kriegen sie, verlaß dich drauf! Wir kriegen sie!«

Hier drückte er die mißhandelte Gesichtshälfte an die Autoscheibe, was weder der Wange noch der Scheibe guttun konnte.

»Und warum sollte sie ihren Mann ermordet haben? Aus Eifersucht auf die Sekretärinnen? Dann wäre sie eine glänzende Schauspielerin.«

»Nein«, antwortete der Staatsminister, »eifersüchtig ist sie bestimmt nicht. Aber sie will versorgt sein.«

»Gerade dann hätte sie ein großes Interesse daran haben müssen, daß ihr Mann am Leben bleibt.«

»Sowohl als Ehefrau wie als Witwe ist sie versorgt. In dem

einen Fall durch sein Gehalt, im anderen durch die Witwenrente. Aber es war eine Situation denkbar, in der sie nicht von ihrem Mann hätte leben können.«

Ich dachte fieberhaft nach, konnte aber auf die Schnelle nicht erkennen, daß es ein lohnenswertes Stadium zwischen Ehe- und Witwenstand gab.

»Sie hat es selbst gesagt. Als Geschiedene hätte sie selbst für ihren Unterhalt aufkommen müssen.«

»Aber ihr Mann wollte sich doch gar nicht scheiden lassen! Er hat doch alles so vortrefflich für sich arrangiert, oder?«

»Vielleicht hatte er am Ende eine Frau kennengelernt, mit der er in einer normalen Ehe zur Ruhe kommen wollte. Und vielleicht hatte er das seiner Ehefrau mitgeteilt, oder vielleicht war sie auch selbst dahintergekommen.«

»Oder aber«, wand ich ganz plötzlich engagiert ein, »wir sollten das Pferd einmal von hinten aufzäumen. Vielleicht war sie es, die sich scheiden lassen und frei sein, sich von dem Mann und einem unnormalen Leben trennen wollte. Aber nicht von dem Geld und der Sicherheit …«

11

Die Villa lag auf Lidingö.

Sie wies eine gewisse äußere Übereinstimmung mit ihrem Besitzer Justizchef Rydlander auf: groß und feierlich das Format, ernst und regelmäßig die Fassade und versehen mit umfangreicher Glasfläche.

Es war weniger der Justizchef, nach dem wir suchten, als vielmehr seine Frau.

Von Frau Svanberg heimgekehrt, hatte der Staatsminister sich in die Idee verbissen, daß die besseren Hälften der Schlüsselbesitzer durchgehend die Möglichkeit gehabt hätten, sich den Schlüssel zum Arbeitszimmer zu leihen oder zu kopieren.

»Irgendwie kann ich mir kaum vorstellen, daß Rydlander seinen schwarzen Anzug einmal auszieht, selbst dann nicht, wenn er zu Bett geht«, philosophierte der Staatsminister. »Er ist so korrekt, so geradlinig, so wohlanständig ...«

Aber wir fuhren los.

Und wir kamen an.

Obgleich angemeldet und erwartet, begann der Staatsminister schon vor der Haustür, sich zu ducken und herumzuschleichen. Ich wies auf die Lächerlichkeit seines Benehmens hin und stellte einige Reflexionen darüber an, wie schnell man doch in Haltung und Verhalten alle Wesenszüge eines Gewohnheitsverbrechers annehmen kann. Der Staatsminister richtete sich daraufhin auf und sagte, weder ducke er sich noch schleiche er herum wie ein Gewohnheitsverbrecher, sondern wie ein Polizist, und besaß obendrein die Frechheit, mich zu bitten, während des Besuches korrekt aufzutreten.

»Frau Rydlander ist eine propere, kleine Dame, die sehr auf Schicklichkeit achtet. Ich bin ihr nur zweimal begegnet. Bei der einen Gelegenheit – es war übrigens bei uns zu Hause – hat sie über die Verwahrlosung der Jugend gesprochen, bei der anderen über die Vulgarität der kurzen Mode.«

Gealtert und behost, fühlte ich mich Anfeindungen aus diesen beiden Richtungen gewappnet.

Erst nach dem dritten Läuten, als der Staatsminister schon in beunruhigender Weise begann, die Fassade zu inspizieren, wurde die Haustür von einer Dame geöffnet, in der ich sogleich Frau Justizchef erkannte. Sie erfüllte nämlich alle Anforderungen: kleine Statur und properes Äußeres.

Die Beule auf der Nase und die purpurrot gefärbten Schrammen um die Augenhöhle waren, das hatte ich instinktiv im Gefühl, als äußerst zufällig zu betrachten ...

»Haben Sie warten müssen? Tja, es tut mir leid, aber Lisa hat frei, und ich saß im hinteren Salon, und dort hört man die Türklingel so schlecht. Aber treten Sie doch bitte ein!«

Der Staatsminister warf einen letzten sehnsuchtsvollen Blick auf ein schlecht verriegeltes Fenster im oberen Stockwerk und ging dazu über, mich vorzustellen.

Frau Rydlander schenkte mir ein dünnes Lächeln und führte uns durch zwei vollgestopfte Räume, in denen ich den vorderen und den mittleren Salon vermutete. Schnell ging es nicht voran, da sie unaufhörlich trippelnde Abstecher machte, um hier eine Tischdecke zurechtzurücken oder dort das eine oder andere Staubkörnchen fortzuschnippen. Es kam mir vor, als folgten wir einer scharfäugigen und dienstfertigen Oberkellnerin durch ein Restaurant. Ihre Rede bestand aus Vorwürfen gegen die abwesende Lisa und aus Entschuldigungen für deren Versäumnisse.

Wohl in dem hinteren Salon angelangt, wurden wir gebeten, in hohen, salbungsvollen Lehnstühlen Platz zu nehmen, in denen sich jedes Knochenstück in Erinnerung bringen würde wie ein vernachlässigter Verwandter zum Weihnachtsfest. Das Zimmer, das im übrigen in rustikalem Stil mit soliden Gegenständen aus vergangenen Jahrhunderten eingerichtet war, wirkte über die Maßen gepflegt. Die Teppichfransen lagen wie gekämmt auf dem Parkett, und die Äpfel in der Schale sahen aus, als seien sie an diesem Morgen blank poliert worden; sie waren so sorgfältig zu einer Pyramide aufgeschichtet, daß der Gedanke, einen davon zu nehmen und zu essen, undenkbar war – genausogut hätte man eine Frucht mit einem Messer aus einem Stilleben von Matisse schneiden können.

Auch unsere Gastgeberin schien sich dessen bewußt, daß Ordnung in allen Bereichen ihres Imperiums herrschte, denn ohne geschäftiges Herumgeflatter leistete sie uns in einem der Aufrechten Gesellschaft.

Sie kleidete dieses Sitzmöbel vortrefflich – das mausgraue Kostüm, das so selbstverständlich die ordentlich nebeneinander gestellten Knie und andere ärgerliche Formen verbarg, das Haar, das eine feste Hand von Stirn und Schläfen nach hinten geführt hatte, das blasse, knorpelbespickte Gesicht mit seinen farblosen, zusammengekniffenen Lippen, die die Zähne zu einer Angelegenheit machten, die nur sie und den Zahnarzt etwas anging – alles an ihr schien wie für ihre Möbel gebaut und geschaffen.

Der Staatsminister räusperte sich zur Rede, doch Frau Rydlander hatte etwas zu sagen, und sie sagte es ohne große Umschweife, auch in dieser Beziehung einer Lehrerin älteren Schlages gleich.

»Mir ist klar, daß Sie, Herr Staatsminister, anläßlich des Todes von Staatssekretär Svanberg hergekommen sind.« (Hier warf sie mir einen Blick zu, der verriet, daß ihr meine Anwesenheit ein Rätsel war, ein Rätsel, das sie allerdings nicht der Mühe einer Durchdringung für wert befand.) »Es ist doch stets bedauerlich, wenn ein Mensch vor der Zeit abberufen wird, und schrecklich, wenn es durch ein Verbrechen geschieht. Aber ich kann leider nicht behaupten, ich empfände Staatssekretär Svanbergs Tod als großen Verlust. Ich kannte ihn zwar nicht persönlich, weiß aber, daß er ein schlechter Mensch und ein nachlässiger Beamter war. Es hat mich immer gewundert, daß er eine so hohe Position erreichte. Es ist nicht an mir, über sein Privatleben zu urteilen – aber es dürfte recht zwielichtig gewesen sein, um nicht zu sagen skandalös«, fuhr Frau Rydlander in ihrer unkonventionellen Gedenkrede fort. »Aber als er seine Arbeit vernachlässigte, mußte ich reagieren. Ich weiß, wie es zuging. All die Arbeit, die ihm nicht gefiel, wälzte er auf die Abteilung meines Mannes ab. Er, mein Mann, ist außerordentlich pflichtbewußt und friedfertig, allzu friedfertig würde ich sagen, und er widersetzte sich nicht so energisch, wie er es hätte tun sollen. Aber das Seltsame ist, daß die höchste Stelle des Ministeriums das alles hat so durchgehen lassen.«

Man brauchte kein scharfer Analytiker zu sein, um zu merken, daß die Grabrede kurz davor war, sich in einen gegen den Staatsminister und seine Führungsqualitäten gerichteten Tadel zu entwickeln. Ich schielte zu dem angegriffenen Mann hinüber, doch dieser machte wie gewöhnlich das ruhige und ausgeglichene Gesicht einer grasenden Kuh. Begrenzte Geistesgaben sind eben ein guter Schutz gegen Verdrießlichkeiten des Lebens.

»In der vergangenen Woche bin ich bei mehreren Gelegenheiten oben im Ministerium gewesen, um Staatssekretär Svanberg persönlich zu sagen, was ich von seinen Methoden halte«, fuhr Frau Rydlander unbezwingbar fort. »Aber jedes Mal wurde ich von der Schlampe von Assistentin zurückgehalten, die behauptete, er sei auf Reisen oder säße in einer Konferenz. Und Sie, Herr Staatsminister, sind immer in

Spånga gewesen. Und natürlich wollte ich Sie da draußen in Ihrem Privatwohnsitz nicht stören.«

An dieser Stelle verstummte sie, als habe sie einen Freiraum für eine Entgegnung des Staatsministers schaffen wollen.

Dieser, der dagesessen und die Äpfel angestarrt hatte, murmelte: »Nein, nein natürlich nicht ...«

Dann raffte er sich auf und tat etwas Schreckliches.

Er streckte eine Hand aus, griff nach einer der polierten Früchte und schlug die Zähne hinein.

Es knackte fürchterlich, und es spritzte.

Frau Rydlander machte eine Miene wie eine wählerische Vortragskünstlerin, die ein Fäkalwort in einem Heimatlied entdeckt hatte.

»Ein Messer«, flüsterte sie. »Ich begreife nicht, daß Lisa kein ... Ich werde ein Messer und einen Teller holen.«

»Ist nicht nötig«, meinte der Staatsminister und wischte sich den Mund mit einem Taschentuch ab. »Ist schon erledigt.«

Das Ganze war wirklich schnell gegangen. Es hatte geknackt, als er sich bis zum Kerngehäuse vorgearbeitet hatte, und geknirscht, als der kleine Stil zwischen den Kiefern zermahlen wurde. Doch jetzt war alles vorbei. Ein Christ in der römischen Arena hätte nicht schneller und spurloser verschwinden können.

»Zum nächsten Punkt«, sagte der Staatsminister, als der letzte Kern geknackt war, »was haben Sie am Donnerstag abend gemacht?«

»Was ich am Donnerstag abend gemacht habe? Das gleiche, was ich an den vier anderen Abenden in der Woche mache! Ich saß hier und knüpfte Wandteppiche und wartete darauf, daß mein Mann von der Arbeit nach Hause kam.«

»Aber war er nicht zu einem Abendessen eingeladen?«

»Auf einem Abendessen oder in der Kanzlei, was spielt das für eine Rolle? Es ist doch immer Arbeit. Er kam um sechs Uhr nach Hause und hatte kaum Zeit zum Umziehen, ehe er mit dem Wagen nach Spånga fuhr. Ein Leiter des Gefängniswesens gab ein Abendessen für ein Komitee, das Instruktionen von meinem Mann benötigte. Aber das wissen Sie, Herr Staatsminister, als Chef des Ministeriums natürlich besser als ich.«

»Selbstverständlich«, entgegnete der Staatsminister unschüchtern. »Und wann war er wieder zu Hause?«

»Nicht vor halb zwölf oder zwölf. So ist es immer. Ich muß doch mal sagen, daß das nichts mit Vernunft zu tun haben kann, einen Menschen so unter Druck zu setzen. Mein Mann ist stark und pflichtbewußt. Aber es gibt Grenzen. Am Donnerstag war er so müde und kaputt, als er nach Hause kam, daß er nicht schlafen konnte. Ich hörte, wie er hier unten stundenlang auf und ab lief. Es war richtig schrecklich.«

Sie sprach jetzt schnell, ihre Wangen hatten Farbe und ihre Stimme einen bitteren Unterton bekommen.

»Es dürfte wie gesagt auch Grenzen dessen geben, was man meinem Mann abverlangen kann. Er hat jetzt seit fünf Jahren seinen Dienst als Justizchef versehen, und ich übertreibe nicht, wenn ich sage, daß er lange Zeiträume hindurch das ganze Ministerium hat leiten müssen. Sie, Herr Staatsminister, sind ja oft in Spånga, und Staatssekretär Svanberg war meistens damit beschäftigt ... mit seinen Damen beschäftigt. Bei vielen Gelegenheiten haben wir tatsächlich damit gerechnet, daß mein Mann mit einer ... mit einer kleinen Provinz bedacht würde. Aber er wurde immer von einem Staatsminister übergangen.«

Sie sprach das Wort »Staatsminister« aus wie die Bezeichnung für eine der Unterarten der Würmer.

»Und jetzt soll doch die Regierung einen neuen Regierungspräsidenten in der Provinz Kalmarhus ernennen. Und ich muß sagen, es wäre bitter gewesen, mitzuerleben, daß

Staatssekretär Svanberg für diesen Posten vorgesehen wäre. Bitter und ungerecht. Mein Mann hat schließlich Tag und Nacht gearbeitet und sich abgerackert, während er ... er ... Und man kann wohl sagen, daß wir ... daß mein Mann sehr viel repräsentabler ist als dieser kleine, häßliche Wicht ...«

Ich dachte an diesen kleinen, häßlichen Wicht im Schrank und an den flatternden, Schuppen fortbürstenden Justizchef und seine Staubkörnchen fortschnippende Gattin und gestand mir selbst ein, daß es dem Paar wohl gelingen würde, Leben in die altertümlichen Gemäuer der Residenz zu bringen. Zugleich fiel mir das Tragische daran auf, daß Frau Rydlander auch nach zehn Jahren in höheren Beamtenkreisen noch nicht entdeckt hatte, daß man Regierungspräsident nicht dank seiner Verdienste wurde, sondern aufgrund seiner Versäumnisse.

»Mein Mann liebt die Provinz Kalmarhus. Wie Sie, Herr Staatsminister, wohl wissen, ist er in Krohult geboren und aufgewachsen. Wir wohnen im Sommer nach wie vor dort in seinem alten Elternhaus. Ihm ist sehr viel daran gelegen, den Kontakt zu unserer Provinz nicht abreißen zu lassen. Ja, so nennen wir es tatsächlich: »unsere Provinz» und unseren Traum ... ich weiß, sein Traum ist es immer gewesen, dorthin zurückkehren zu können als ... in einer angemessenen Stellung.«

»Als Bahnhofsvorsteher vielleicht?« murmelte der Staatsminister abwesend.

Frau Rydlander nahm von neuem Anlauf.

»In den Ferien setzt er sich für die Probleme der Provinz ein. Es bleibt nie Zeit für richtige Entspannung, und ich sage Ihnen, das ist auch für mich sehr anstrengend. Das Haus steht an einem See, einem stark verschmutzten See, eher ein Sumpfloch, dem widerliche Dünste entsteigen, die meinen Atemwegen nicht zuträglich sind. Meine Augen haben auch nachgelassen. Kürzlich bin ich gegen eine Tür gelaufen und habe diesen häßlichen blauen Fleck bekommen. Auf der Seite meines Mannes hat man immer schlechte Augen gehabt, aber in meiner Familie haben wir bis weit über fünfzig nie eine Brille gebraucht.«

Es hörte sich an, als habe ihr Sehvermögen durch Einheirat abgenommen.

»Ich bin bei Professor Wennberger vom Karolinska in Behandlung, und er sagt, er habe noch nie so seltsames Weiß in den Augen gesehen wie bei mir. Beim letzten Mal hat er es all seine Doktoranden und einen Gastdozenten aus Wien sich anschauen lassen.«

Ich wußte, was folgen würde und daß es kein Entrinnen gab. Das ist in solchen Fällen immer so. Ich habe Leute erlebt, die die Socken heruntergekrempelt und nach einer geglückten Amputation den Stumpf vorgezeigt haben.

Frau Rydlander hatte sich schon vorgebeugt und die Haut vom rechten Auge hinuntergezogen. Sie hatte jetzt Ähnlichkeit mit einem kleinen, properen Bluthund.

»Sie erkennen bestimmt die braungelben, fächerförmigen Flecken unter der Iris, oder? Diese Fächerform ist sehr ausgefallen, nur sehr wenige Fälle sind in der medizinischen Literatur bekannt und beschrieben.«

Ich brachte ein paar Laute des Erstaunens zustande – Äußerungen des Bedauerns wären fehl am Platze gewesen: Erfahrung und Selbsterkenntnis haben mich gelehrt, daß Menschen mit unauffälligen und modernen Krankheiten nicht bedauert werden wollen, sie wollen bewundert werden.

»Ich finde, es sieht prima aus«, platzte der Staatsminister mitten in das neugewonnene, zarte Einvernehmen zwischen zwei Erkrankten und fragte dann mit den abrupten Überleitungen, die seine Konversation so eigen machen, ob Frau Rydlander wisse, ob sich im Schlüsseletui ihres Mannes ein Schlüssel mit einem Bart befinde, der die Form eines Affenfußes hat.

»Wie ein Affenfuß?« wiederholte Frau Rydlander und ließ die Augenhaut hochschnellen. »Wie häßlich das klingt ... Nein, das weiß ich wirklich nicht. Ich wußte noch nicht einmal, daß er ein Schlüsseletui hat, ich habe gedacht, er habe nur einen Schlüsselring. Aber warum wollen Sie das wissen?«

»Oh«, antwortete der Staatsminister vage und bestimmt unwahr, »das ist mir nur gerade so eingefallen.« Er schaute auf die Uhr. »Nein, jetzt müssen wir aber gehen, wir sind Ihnen schon zu lange zur Last gefallen. Meine Pflichten ...«

»Aber ich habe doch kaum angefangen, von meinem Mann zu erzählen!«

Frau Rydlander hatte sich erhoben, und ein Ausdruck der Verzweiflung war ihr in die Augen getreten, wie bei einem Strafverteidiger, der sieht, daß der Richter sich mitten im Schlußplädoyer unter der gähnenden Vermutung entfernt, daß in der Sache kaum neue Erkenntnisse zu erwarten seien.

»Setzen Sie sich doch, und nehmen Sie noch einen Apfel«, versuchte sie ihr Glück und lächelte mit zusammengekniffenen Lippen, und der Staatsminister sagte, es seien schöne Äpfel, und die Kinder mochten Äpfel, und so stopfte er sich die Taschen voll, verneigte sich und steuerte auf den mittleren Salon zu.

»An Mittsommer veranstalten wir immer einen Tanz um den Maibaum für die Leute aus der Gegend«, rief Frau Rydlander ihm nach. »Auch wenn es Gott weiß kein Vergnügen ist, von diesen groben und oft nicht mehr nüchternen Menschen herumgeschleift zu werden, die einen drücken und ›meine Liebe‹ nennen. Aber wir haben es als unsere Pflicht angesehen ...«

Der Staatsminister hatte nun den vorderen Salon erreicht, und wir folgten ihm.

»Ich bin sicher, daß sie meinen Mann dieses Mal nehmen«, vertraute sie mir in einem raschen, nervösen Flüstern an. »Jetzt ist er Staatssekretär ... Der Staatsminister kann es mir natürlich noch nicht sagen, aber ich kann es ihm ansehen, daß sie sich entschieden haben. Und in der nächsten Woche haben wir Gewißheit. Dann werden wir ins Schloß geladen, zum Abendessen mit dem Königspaar von Thailand. Ja, mein Mann hat König Bhumibol bei der Reorganisation seines Gerichtswesens große Dienste erwiesen. Der Hof hat bestimmt einen Wink bekommen, daß die Ernennung zu erwarten sei, und Sie werden sehen, daß ich von einem Generaldirektor oder vielleicht sogar von einem Vizeregierungspräsidenten zu Tisch geführt werde ... Wir werden keine Reparationen für die Residenz verlangen«, fuhr sie mit lauter Stimme fort. »Und keine neuen Möbel oder Textilien. Ich habe mir schon vor vielen Jahren alle Maße beschafft, und als ich Gardinen für dieses Zimmer hier genäht habe, habe ich sie so zugeschnitten, daß ich nur den Saum auslassen muß ...«

Der Staatsminister hatte in seinem Lauf innegehalten und etwas vom Teppich aufgehoben.

»Anscheinend hat jemand seinen Schlüsselbund verloren«, rasselte er.

Frau Rydlander stand jetzt direkt vor ihm.

»Darf ich mal sehen ... Das ist merkwürdig. Mir gehört er nicht, und der meines Mannes ist größer und hat ein schwarzes Leder...«

An dieser Stelle verstummte sie und blieb in allen wesentlichen Details wortlos, während der Staatsminister den Bund als meinen identifizierte und ihn mir mit einem Augenzwinkern in die Hand drückte.

Sie schwieg noch immer, als wir das Haus verließen.

12

»Ein schönes Mordmotiv«, sagte der Staatsminister zwischen den Pfosten der Gartenpforte. »Ein wirklich schönes Mordmotiv.«

Mit dem Staatsminister über den Mörder zu diskutieren ist wie bei Wind Wäsche aufzuhängen, aber ich nahm den Kampf an.

»Meinst du im Ernst, daß eine dünne, kleine Frau wie Frau Rydlander in der Lage gewesen wäre, einen Mann in den besten Jahren zu erwürgen? Und dann die Leiche in einem Schrank zu verstauen?«

»Eine Frau, die fünf Jahre lang an vier Abenden in der Woche Wandteppiche knüpft, muß davon Fäuste wie aus Eisen bekommen haben«, erklärte der Staatsminister. »Und im übrigen sagt doch der Gerichtsmediziner, es seien Hautabschürfungen festzustellen gewesen, die darauf hindeuten, daß Svanberg einen Schlag auf den Kopf bekommen hat und während des Erwürgens bewußtlos war ... Was das Verstauen in einem Schrank anbelangt – wer hat denn jahrhundertelang die Eimer vom Brunnen, die Wäsche zum Fluß und die Kinder hin und her geschleppt? Frauen, mein lieber Freund, dünne, kleine Frauen! Wo ein Wille ist, da ist auch die Kraft«, beendete der Staatsminister seine Kanzelrede.

»Und die Kraftquelle soll also in diesem Fall der Wille sein, Frau Regierungspräsident zu werden?«

»Genau«, antwortete der Staatsminister. »Ich gebe zu, es klingt etwas seltsam. Aber die Menschen wollen wirklich die seltsamsten Posten haben. Ich habe einen Sohn, der träumt davon, Schornsteinfeger zu werden. Und ich weiß einen, der immer Staatspräsident hat werden wollen.«

»Na, wird sie es denn? Frau Regierungspräsident?«

»Nein. Das heißt eventuell. Ihre Chancen sind tatsächlich beträchtlich gestiegen. Jetzt, nach dem Mord.«

»Du meinst, das zählt als Pluspunkt?«

»Nein, nein. Aber am Donnerstag, als ich mit dem Staatspräsidenten sprach – du erinnerst dich, daß er angerufen hat mit der Bitte, den japanischen Premierminister abzuholen –, da sagte er, er habe entschieden, Svanberg zum Regierungspräsidenten in der Provinz Kalmarhus zu machen. Vielleicht war er der Meinung, ich hätte vor der abendlichen Fahrt nach Arlanda eine kleine Aufmunterung nötig, er wußte doch, daß ich ihn gern loswerden wollte.«

»In die Residenz oder in den Schrank, das ist hier die Frage«, murmelte ich.

»Wie bitte? Egal, ich bin gleich zu Svanberg rein und habe ihm erzählt, was ihn erwartet.«

»Und wie hat er reagiert?«

»Er war sauer. Fluchte und schrie, er wollte nicht in einem Provinznest versauern. Na ja, so was bekommt man mitunter zu hören, aber sie beruhigen sich immer wieder. Damit ich es hinter mir hatte, informierte ich gleich Rydlander, daß er *nicht* Regierungspräsident werden würde.«

»Und da fluchte und schrie *er*, oder?«

»Justizchefs fluchen nie.« Der Staatsminister sah schockiert aus. »Schreien tun sie nur ein einziges Mal, nämlich während der Haushaltsberatung. Nein, er nahm es ziemlich ruhig auf. ›Das wird ein schwerer Schlag für meine Frau werden‹, sagte er und bürstete dann Schuppen ab.«

»Und da, meinst du, fuhr er nach Hause, zog sich ein neues Hemd an und erzählte seiner Frau, daß sie nicht Herrscherin auf Schloß Kalmarhus werden würde und daß sie dann vor Wut den Verstand verlor und sich kurz darauf auf den Weg machte, um Svanberg zu erwürgen. Um eine Vakanz zu schaffen sozusagen. Das klingt wenig überzeugend.«

»Du vergißt, daß sie viele Jahre lang wütend auf ihn gewesen ist, weil er die Arbeit auf ihren Mann abwälzte. Das sagte sie doch selbst, und das war auch bei ihrem Besuch bei Svanberg im Ministerium deutlich, wo man sie aber nicht vorgelassen hatte. Das mit der Ernennung war nur der Tropfen, der das Faß zum Überlaufen brachte. Du hast doch den blauen Fleck gesehen, oder? Den hat sie sich natürlich im Zusammenhang mit dem Gewaltverbrechen zugezogen.«

»Frau Svanberg, Frau Rydlander, Frau Johansson, Karling und Dååbh – läßt du die blauen Flecke als Beweis für Mord gelten, dann hast du einen ganzen Sack voll davon. Aber einen blauen Fleck bekommt man so schnell – das weißt du seit dem Besuch bei Frau Svanberg. Hier hast du übrigens deinen Schlüsselbund. Mußtest du diese kleine, hinterlistige Komödie wirklich unbedingt aufführen und mich da hineinziehen?«

»Ja«, sagte der Staatsminister zufrieden. »Ich hatte den starken Verdacht, daß sie uns Lügen auftischt, als sie da drinnen sagte, sie kenne die Schlüssel ihres Mannes nicht oder wisse noch nicht einmal, ob er einen Schlüsselring oder ein Etui habe. Und das bei einem fanatischen Ordnungsmenschen wie sie? Na ja, dann überrumpelte ich sie und brachte sie dazu, Farbe zu bekennen. Warum log sie bei einer solchen Kleinigkeit? Doch«, fügte er schnell hinzu, wie ein Lehrer, der eine wohlformulierte Antwort nicht von einem Schülermund verdorben sehen will, »sie weiß, daß es in diesem Fall einen brandheißen Schlüssel gibt.«

Ich nahm einen neuen Anlauf bei der Wäsche.

»Ja, selbstverständlich wußte sie es. Es stand in allen Zeitungen, daß Svanberg in einem geschlossenen Raum ermordet wurde, zu dem nur ein begrenzter Kreis einen Schlüssel besitzt. Daß ihr Mann dazugehört, weiß sie natürlich längst. Aber wenn ein Polizist – oder ein Mann, der aussieht oder auftritt wie die Parodie eines Polizisten – kommt und fragt, ob sie wisse, wie und wo dieser Schlüssel aufbewahrt wird, dann ist es sicher nur allzu menschlich, wenn sie die Unwissende spielt. Ich würde es jedenfalls so machen.«

»Aha«, sagte der Staatsminister. »Du würdest es so machen?« Er klang verblüfft und zugleich indigniert. »Du würdest einen Polizisten belügen? Du, ein Erzieher der Jugend, ein Mann mit akademischer Bildung? Menschen wie du sind es, die die Arbeit der Polizei durch ihr mangelndes Verantwortungsbewußtsein gegenüber der Gesellschaft erschweren. Aber ich werde dir verraten, warum *sie* log. Vor geraumer Zeit machte sie einen Abdruck vom Schlüssel ihres Mannes zum Arbeitszimmer und besorgte sich einen Nachschlüssel. Das tat sie, um sich alle Wege offenzuhalten, sie gehört zu der berechnenden, vorausschauend planenden Sorte – denk an den Gardinensaum. Hatte sie den Schlüssel, hatte sie auch Zugang zu Svanbergs Person – zu Gesprächen oder, wenn eine Einigung nicht erzielt würde, zu radikaleren Maßnahmen. Gestern abend, als ihr Mann bei seiner Einladung zum Abendessen war und sie gerade erfahren hatte, daß ihre Pläne mit der Provinz Kalmarhus zunichte gemacht worden waren, suchte sie wutentbrannt Svanberg auf. Und glaube mir, sie fand ihn. Ein Alibi für den Zeitraum von sieben bis halb zwölf Uhr hat sie nicht. Hätte das Dienstmädchen es liefern können, hätten wir es mehr als einmal zu hören bekommen – mir ist noch nie jemand begegnet, der sich so fleißig auf andere Leute beruft. Es klang, als ob wir Staatsminister laufende Untersuchungen vorschützen.«

»Du scheinst vergessen zu haben, daß du bereits heute vormittag die Mörderin entlarvt hast. Frau Svanberg, die Witwe des Staatssekretärs. Die mit dem Tennisschläger. Du kannst schlecht mit zwei Täterinnen aufwarten. Du kannst nicht die Witwe und die Frau Justizchef haben. Du mußt dich entscheiden.«

Ich hatte über die Sache mit dem mangelnden Verantwortungsbewußtsein gegenüber der Gesellschaft nachgedacht und mich ordentlich darüber geärgert.

Der Staatsminister sah gekränkt aus.

»Du vergißt, daß ich sowohl Privatperson als auch Polizist bin. Als Privatperson bin ich überzeugt, daß Frau Svanberg die Mörderin ist. Meine Güte, vergiß nicht, wie sie mich mit dem Schläger zugerichtet hat! Aber als Justizminister bin ich mir genauso sicher, daß Frau Rydlander die ist, nach der ich suche. Als Chef der Innenbehörde verschließe ich indessen nicht die Augen davor, daß das Ganze das Werk einer internationalen Verbrecherbande sein kann.«

Der Staatsminister ging unter etwas so ungewöhnlichem wie beleidigtem Schweigen weiter.

Ich selbst spazierte neben ihm einher und fühlte mich eine Weile in der Gesellschaft dieses seltsamen, stereophonen Mannes gewissermaßen unter dem Einfluß von Behördenmenschen und anderen Personen verändert. Es war anstrengend, aber ich tröstete mich damit, daß es nichts sein mußte im Vergleich dazu, selbst gezwungen zu sein, mit einer solchen interessanten Spaltung zu leben, im Vergleich dazu, selbst ein dreifach gespaltenes Wesen zu sein.

»Du sagtest, Rydlander hätte jetzt nach dem Mord größere Chancen, Regierungspräsident zu werden. War Svanberg sein einziger Konkurrent im Ring?«

Mir war daran gelegen, das Gespräch auf ein weniger vermintes Terrain zu lenken.

Der Staatsminister, der möglicherweise ein Hybrid ist, aber kein nachtragender Hybrid, legte sofort die gekränkte Miene ab.

»Rydlander leistet als Justizchef ausgezeichnete Arbeit, und wir machen nur selten einen Justizchef zum Regierungspräsidenten. Außerdem hat die Provinz klargestellt, daß sie ihn nicht haben will. Oder besser gesagt: Sie wollen seine Frau nicht. Sie scheint da unten nicht beliebt zu sein. Das ist die Gefahr dabei, wenn man vor der Ernennung in der Provinz wohnt. Leute lernen einen kennen. Aber erfährt Sträng nun, daß die Herrschaften keine Reparationen fordern und sie Gardinen hat, die nur aufgehängt werden müssen, dann pfeift er auf Provinz und Ministerium und ernennt ihn. Er verabscheut es, Geld zu bewilligen, um einen alten Regierungspräsidenten auszustatten. ›Das war ein billiger Teufel!‹ wird er sagen. ›Ein paar Gardinensäume auszulassen wird nicht teuer. Den nehmen wir und damit basta!‹ Ich glaube tatsächlich, er würde den staatseigenen Hund zum Regierungspräsidenten machen, wenn er ihn genauso billig bekäme. ›Er kann doch die Abendessen fressen und nach dem Mahl etwas kläffen, und das ist schon fast alles, was ein Regierungspräsident zu tun braucht‹, hör ich ihn sagen. Ich möchte es nicht so verstanden wissen, daß Rydlanders Chancen, Regierungspräsident zu werden, jetzt gestiegen sind. Er ist im Grunde schon ernannt.«

Auf der Autofahrt nach Hause schwatzte der Staatsminister über allerhand Spuren und Anhaltspunkte, ich aber saß meistens still daneben und überlegte, was aus mir und meinem Leben hätte werden können, wenn es sich mit den Säumen und allen anderen wesentlichen Dingen so ergeben hätte.

13

Am nächsten Tag trat der Staatsminister per Flugzeug eine zweitägige Vortragsreise durch Mittelschweden an. Hauptveranstaltung war eine Festrede in einem jubelnden Wahlkreis. Nach einigem Zögern hatte ich zugesagt, ihm Gesellschaft zu leisten.

Der Reise vorausgegangen waren Überlegungen im engsten Regierungskreis. Man hatte das Für und Wider abgewogen.

»Wir müssen ihn losschicken«, hatte der Finanzminister gesagt. »Er ist der einzige von uns, außer mir und Palme, den die Leute kennen. Er zieht die Leute ganz fürchterlich an. Wie im vergangenen Frühjahr, als er vor Uppsalas Rechten gesprochen hat. Zwanzigtausend Menschen! Da sind nicht mehr so viele Leute zusammengekommen, seit man Frö und Freja Opfer gebracht und Pferde in die Bäume gehängt hat.«

»War er denn damals schon so beliebt, bevor er zu morden ... vor den Morden?« wunderte sich der Bildungsminister, der noch nicht lange genug im Amt war.

»Ja«, antwortete der Staatspräsident. »Ich glaube, das hat mit seinen unzähligen Kindern zu tun. Er wird mit jeder Geburt beliebter. Er wird als eine Art Fruchtbarkeitssymbol betrachtet. Die Leute legen weite Strecken zurück, um ihn zu berühren. Manchmal haben sie auch Kind und Kegel dabei.«

»Geschwätz«, meinte der Finanzminister, »das liegt nur am Geld. Einen Schweden mit sechzig Millionen aus arbeitsfreiem Einkommen, der hier im Lande bleibt und Steuern zahlt, statt auf den Bahamas zu sitzen und Kognak zu schlürfen, den wollen die Leute sehen, um sich davon zu überzeugen, daß er in der Welt der Sinne überhaupt existiert.«

»Sechzig Millionen! Das ist eine Schande für die Partei! Das Monopolkapital ...«, begann der Bildungsminister, der die Floskel aus seiner Zeit im Jugendverband kannte.

»Halt du den Mund, bis du mit deiner Grundschule fertig bist!« schnitt ihm der Finanzminister das Wort ab. »Wir können ihn draußen auf dem Feld nicht entbehren. Er zieht Leute an. Du ziehst nur Geld an.«

»Da stimme ich dir zu«, entgegnete der Verteidigungsminister. »Die Frage ist nur, ob er ... Ich frage mich tatsächlich ziemlich oft, ob er ... tja, ob er, frisch von der Leber weg gesprochen, ob er ganz normal ist. Wißt ihr, manchmal gibt er so seltsame Dinge von sich ...«

»Das tun wir doch alle«, verkündete der Finanzminister.

»Ja, aber er macht es auch intern, nicht nur auf den Parteikongressen!«

»Und wenn er nun seinen Staatssekretär ermordet hat ...«, begann der Außenminister.

»Wir haben genug Leute auf diesem Niveau«, erklärte der Finanzminister.

»Die Frage ist nicht, ob er verrückt ist oder nicht, ob er ein Mörder ist oder nicht, sondern ob er auf die Bewegung hört«, meinte der Staatspräsident mit Nachdruck. »Ist er unseren Idealen treu, teilt er unsere Visionen?«

Der Kreis rutschte unruhig auf den Stühlen hin und her.

»Aber er hat sich schon mehrere Male so seltsam verhalten«, beharrte der Verteidigungsminister. »Erinnert ihr euch daran, wie er einmal kurz nach einem Streik, als wir ihn nach Kiruna geschickt haben, durch das ganze Bergwerk gegangen ist und die Arbeiter ihn mit ihren Klagen überschüttet haben und er am Ende alle in der großen Bergwerkshalle zusammengerufen und gesagt hat, die einzige Lösung sei, daß man das ganze Unternehmen sozialisiere?«

Unverkennbar erinnerte man sich.

»Und erinnert ihr euch, wie er vor der UN gesagt hat, die Reinhaltung der Ostsee sei das einzige internationale Problem, das Schweden nicht auf eigene Faust lösen könne, und wie die ganz Welt gelacht hat ...«

So etwas wie ein Krampf hatte das Gesicht des Außenministers übergezogen.

»Oder wie er auf einer Parteiberatung über die Unterstützung der Presse vorgeschlagen hat, alle sollten in die sozialdemokratische Partei *hineingeboren* werden, mit vollem Recht auszutreten, sobald sie die wirtschaftlichen Möglichkeiten hätten. Der Austritt sollte nämlich in der sozialdemokratischen Zeitung des Ortes bekanntgegeben werden, zum normalen Preistarif für Annoncen. Ein entscheidender Vorteil bei dem System wäre, wollte er betonen, daß man in Zeiten mit Gegenwind – da die Partei am nötigsten Geld brauchte – mit besonders vielen Annoncen, mit grober Schriftart und ausführlichen, kostspieligen Begründungen rechnen könnte ...«

»Oder das Mal, als er in Vetlanda beim Umzug zum 1. Mai mitmarschiert und den Hut auf dem Kopf hatte, als man die Internationale spielte, und dann, als ein beschwipster Veteran ihm den vom Kopf schnippte, schrie, er glaubte, daß es ein Stück von den Beatles war?«

Die Minister saßen unter sehr langem Schweigen zusammen. Sie schienen einen inneren Wandlungsprozeß zu durchlaufen.

»Er muß Qualitäten haben, die wir nicht erkennen können«, sagte der Staatspräsident am Ende. »Tage hätte nie die Ernennung ...«

»Tage war es, der Camilla aus Lund hergeholt hat«, erwiderte jemand.

»Aber das ist eine ganz andere Sache«, meinte der Staatspräsident eifrig. »Ich weiß genau, wie es dazu gekommen ist.

Aina wollte ein neues Rezept für Fleischklößchen haben und da empfahl eine Schwiegertochter ihm Camilla, aber Aina hatte an dem Tag das Svenska Dagbladet gelesen und Asthma bekommen, so daß Tage anrufen mußte. Er versichert, daß er streng bei den Fleischklößchen geblieben sei, aber daß Camilla am Ende versprach, am darauffolgenden Tag eine Antwort zu geben.«

»Er hat also ein Rezept für Fleischklößchen haben wollen und hat Camilla bekommen?«

»Ja.«

»Und warum, wenn ich fragen darf«, sagte der Bildungsminister, »warum hatte er nicht auf die gleiche Weise den Staatsminister auftreiben können?«

Der Finanzminister sah sich bei dieser Frage veranlaßt, die Versammlung zur Ordnung zu rufen.

»Wir sind nicht hier, um in der Vergangenheit zu wühlen, sondern um konstruktive Vorschläge in der Kampagnefrage zu entwickeln. Ich schlage vor, wir lassen eine Rede schreiben, und dann schicken ihn damit los.«

»Er darf nicht über Verteidigungspolitik reden«, sagte der Verteidigungsminister.

»Und nicht über Außenpolitik«, meinte der Außenminister.

»Und nicht über die staatlichen Unternehmen«, fand der Industrieminister.

»Ruhe, meine Herren«, sagte der Finanzminister, »wir lassen ihn über die UN sprechen, über unsere Abneigung gegen Diktatorenregime ...«

»Im Westen«, sagte der Staatspräsident.

»... und über die Pflicht des Volkes, sich mit schwedischen Waffen gegen Unterdrückungsregime zu erheben ...«

»Im Westen«, erklärte der Staatspräsident.

»... und über die christlichen Werte ...«

»Aber keine Lieder«, entschied der Staatspräsident.

»… und über Gleichheit – natürlich ohne nähere Spezifizierung«, fuhr der Finanzminister fort. »Ich werde meine Jungs noch heute eine Rede schreiben lassen. Und dann geben wir ihm zwei Bewacher mit, ausgewählte und verläßliche Leute. Glaubt mir, da kann nichts schiefgehen …«

Am Abend sprach der Staatsminister im Folkets Park.

Eigentlich hätte er in einem Saal auftreten sollen, aber der Zustrom war so massiv gewesen, daß man sich gezwungen sah, das Treffen in den Park zu verlegen.

Den ganzen Tag waren Menschen aus den umliegenden Gemeinden in die Stadt geströmt, und um acht Uhr hatten sich bei Beginn der Veranstaltung vierzigtausend Menschen auf dem Rasen vor der Tanzfläche eingefunden, von der der Staatsminister seinen Text vom Stapel lassen sollte. Seine Anziehungskraft auf die Massen hatte sich folglich wieder einmal bewahrheitet. Und das war zu verstehen. Ein Staatsminister ist gut, ein aus Zeitungen und Fernsehnachrichten bekannter Staatsminister ist besser, aber am besten ist ein Staatsminister, in dessen Schrank man kürzlich seinen engsten Mitarbeiter erwürgt und aufgequollen aufgefunden hatte.

Auf dem Podium hinter dem Rednerpult saß ich zusammen mit den mitgesandten Bewachern, den Honoratioren des Ortes und allerlei politischen Kletterläusen.

Zuerst trat ein lokaler Potentat auf und begrüßte den Redner und das Publikum. Ein kleiner, nervöser Typ, der beim Sprechen ängstlich nach dem Staatsminister schielte, als fürchte er neue Ausbrüche von Aktivität von seiten des so rastlos und entsetzlich geschäftigen Staatsmannes. Gegen Ende faßte er sich indessen ein Herz und rief in einem Ton, der einem professionellen Dompteur von wilden und zähnefletschenden Tieren zur Ehre gereicht hätte: »Jetzt übergebe ich das Wort an den Staatsminister! Wir begrüßen ihn mit einem kräftigen Applaus!«

Der Staatsminister, der offensichtlich mit seinen Gedanken woanders war, beteiligte sich sehr aktiv am Händeklatschen und hielt erst inne, als einer der Bewacher ihm seine Papiere in die Hand drückte und ihn in die Seite knuffte, so wie man ein altes, störrisches Pferd mit den Schenkeln in die Seiten stößt.

Die erste Viertelstunde war alles andere als ein Vergnügen. Der Staatsminister leierte den Text von seinem Papier herunter und leierte offensichtlich richtig, denn die Bosse, die in den Kopien mitlasen, sahen zufrieden und entspannt aus. Die Botschaft war ein verwässertes Mischmasch aus trivialen politischen Unwahrheiten. Das Publikum wirkte auch zerstreut, und ich konnte richtig sehen, wie Zweifel und Irrglaube mehr und mehr anwuchsen: Ist das wirklich der Mann, der mit eigenen Händen seinen Staatssekretär erdrosselt und dann in den Aktenschrank verfrachtet hat? Wo ist das Funkeln, wo das Feuer?

Aber danach wurde es etwas lustiger. Es begann mit einem Bengel von Teenager, der grölte und an den Rändern der Masse randalierte. Der Staatsminister, durch seine Familie abgehärtet, ertrug ihn lange, aber schließlich geriet er in Wallungen, zeigte auf eine schuppenartige Einrichtung neben dem Podium und rief: »Wenn du nicht den Mund hältst, stecke ich dich in den Schrank!«

Ich habe noch nie einen Randalierer gesehen, der so schnell den Mund hielt. Und zugleich ging ein elektrisierender Stoß durch die Menge. Es war wie beim Publikum eines Gruselfilms, das eine gute Viertelstunde auf die Attraktion gewartet hat und das dann in der achtzehnten Minute endlich »das Monster ohne Gesicht« schemenhaft zu sehen bekommt.

Kurz danach sprach der Staatsminister zufällig über Führer der Moderaten wie »Herrn Holmberg«. Der Bewacher zur Linken beugte sich vor und flüsterte. Der Staatsminister begann von vorn, stotterte, kam aber auf die richtige Spur und fügte entschuldigend hinzu: »Es ist nicht so leicht, den Überblick über sie zu behalten, kann ich Ihnen sagen. Es sind ja so viele, und sie verschwinden nicht einfach so – sie werden Generaldirektoren und Regierungspräsidenten und Botschafter. Aber gerade die Tatsache, daß unsere erbittertsten Widersacher allmählich unsere Politik akzeptieren und Vertrauensmänner der Regierung mit Lohnstufe C 7 werden, beweist wohl besser als alles andere, daß wir mit unserer Politik richtig liegen. Auch Sie werden unsere Politik mögen, wenn Sie alt und verständig geworden sind und Generaldirektoren und Regierungspräsidenten!«

An dieser Stelle erntete der Staatsminister den ersten Applaus des Abends, und der spornte ihn offensichtlich zu neuen Versuchen in der improvisierten Redekunst an, denn er legte das Manuskript beiseite und sagte: »Lassen Sie mich jetzt etwas zu den Steuern sagen.«

Die Bewacher zuckten zusammen. Offensichtlich stand von Steuern keine Silbe in ihren Manuskripten.

»Wir haben hohe Steuern. Sehr hohe Steuern. Die höchsten der Welt. Und selbstverständlich sind Steuern nötig. Aber natürlich wundert man sich manchmal doch …«

Wir erfuhren nie, was der Staatsminister in stillen Augenblicken über die Steuern dachte, denn die Bosse zogen ihn eifrig an den Rockschößen.

»Lassen Sie mich etwas erzählen, das beweist, welcher billiger Tricks sich unsere Widersacher bedienen! Nehmen wir nur einmal zum Beispiel Hjalmarson, den Führer der Rechten, der dann Regierungspräsident wurde. Als wir 1958 die Umsatzsteuer einführten, erinnere ich mich noch sehr gut, wie der Mann im Fernsehen auftrat, seiner Demagogie freien Lauf ließ und wie er sagte: ›Jetzt liegt die Umsatzsteuer bei vier Prozent. Glauben Sie mir, in zehn oder zwölf Jahren ist sie auf zehn Prozent geklettert!‹ Aber, liebe Freunde, zum

Glück bringt die Zeit solche Verfälschungen der Wirklichkeit an den Tag. Wir wissen doch alle, wie hoch die Umsatzsteuer heute ist!«

Hier erhob sich ein großer, hochroter Mann aus dem Publikum und schrie: »Ja, das wissen wir. 17,65 Prozent!«

Offensichtlich fanden die lokalen Bonzen diesen Beitrag sehr plump, und ich hörte, wie einer zu seinem Nebenmann sagte, es sei merkwürdig, daß man nie eine seriöse und sachliche Debatte in den Parks zustande bekäme.

Der Staatsminister wiederum starrte den Hochroten an und brach wie ein Mensch, der die Antwort auf das seltsamste Rätsel empfangen hatte, aus in: »Meinen Sie? 17,65 Prozent? Das ist doch wirklich unerhört! Hat er auch in dem Punkt recht behalten!«

Das Publikum jubelte, der Staatsminister machte ein zufriedenes und überraschtes Gesicht und wehrte energisch den Versuch der Zurechtweisung durch die Bewacher ab.

»Ja, die Mehrwertsteuer mag hoch sein, ist aber notwendig. Jetzt können wir jedes Jahr die Altersrente erhöhen. Früher war dies aus gesellschaftsökonomischen Gründen nur in jedem Wahljahr möglich.«

Die Bosse fauchten jetzt wie vergiftete Schwanenweibchen.

»Ich werde Ihnen eine kleine Anekdote erzählen«, fuhr der Staatsminister fort. »Sie ist ganz und gar wahr. Einer meiner Kollegen hat sie mir einmal erzählt. Er hat folgendes berichtet: ›Es gibt drei Möglichkeiten, ein Unternehmen in den Ruin zu treiben. Die naturschönste ist, es in Norrland anzusiedeln, die festlichste ist, den Sohn zum stellvertretenden Direktor zu machen, aber die sicherste ist, es zu verstaatlichen.‹«

Der für meinen Geschmack ganz einfache Witz kam offensichtlich gut an. Während die Massen jubelten, führten die Bewacher ein tumultartiges Gespräch mit dem Staatsminister, der eine beleidigte Miene aufsetzte und so schrie, daß alle es hörten: »Aber der Finanzminister selbst hat es so erzählt und fürchterlich gelacht ...«

Als wieder Ruhe unter den Vierzigtausend eingekehrt war, hatte man den Staatsminister offensichtlich wieder auf die Linie der Partei eingeschworen, da er artig von seinem Manuskript ablas und uns alle mit orthodoxen und belanglosen Aspekten der Außenpolitik einschläferte.

»Also«, hörte ich ihn die Rede zusammenfassen, »es ist die sozialdemokratische Partei, die allein als Garant für die Neutralitätspolitik steht.«

Der Bewacher zur Linken flüsterte: »... als Garant für unsere unverbrüchliche Neutralitätspolitik!«

Der Staatsminister setzte neu an: »Unsere Partei steht als Garant für unsere brüchige Neutralitätspolitik!«

Beide Bosse überschütteten das Rednerpult jetzt mit Richtigstellungen, und der Staatsminister setzte zum dritten Mal an: »Unsere Partei steht unverbrüchlich als Garant für die brüchige Neutralitätspolitik!«

»Jetzt müssen Sie sich entscheiden! Ist die Neutralitätspolitik brüchig oder ist sie es nicht? Ich persönlich halte ›brüchig‹ für einen heftigen Ausdruck. Etwas seltsam, würde ich sagen, aber nicht direkt brüchig ... Jetzt finde ich jedenfalls, daß wir genug über Außenpolitik gehört haben. Lassen Sie mich statt dessen ein paar Worte zur GmbH Staatsunternehmen sagen ...«

Aber hier war der Chefbewacher offensichtlich der Ansicht, daß die politische Aufklärungsarbeit weit genug betrieben worden sei, denn er gab dem Musikchor ein Zeichen, das mit »Söhne der Arbeit« alles unterbrach.

Palme zufolge hätte der Staatsminister am nächsten Tag auf einer Versammlung der Pensionäre sprechen sollen, die Regierung jedoch schickte ihm am selben Abend einen Jagdflieger, der ihn binnen einer Stunde nach Stockholm zurücktransportierte. Der Presse wurde eine Mitteilung übersandt, in der es hieß, er leide unter einer Halserkrankung. Und so konnte man die Sache natürlich auch ausdrücken.

Ich selbst nahm den Nachtzug.

14

Am Montag morgen fuhr der Staatsminister in die Staatskanzlei, war jedoch schon um ein Uhr wieder zurück, nachdem er im Verlauf einiger Vormittagsstunden im Ministerium Energie getankt hatte.

»Jetzt fahren wir Konsul Karling in Djursholm besuchen«, entschied er. »Er lebt in Scheidung, so daß nur die Haushälterin zu Hause ist.«

Ich fragte, was er mit ihr vorhabe.

»Och«, antwortete der Staatsminister vage, »ich will mich etwas mit ihr unterhalten. Das Alibi und so überprüfen, du weißt schon. Karling scheint nicht über einen Schlüssel zum Arbeitszimmer verfügt zu haben, aber ich finde, daß sein Erscheinen hier am Mordtag so überaus bemerkenswert war – ganz zu schweigen davon, wie er im Arbeitszimmer herumgeschlichen und geschnüffelt hat –, daß er es verdient, daß wir seine Säume etwas genauer unter die Lupe nehmen. Aber wir müssen uns verkleiden. Ich will nicht, daß die Haushälterin mich erkennt und es ihrem Hausherrn petzt. Und mir ist aufgefallen, daß Haushälterinnen viel offener mit Personen sprechen, die aussehen, als gehörten sie zu den unteren Schichten.«

Ich erkundigte mich, wie er sich zu verkleiden gedachte, und der Staatsminister antwortete, er wisse es noch nicht so genau, aber vielleicht als Landstreicher. Ich sagte: »Ausgezeichnet«, da könne er mit nur geringfügigen Verschönerungen gehen wie er war.

»Nein«, widersprach der Staatsminister, »jetzt weiß ich's. Wir werden als Handwerker gehen. Alles, was wir brauchen, ist eine Werkzeugkiste und ein bißchen Arbeitskleidung.« Er verschwand in den Keller.

Ich blieb sitzen und dachte, daß er mich dazu nie, nie im Leben bringen würde.

Der Staatsminister kehrte sogleich mit zwei weißen Kitteln und einer Sammlung Werkzeug zurück.

»Wir gehen als Fernsehmonteure«, verkündete er zufrieden.

Ich erkundigte mich, ob er daran gedacht habe, daß es für einen gelungenen Auftritt in dieser Rolle eines defekten Fernsehers in dem auserkorenen Haushalt bedürfe und man gewisse Ansprüche an die berufliche Geschicklichkeit stellen werde, aber der Staatsminister antwortete, es werde sich bestimmt alles finden, und murmelte etwas von »der Magie der weißen Kittel«.

Er zog das eine Kleidungsstück an und reichte mir das andere. Ich schüttelte den Kopf.

»Aber«, meinte der Staatsminister, »du gibst dem Ganzen einen glaubwürdigeren Anstrich.«

Ich antwortete, daß ich keinem wie auch immer gearteten glaubwürdigen Anstrich anstrebte.

»Na ja«, sagte der Staatsminister und betrachtete sich im Spiegel, »vielleicht reicht es, wenn ich aussehe wie ein Monteur. Du sollst jedenfalls nur meinen nicht ausgelernten Handlanger markieren.«

Ich schaute mir seine Werkzeugsammlung an und fragte, ob er glaube, man repariere Fernseher mit Brechstangen und Fleischerbeil. Der Staatsminister sah verletzt aus und erklärte, daß er doch irgendwie an das Innere des Apparates kommen müsse.

Ich begann zu ahnen, daß ich dennoch eine Aufgabe zu erfüllen hatte.

Wir parkten an einem stillen Straßenrand und tasteten uns das letzte Stück mit Hilfe der Hausnummern voran.

»Seltsamerweise bin ich hier vorher noch nie gewesen«, erzählte der Staatsminister. »Und trotzdem habe ich mehrmals den Vorschlag gemacht, wir sollten in aller Bescheidenheit einmal zum Abendessen vorbeischauen, nur Margareta, ich und die Kinder ... Hier muß es sein!«

Konsul Karlings Djursholmvilla war ein prächtiger Anblick.

In zwei Etagen, unter einem Schopf aus Schiefer, stand sie dort und erstreckte sich mit der Nase zum gepflegten Rasen und blauen Wasser hin und war von markisenbeschirmten Terrassen und Balkonen umsäumt.

»Wie zum Teufel kann er sich leisten, so zu wohnen?«

Ich erklärte, er, der Staatsminister, komme für die Kosten auf.

»Bestimmt gehört der Bergwerksgesellschaft das Haus, das sie für eine lächerliche Summe an ihn in seiner Eigenschaft als stellvertretenden Direktor vermietet. Die Autos da links hinter der Edelholzverkleidung stehen zu den gleichen günstigen Konditionen zu seiner Verfügung, und ein Chauffeur und Gärtner sind eingestellt und von der Gesellschaft bezahlt. All das ist in besseren Firmen gang und gäbe.«

Der Staatsminister sagte, es gebe Momente, da verspüre er das Verlangen, Sozialist zu werden.

Zwischen spielenden Springbrunnen spazierten wir auf eine Ziegelfassade zu, die mit muralen Friesen geschmückt und behängt war.

»Du brauchst dir gar keine Sorgen zu machen«, meinte der Staatsminister und klingelte. »Alles wird in ruhigen Bahnen und in Würde verlaufen.«

Die Haushälterin erwies sich als kleine, verängstigte Frau, deren hervorstechendster Wesenszug die vollkommene Abwesenheit eines Kinns war. Wäre sie als Mann zur Welt gekommen, wäre der Schönheitsfehler durch einen Bart zu kaschieren gewesen, doch da hatte das Leben versagt. Die Natur hatte sich dennoch bemüht, hinterher in einem kniffeligen Fall zu Hilfe zu eilen, indem sie eine Reihe von Fettpölsterchen zwischen Kehlkopf und unterer Zahnreihe hatte aufschäumen lassen, so wie Wind Sand in die Wellen treiben kann, um die Schlucht zwischen Gipfel und Fuß der Wüstenklippe auszufüllen.

»Ich bin Fernsehmonteur!« schrie der Staatsminister, vermutlich in der richtigen Annahme, die Sache bedürfe der Unterstreichung. »Der Konsul hat neulich aus dem Büro angerufen und gesagt, ich soll mir mal seinen Apparat angucken.«

Die Haushälterin sah noch verängstigter und kinnloser aus – was ich kaum für möglich gehalten hätte – und trat einen Schritt zurück, um einen raschen Rückzug vorzubereiten.

»Aber ... aber der Herr Konsul hat mir kein Wort davon gesagt ...?«

»Oh, oh«, sagte der Staatsminister und lächelte gewinnend – er erinnerte jetzt am ehesten an einen schlampigen, leicht angetrunkenen Zahntechniker –, »das hat sich kurzfristig ergeben. Den ganzen Morgen bin ich in der Gegend rumgedüst und hab' repariert und rumgepusselt. Hier in der Gegend ist eine Menge los. Atmosphärische Störungen oder so. Ja, bestimmt atmosphärische Störungen«, wiederholte er, als schien er den Gedanken fesselnd zu finden.

»Liebe Güte! Atmosphärische Störungen?« sagte die Haushälterin. »Tja, wenn der Konsul das gesagt hat, dann kommen Sie wohl am besten rein ... Aber was ist mit dem älteren Herrn ...?«

»Oh, och«, sagte der Staatsminister und klirrte recht handwerkermäßig mit dem Werkzeug, wie er da auf dem Flurteppich stand. »Das ist nur mein Handlanger, Lehrling Persson.«

»Lehrling?« wunderte sich die Haushälterin. »Aber er ... er ...«

»Na ja«, meinte der Staatsminister, »Sie finden wohl, er ist schon etwas in die Jahre gekommen, was? Ja, das ist eine traurige Geschichte. Eine richtig tragische Geschichte würde ich sagen. Aha, die Treppe hoch? Persson war früher Lehrer. Ein richtig akademisch gebildeter Lehrer mit Probejahr und guten Noten und allem Drum und Dran. Aber seit vergangenem Frühjahr macht er eine Umschulung zum Fernsehmonteur.«

»Eine Umschulung?« echote die Frau. »Aber er ist doch schon so alt und macht keinen gesunden Eindruck, wenn ich das mal anmerken darf. Blaß ist er, und er atmet so schwer und stoßweise. Als wolle er etwas sagen, aber kann nicht ...«

»Das war die Disziplin«, erklärte der Staatsminister und stieg die Treppe hinauf. »Neunundzwanzig Jahre lang gelang es ihm, es mit den kleinen Windfängen aufzunehmen. Aber letztes Jahr im Mai, kurz bevor er sein dreißigjähriges Dienstjubiläum feiern wollte, ging's nicht mehr. Ein Schüler schlug ihm einen Globus auf den Kopf.«

»Meine Güte! Einen Globus?«

»Ja, Persson unterrichtete Erdkunde«, verkündete der Staatsminister bis in die Details lächerlich. »Danke, stützen Sie ihn ruhig, ihm wird heutzutage auf der Treppe leicht schwindelig.«

»Aber ... wie ist das weitergegangen?«

»Der Globus zerbrach in tausend Teile, und Persson wurde vom Unterricht befreit.«

»Aber eigentlich müßte doch der Junge vom ...«

»Man fand, Persson habe sich provokativ verhalten. Er hat den Bengel gebeten, Schweden auf dem Globus zu zeigen. Darum wurde beschlossen, Persson umzuschulen. Der Test brachte kein klares Ergebnis, aber zum Monteur ist er bestimmt am wenigsten geeignet. Garantiert hat er auch einen kleinen Tatterich, aber wir setzen ihn wohl an größere Geräte mit riesigen Triebrädern und so'n Zeug.«

Wir hatten unterdessen einen Raum erklommen, der das Wohnzimmer zu sein schien. Der Staatsminister überblickte das Terrain und marschierte dann auf einen kleineren, dunkel verkleideten Schrank zu und riß die Türen mit gewichtiger Miene auf.

»So'n Mist«, sagte er. »Haben die jetzt angefangen, Whisky-Reklame im Fernsehen zu zeigen?«

»Aber das ist doch die Bar des Herrn Konsul!« sagte die Haushälterin und ließ mich los. »Der Fernseher steht da drüben in der Ecke.«

»Das sehe ich auch«, behauptete der Staatsminister gebieterisch. »Das sehe ich auch. Ein herrlicher Apparat. Können Sie mir einen Stuhl davor stellen? Verstehen Sie, ich habe Persson immer auf einem Stuhl daneben, die Beine sind nicht so kräftig, und dann sind da ja auch noch die Schwindelanfälle. Er kann da sitzen, die Kabel halten und die Zahnräder und so'n Zeug losschrauben.«

Sitzen zu dürfen ist eine Wohltat. Die letzten Minuten hatte ich gespürt, wie mir die Kräfte schwanden.

»Tja, Sie sehen in der letzten Zeit bestimmt die seltsamsten Menschen hier draußen, was?« versuchte der Staatsminister Zeit zu schinden vor dem Zweikampf mit der Apparatur, oder ob es sich bei der Frage um ein Bestandteil der detektivischen Arbeit handelte, war nur schwer zu beurteilen.

»Ach, nein«, seufzte die Haushälterin, »meistens wohl Palme, sogar in den Schulsendungen. Und es ist schon schlimm, wie die hohen Herren hier vorfahren«, faßte sie sich ein Herz. »Jetzt habe ich in der Zeitung gelesen, daß ein Minister seinen engsten Mitarbeiter erwürgt und in einen Schrank verfrachtet hat. Und vor ein paar Jahren hat er doch eine alte, vornehme Dame draußen in den Schären erschlagen, die gerade auf der Toilette gesessen hat. Da draußen sollte man doch nun wirklich seine Ruhe haben. Ja, ich frage mich nur, wie er Palme hier in den Schränken unterbringen will. Wo ist eigentlich Erlander abgeblieben? Ist er nicht ziemlich plötzlich verschwunden?«

Der Staatsminister schien für einen Augenblick durch die Stimme des Volkes aus dem Konzept geraten zu sein, faßte sich wieder und begann, mit Brecheisen und Axt bewaffnet, um den Empfänger zu schleichen. Offensichtlich suchte er einen Schwachpunkt.

»Vielleicht kann man das Glas wegschlagen?« murmelte er.

»Der Monteur, der vergangenes Frühjahr hier war, hat die Hinterwand abgeschraubt«, erklärte die Haushälterin und trat vorsichtig näher.

»Eine veraltete Methode, die wir immer weniger anwenden«, brummelte der Staatsminister, nahm aber damit vorlieb.

Die nicht geisteskranke Frau begann sich jetzt für mein Wohlbefinden zu interessieren und erbot sich, mir gegen das Schwindelgefühl ein Glas Wasser und für die Beine eine Dekke zu bringen, und der Staatsminster machte im Hintergrund eifrige Miene, und gewiß hätte es gutgetan, aber ich wollte sie nicht aus dem Zimmer gehen lassen. Ich meinte begriffen zu haben, wenn jemand Konsul Karlings Gerätepark vor der vollständigen Vernichtung retten konnte, dann war sie es. In dieser Gesellschaft repräsentierte sie zweifellos die Sachverständige, wenn auch eine gebrechliche und kinnlose. So sagte ich, es gehe mir gut.

»Kleiner Schraubenzieher, Persson!« befahl der Staatsminister verärgert und verfiel in stilles, altertümliches Schrauben. Das Mundwerk allerdings war dennoch in Bewegung.

»Ja, wissen Sie, der Konsul und ich waren früher einmal Schulkameraden. Aber das ist jetzt schon eine Weile her«, kicherte er nach Art der Monteure in sich hinein. »Aber jetzt ist er bestimmt so vornehm geworden, daß er seinen alten Kumpel nicht mehr kennt. Schon in der Schule hielt er sich für was Besseres. Kalle den Hochnäsigen nannten wir ihn immer.«

Die Haushälterin gab keinen Kommentar ab, aber ein Zittern der Kinnlappen und ein leichtes Zucken der Mundwinkel verrieten, daß sie die Bezeichnung treffend fand und sie in ihrem Herzen verborgen hatte.

»Wir sind immer nach Råsunda gegangen und haben uns zusammen Fußball angeguckt, ich und Kalle der Hochnäsige«, fuhr der Staatsminister aufgemuntert fort. »Er war verrückt nach Fußball. Einige von uns nannten ihn auch Ball-Kalle, daran erinnere ich mich noch. Aber heutzutage geht er bestimmt nur zum Tennis und anderen vornehmen Sportarten, könnte ich mir vorstellen.«

Der Staatsminister sprach jetzt in ganz breitem Tonfall und mit volkstümlichen Gesten.

»Aber ich glaub', ich hab ihn vergangenen Donnerstag abend bei einem Spiel gegen die Mongolei gesehen. Er ist wohl doch am Donnerstag zum Fußball gegangen, was?«

Er tauchte mit einem flehenden Grinsen hinter dem Apparat auf.

»Vergangenen Donnerstag abend?« Die Haushälterin brauchte nicht nachzudenken. »Nein, da war er zu Hause, und das kommt nicht so oft vor. Er kam um neun und sagte, er hätte was Wichtiges zu arbeiten und wollte nicht gestört werden und bat mich, ans Telefon zu gehen, wenn es klingeln sollte, und zu sagen, er sei beschäftigt. Und dann schloß er sich ins Arbeitszimmer ein.«

»Ja, ihm tat bestimmt das eine Auge weh«, entgegnete der Staatsminister.

»Ja, meine Güte, wie sah das doch schlimm aus, es war blau und gelb bis runter zur Wange, und ich sagte noch, wir sollten einen Arzt rufen, aber da fauchte er nur und meinte, er behandelt es mit Borsäure. Er ist im Büro gegen eine Tür gelaufen, behauptete er.«

»Das Arbeitszimmer ist da drinnen, kann ich mir vorstellen, was?« Der Staatsminister deutete mit dem Schraubenzieher auf eine helle Spiegeltür jenseits der Teppiche und des Palisanders.

»Nein, da ist das Gästezimmer. Die Tür rechts führt ins Arbeitszimmer.«

»Gästezimmer?« hakte der Staatsminister nach. »Ja, natürlich, so einer wie er hat viele Gäste. Direktoren und andere vornehme Herren natürlich, was?«

»Nein, meistens ist es dieses Frauenzimmer ...«

Sie verstummte. In die wasserblauen Augen war ein erschrockener Schimmer getreten.

»Diese Blondine, die kräftige, die so gut Tennis spielt?« probierte der Staatsminister.

Die Frau schwieg.

»Aber vielleicht diese kleine, temperamentvolle Süße mit all den Perücken, was?« mühte sich der Staatsminister ab.

Doch die Haushälterin schwieg wie nur eine Haushälterin schweigen kann, die begreift, daß sie bereits zuviel ausgeplaudert hatte.

Es krachte, als die Hinterwand von der letzten Schraube befreit zu Boden fiel.

Der Monteur starrte auf die entblößten Eingeweide, das Erstaunen eines Kindes in den Augen.

»Oh, oh, so viele Kabel!«

Er sammelte sich.

Ich sagte, ich könne überhaupt kein Bild sehen, und der Staatsminister befand, es sei gut so und liege, wie er vermutete, sicher am Motorblock, der justiert werden müßte.

»Aber Sie haben doch das Gerät gar nicht eingeschaltet!« stellte die Haushälterin fest. »Dann kann man doch auch gar kein Bild sehen, oder?«

»Ach«, sagte der Staatsminister, »habe ich ihn nicht eingeschaltet?« Eine Weile schien es, als wolle er etwas über diesen altertümlichen Typus von Fernseher sagen, der noch immer ein- und ausgeschaltet werden mußte, aber er besann sich eines Besseren, trat von einem Fuß auf den anderen und fand nach Anweisung der Haushälterin den richtigen Knopf.

»Wie ist das Bild, Persson?« rief er, als das Knöpfedrücken beendet war.

»Ausgezeichnet«, antwortete ich. »Ganz ausgezeichnet.«

Der Monteur stürzte mit einem Ausruf der Verärgerung hervor. Offensichtlich hatten ich und der Fernseher seine Pläne durchkreuzt.

»Aber siehst du denn nicht, daß die ganze Bildhalterung schief ist? Der Motorblock muß ausgetauscht werden. Leider eine kostspielige Angelegenheit.«

Irgendwie kam er mir in diesem Moment so widerlich wie ein echter, legitimierter Handwerker vor.

Die Haushälterin, die sich im Hintergrund herumgedrückt hatte, trat näher.

»Sie dürfen es dem Herrn Konsul nicht verraten, aber donnerstags schleiche ich mich abends immer hier herauf und gucke mir ›Treff mit Lasse‹ an. Aber natürlich nur, wenn der Herr Konsul nicht zu Hause ist, er ist ja so pingelig. Sonst fahre ich zu meiner Schwester nach Täby. Das ist die einzige Sendung, die was taugt, finden wir. Ich habe alle gesehen, außer der im Frühjahr, als ich so bösen Husten hatte. Aber letzten Donnerstag, als ich hier oben saß, da verschwand plötzlich das Bild, und ich war so besorgt, was der Herr Konsul wohl sagen würde, und neugierig, was Lasse singen wollte, der gerade eine Weise über einen schonischen Rübenbauern angestimmt hatte. Darum habe ich ein bißchen auf den Fernseher gehauen. Und da war das Bild wieder da.«

Der Staatsminister starrte sie an.

»Sie haben auf den Fernseher gehauen? Sie haben auf einen defekten Fernseher *eingeschlagen?*«

»Ja«, flüsterte die Haushälterin.

»So?« fragte der Staatsminister und prügelte in der Mitte auf das gute Stück ein.

»Nein, es war eher so«, sagte die Haushälterin und schlug mit der fetten Pfote oben auf das Gehäuse.

Und von neuem geschah das Wunder, Wasser ward abermals zu Wein. Das Bild war wieder da.

»Das geht doch mit dem Teufel zu«, staunte der Staatsminister. »Da hol mich doch der Teufel! Das reinste Gesundbeten ist das doch! Ja, dann muß ja nur noch die Schärfe eingestellt werden. Die Empfangsbedingungen sind hier schlecht. Diese Wand müßten wir wegnehmen«, behauptete er und zeigte hilfsbereit, welche er meinte. »Gibt es in diesem Haus vielleicht eine Säge?«

»Die Wand wegnehmen!« schrie die Haushälterin. »Das würde der Konsul niemals zulassen! Dann weht doch der Wind von der See direkt hier rein! Schnee und Regen auch ... Die Teppiche und die Möbel ...«

Der Staatsminister erklärte, wolle man ein erstklassiges Bild haben, müsse man auch bereit sein, ein Opfer für seine Bequemlichkeit zu bringen, sah jedoch offenbar ein, daß er zu weit gegangen war, ließ das Thema fallen und erkundigte sich, wo die Antenne installiert war.

»Auf dem Dach«, flüsterte die Haushälterin. »Aber der Herr Konsul würde niemals zulassen ...«

»Nein«, erwiderte der Staatsminister großzügig, »das Dach bleibt, wo es ist. Aber wir müssen die Antenne justieren. Wie kommt man aufs Dach?«

Die Haushälterin schlich zur Treppe und drehte einen Griff um. Hinter der Wand kam eine Leiter zum Vorschein, an deren Verlängerung man eine Luke in der verwinkelten Deckentäfelung erahnte.

»Gut«, sagte der Staatsminister. »Jetzt brauchen wir etwas Hilfe. Ich bleibe hier unten und justiere das Bild, und Sie, gute Frau, klettern aufs Dach und drehen an der Antenne, bis Persson ruft, daß das Bild gut ist. Ja, es tut mir leid, Sie bemühen zu müssen, aber wir können doch Persson mit seinen Beinen und Schwindelanfällen nicht da hochschicken ... Ich binde Ihnen dieses Seil um und knote es an der Leiter fest, dann fallen Sie nicht auf den Rasen.«

Ich hätte es nie im Leben gemacht, die Frau jedoch war eindeutig aus hartem Holz geschnitzt – oder aber vollkommen machtlos –, denn sie bat nur darum, sich die Schürze abnehmen zu dürfen und kletterte dann geschwind der Luke entgegen. Vielleicht fand sie nach all dem Gerede vom Wegnehmen der Wände und vom Sägen, daß sie noch glimpflich davongekommen sei.

Der Staatsminister stand daneben, spornte sie an und spendete Trost, bis sie die Luke geöffnet hatte und hinaus aufs Dach verschwunden war. Nur das Seil in seinen sich sachte ringelnden Schlaufen verriet, daß das alles kein böser Traum war.

»Jetzt«, zischte er, »jetzt gehe ich kurz ins Arbeitszimmer und ermittle. Du bleibst hier und hältst mit dem Dach Kontakt. Halt sie auf! Ruf: ›Drehen Sie noch ein bißchen weiter!‹, bis ich zurück bin.«

Bevor ich mich artikulieren konnte, war er ins Arbeitszimmer verschwunden.

Die folgende Viertelstunde – oder war es eine Stunde, ein Jahr? – würde ich gern aus meinem Leben getilgt sehen. Ich verbrachte die Zeit damit, vermutlich vollkommen den Anweisungen gemäß zu rufen: »Drehen Sie noch ein bißchen weiter!«, während die arme Frau da oben die Fühler drehte und wendete. An viel mehr erinnere ich mich nicht, und so viel mehr passierte wohl auch nicht, abgesehen davon, daß es gelegentlich oben auf dem Dach so lange still wurde, daß ich befürchtete, sie sei herabgeweht worden.

Plötzlich stand er wieder vor mir, dieser weißbekittelte Verrückte.

»Jetzt müssen wir los. Karling kommt!«

Ich zeigte stumm zum Dach hinauf.

Der Staatsminister holte vorsichtig das Seil ein, und nach einer Minute tauchte die Frau in der Luke auf.

»So, jetzt aber«, brüllte der Staatsminister durch zum Trichter geformte Hände in die Höhe, »jetzt kriege ich das Bild nicht mehr besser! Danke und tschüß. Das geht alles noch auf Garantie!«

Dann zog er mich die Treppe hinab.

15

Am Ende saßen wir jedenfalls im Auto.

Unser Weg hatte uns zwischen die Mülltonnen und durch eine lichte, aber scharffingrige Hecke geführt.

Ich hatte nicht den Mut, mich nach dem Dach umzusehen.

Ich brüllte ihn an: »Mußtest du denn unbedingt diese geschmacklose Komödie aufführen? Mich als Lehrling zu präsentieren und die Frau aufs Dach zu jagen? Nur ein Verrückter ...«

»Aber, mein lieber Freund, was hätte ich denn sonst sagen sollen? Du bist doch leider vollkommen resonant gegen Fernsehtechnik! Was hätte sie denn gedacht, wenn ich dich zuerst als ausgelernten Mitarbeiter vorgestellt hätte und du dich dann als vollkommen und komplett untauglich erwiesen hättest?«

»Komplett untauglich? Du selbst ...«

»Und was das Dach und die Haushälterin anbelangt, konnte sie einem zugegebenermaßen leid tun. Ich habe es bis zum äußersten hinausgezögert, war mir aber im klaren, daß ich nicht das Recht hatte, die Bequemlichkeit eines einzelnen Menschen über die ermittlungstechnischen Gesichtspunkte zu stellen. Und warum hast du sie nicht die Decke holen lassen, wie sie es angeboten hat? Dann hätte ich mich währenddessen ganz leicht ins Arbeitszimmer schleichen können. Ich war gezwungen, dort einige Ermittlungen vorzunehmen.«

»Du und deine amateurhaften Ermittlungen!«

Der Staatsminister setzte eine gekränkte Miene auf.

»Sherlock Holmes war Amateur, Hercules Poirot und Lord Peter Wimsey ebenso. Ich habe ihnen gegenüber einen entscheidenden Vorteil: Ich bin der oberste Chef der Polizei. In einzigartiger Weise vereine ich die Autorität der Behörden mit der Diskretion und dem richtigen Fingerspitzengefühl eines Privatdetektivs.«

»Das richtige Fingerspitzengefühl!«

»Ja«, entgegnete der Staatsminister, »ich gebe zu, daß die Angelegenheit gerade eben mit etwas mehr Finesse hätte erledigt werden können. Die Haushälterin mußte, ohne daß sie etwas dafür konnte, einige Unannehmlichkeiten in Kauf nehmen. Aber ich *mußte* tatsächlich in dieses Arbeitszimmer. Hör mir mal zu, dann verstehst du, warum. Du erinnerst dich doch, daß Svanbergs Aktentasche seit dem Mordabend fehlt, oder? Ich weiß, daß er sie dabeihatte, als er nach dem Abendessen das Haus verließ. Seither hat sie niemand mehr gesehen. Ferner wissen wir, daß er am Nachmittag des Mordtages eine erste Korrektur eines Bergbauberichts in Empfang nahm. Dieser Bericht ist ebenfalls verschwunden. Der Verdacht liegt nahe, Svanberg hatte ihn in seiner Aktentasche, als er uns an dem Abend verließ. Aber vollkommen sicher ist das nicht. Jemand kann ihn während des Abendessens gestohlen haben. Du ertapptest doch Karling – die einzige Person im Haus außer Svanberg, die ein Interesse an dem Bericht gehabt haben kann – im Arbeitszimmer, wo er kaum etwas Legitimes zu suchen gehabt haben kann, und dir fiel auf, daß er schuldbewußt dreinschaute. Doch das muß nicht unbedingt heißen, daß er die Unterlagen wirklich an sich brachte. Er war vielleicht in der *Absicht* ins Arbeitszimmer gegangen, sie an sich zu bringen, ließ es aber, nachdem du ihn dort gesehen hast. Vielleicht nahm er statt dessen im späteren Verlauf des Abends die ganze Aktentasche mit den Unterlagen und allem mit. Doch da war er gezwungen, Gewalt anzuwenden ...«

»Guter Gott, er wollte gleich nach dem Abendessen aufbrechen, zur selben Zeit wie Svanberg! Aber du zogst ihn ins Wohnzimmer, und dort mußte er eine halbe Stunde sitzen bleiben ...«

»Ja, und dann setzte er alles darauf, daß Svanberg nach Hause gefahren war und fuhr ihm hinterher. Der mysteriöse Besucher in Svanbergs Haus um halb neun Uhr hätte somit eine andere Erklärung als ich vermutet habe – es war Karling, der sich hineingeschlichen hat in dem Versuch, die Aktentasche und die Unterlagen an sich zu bringen, der aber von der Herrscherin des Hauses entdeckt wurde und einen Schlag mit ihrem Racket abbekam.«

»Der blaue Fleck!«

»Genau. Aber das Merkwürdige ist, daß er am nächsten Tag zwei blaue Flecke hatte, einen auf jeder Wange. Frau Svanberg kann ihm da im Flur wohl kaum mehr als einen Schlag verpaßt haben. Und die Haushälterin, die sah, wie er um neun Uhr nach Hause kam, erzählt nur etwas von *einem* blauen Fleck. Jemand muß ihm den anderen später am Abend beschert haben. Wer? Vielleicht Svanberg, als er versuchte, die Aktentasche und sich selbst zu schützen? Wie du siehst, gibt es manches, das auf Karling deutet – vor allem die Tatsache, daß die Aktentasche seit Donnerstag abend verschwunden ist. Welcher andere Mörder würde ein Interesse daran haben, sie mitzunehmen? Es waren noch andere Unterlagen drin, aber nichts von Interesse, meist offizielle Drucksachen.«

»Nehmen wir einmal an, Karling hätte Svanberg ermordet und dann seine Aktentasche an sich gebracht. Aber warum ließ er den Mantel und die Baskenmütze mitgehen? Die sind schließlich auch weg.«

»Tja, das ist ein Problem. Vielleicht glaubte er, die Unterlagen seien in der Manteltasche. Und was ist mit der Baskenmütze? Svanberg kann sie natürlich in der Tasche gehabt haben. Na, jetzt fragst du dich, was das alles mit meinen Ermittlungen in Karlings Arbeitszimmer zu tun hat? Folgendermaßen liegen die Dinge: Vergangenen Samstag traf der Bergbaubericht per Post in der Staatskanzlei ein. Kein Absender, der Umschlag war am Freitag morgen in Stockholm abgestempelt worden. Ein normaler, brauner Geschäftsumschlag. Schien keine Spur herzugeben. Aber eine der Briefmarken war unordentlich abgerissen – vielleicht hatte der Absender Handschuhe getragen – und die beiden unteren Zähne der Marke, die daneben saß, waren mit dran. Eben bei der Ermittlung an Karlings Schreibtisch habe ich das hier gefunden.«

Er hielt ein Briefmarkenheftchen in die Höhe. Die oberste Marke war leicht beschädigt: an ihrer rechten unteren Ecke fehlten zwei Zacken.

»Das gleiche Motiv, der gleiche Wert, die gleiche Beschädigung«, verkündete der Staatsminister zufrieden.

Mir fiel da etwas ein.

»Aber Karling hat für den Mordabend ein Alibi! Sagte nicht die Haushälterin, er sei um neun Uhr nach Hause gekommen und dann nicht mehr weggegangen?«

»Die Angabe ist nicht viel wert. Sie war nämlich selbst nicht den ganzen Abend zu Hause. Sie behauptete es zwar, aber da band sie uns einen Bären auf. Erinnerst du dich nicht, daß sie etwas plapperte davon, daß sie sich donnerstagabends immer ins Fernsehzimmer hinaufschlich, um ›Treff mit Lasse‹ zu gucken – aber nur, wenn Karling nicht zu Hause war. War das der Fall, fuhr sie zu ihrer Schwester nach Täby. Sie sagte auch, daß sie alle Folgen der Serie gesehen hätte, außer einer im vergangenen Frühjahr. Am Mordabend, der schließlich ein Donnerstagabend war, wurde die Sendung zwischen zehn und halb zwölf Uhr ausgestrahlt. Sie kann sie an dem Abend nicht in der Villa gesehen haben, weil Karling zu Hause war, aber dennoch hatte sie sie nicht verpaßt. Also muß sie sich außerhalb des Haus aufgehalten haben, nämlich bei ihrer Schwester. Vermutlich hielt sie es für unangebracht, den Ausflug zuzugeben, da Karling sie doch gebeten hatte, eventuelle Anrufe entgegenzunehmen. Aber der Telefonverkehr war wohl nicht so rege – er hat eine Geheimnummer –, und wer telefoniert noch nach halb zwölf Uhr? Sie nahm offensichtlich das Risiko in Kauf und fuhr zu ihrer Schwester.«

»Oder aber«, wendete ich ein, »sie schaute die Sendung zu Hause, *weil sie wußte, daß Karling ausgegangen war* …«

»Ja, das ist natürlich auch möglich«, gab der Staatsminister zu. »Aber das setzt voraus, daß sie bei ihrer Aussage, er sei nach neun Uhr zu Hause gewesen, bewußt log. Und ich frage mich … In welchem Fall fehlt Karling ein Alibi für den Zeitraum zwischen halb zehn und zwölf Uhr – und der Mord wurde zwischen elf und halb eins begangen. Hier steigen wir kurz aus!«

Wir betraten ein Radio- und Fernsehgeschäft.

»Haben Sie Fernseher?« stellte der Staatsminister die intelligenteste aller möglichen Fragen in dem Laden. »Tja, ich möchte einen richtig guten Farbapparat haben. Einen, der ein paar Jahre von selbst läuft, ohne Monteur.«

Das Begehren traf auf keinerlei Hindernisse.

»Schicken Sie ihn der Haushälterin Amalia Andersson, Strandvägen 11, Djursholm. Packen Sie ihn hübsch ein, und machen Sie eine Schleife drum. Sie installieren ihn doch auch, oder? Mit allen Erd- und Luftleitungen? Sie werden Fräulein Andersson reserviert antreffen, vielleicht abweisend, sie mißtraut jedem Fernsehmonteur, seit … seit der Kindheit. Aber bleiben sie standhaft. Der soll ins Haus. Nein, um alles in der Welt, wir geben keinen Absender an! Und beschreiben Sie uns auch nicht oder so! Behaupten Sie, es sei ein Werbegeschenk. Bei der Gelegenheit können Sie gleich zwei Geräte liefern. Das andere ist für Konsul Karling. Selbe Adresse.

Er gibt seinen alten Fernseher bestimmt im Austausch zurück. Den können Sie behalten, die Bildhalterung ist eine vollkommene Katastrophe. Aber ihm lassen wir ein Schwarzweißgerät zukommen. Nein, lieber nicht, dann klaut der Gauner von Geizhals den von Fräulein Andersson. Liefern Sie auch ihm einen mit Farbe. Aber ohne Schleife. Ja, ich bezahle in bar. Aber ich möchte zwei Prozent Skonto haben. Haben Sie zufällig ein drittes Exemplar da? Dann schicken wir den an Studienrat Vilhelm Persson ... Was? Dir wird schon bei dem Wort Fernseher schlecht? Dir kommt nur über deine Leiche ein Fernseher ins Haus? Soll ich es so verstehen, daß du keinen Fernseher haben willst? Dann müssen wir uns eben etwas anderes einfallen lassen. Eine Briefmarke für deine Sammlung vielleicht?«

Es gab eine Briefmarke. Sogar drei Stück. Drei echte Raritäten, erworben in dem kleinen Laden in der Biblioteksgatan. Ich sah keine Veranlassung, ihn zu schonen. Ein Mann, der Frauen auf Dächer scheucht und ältere Beamte zum Narren macht, verdient keine Gnade.

Der Staatsminister schaute die erlesenen kleinen Exklusivitäten interessiert an.

»Was machst du damit? Spuren suchen und so was? Obwohl alle Zacken da zu sein scheinen.«

Ich antwortete, ich ordne sie in ein Album ein.

»Oh, verdammt«, sagte der Staatsminister taktvoll, »das klingt interessant. Bestimmt lustig und anregend. Und du bist dir sicher, daß du statt dessen nicht lieber etwas anderes haben möchtest? Sie sehen so klein aus, finde ich. Und hol mich der Teufel, sie sind auch schon benutzt! Du kannst für das Geld ein ganzes kleines Haus bekommen. Egal, kleb sie nur ordentlich in dein Album ein. Damit die Hunde sie nicht aufschlabbern.«

Als wir vor der Gartenpforte des Staatsministers aus dem Auto stiegen, fiel mir ein kleiner, fetter Mann auf, der uns durch eine lichte Stelle in der Hecke vom Grundstück gegenüber anstarrte.

Ich hätte weiter keinen Gedanken an ihn verschwendet, wenn da nicht der blaue Fleck gewesen wäre, ein wirklich beeindruckender blauer Fleck, der einen Ring um das linke Auge gebildet hatte …

Nach dem Abendessen beschrieb ich meine Offenbarung dem Staatsminister, der gleich in Aufregung geriet.

»Das muß Direktor Johansson gewesen sein, Anita Johanssons fetter Mann! Den hätte ich fast vergessen. Aber er gehört ganz einwandfrei zu den Verdächtigen. Seine Frau hat schließlich einen Schlüssel zum Arbeitszimmer hier …«

16

»Erklärungen sind überflüssig!« befand der Staatsminister. »Das ist doch die natürlichste Sache von der Welt, daß man seinen Nachbarn besucht. So macht man das hier in den Villenvororten.«

Wir spazierten im Abenddunkel zu Direktor Johanssons Villa hinüber, einem Gebäude mit Backsteinfassade im rechten Winkel um einen Swimmingpool und Außenhauskamin und anderem Luxus und Attributen des schnöden Mammons.

»Aber macht das nicht einen etwas seltsamen Eindruck, daß du so lange mit dem Besuch gewartet hast?« fragte ich und vermied es, über eine Schubkarre zu stolpern, die man arglistig mitten auf dem Weg abgestellt hatte. »Du wohnst hier bald zehn Jahre. Und dann tauchst du plötzlich eines Abends auf, wenn die Familie vielleicht im Wohnzimmer sitzt und sich einen Spielfilm in Fernsehen anschaut. Aber du kannst es ja mit unaufschiebbaren Verpflichtungen entschuldigen.«

»Mein lieber Freund, in Djursholm haben wir immer zehn Jahre gewartet, bevor wir uns gegenseitig Besuche abgestattet haben. Nach einem Jahr ging die korrekte in eine freundliche Begrüßung über, nach zwei Jahren wechselten wir über die Hecke hinweg Floskeln über das Wetter, nach fünf Jahren tauschten wir auf dem Weg zum Zug und dergleichen unsere Erfahrungen über die Ungerechtigkeiten bei der Grundstücksbesteuerung aus, nach zehn Jahren kam schon einmal ein Besuch auf eine Tasse Kaffee oder ein Gläschen Sherry vor. Und die Bewohner von Spånga sind wirklich für ihr ausgesprochen freundliches Nachbarschaftsverhältnis bekannt. Die Atmosphäre wird sehr herzlich werden, das kann ich dir versichern. Nach ein paar Minuten ist es dann so, als würden wir uns schon ein Leben lang kennen, wir zeigen uns gegenseitig Fotos von den Kindern, und wenn wir von dort aufbrechen, werden wir von fröhlichen Rufen auf ein baldiges Wiedersehen begleitet.«

Ich gab zu, daß ich in den gegenwärtigen Umgangsformen nicht sehr bewandert war, vor allem nicht in denen der Vororte. Ich habe das Alter und den Grad an Gebrechlichkeit erreicht, da sich der Umgang mit Freunden im großen und ganzen auf den gegenseitigen Besuch der Beerdigungen beschränkt.

»Das hier muß wohl der Haupteingang sein. Wir dürfen nicht durch den Dienstboteneingang kommen, dann glauben sie, wir kämen mit einer verspäteten Warensendung. Soll ich sagen, du seist Beamter im Ministerium? Direktor Johansson soll angeblich den Schulbesuch nach einem kurzen Intermezzo als Klassensprecher sehr früh abgebrochen haben. Irgend etwas sagt mir, daß er für Lehrer keine allzu große Schwäche hat.«

Ich riet ihm, die Dinge auf sich beruhen zu lassen. Ich habe festgestellt, daß es alles nur sehr kompliziert macht, wenn der Staatsminister Rechtfertigungen oder Erklärungen anbringt.

»Kommt er mit einem sozialdemokratischen Staatsminister zurecht, dann wird ihm das wohl auch mit einem alten Studienrat gelingen.«

»Wie du meinst«, sagte der Staatsminister. »Ich dachte ja nur ...«

Ich bat ihn inständig, das Denken zu unterlassen. Das intellektuelle Erbe des Staatsministers ist nicht groß und als Denker – um ein ausdruckstarkes Wort zu verwenden – kann er es am ehesten mit einem Airedaleterrier aufnehmen.

Er drückte auf den Klingelknopf.

»Ich sage, du bist mein Schwager, ohne nähere Präzisierung. Als älterer Verwandter wird man dich besonders herzlich empfangen. So ist der Geist hier in Spånga ...«

Eine Mücke schlug im Nacken zu, und eine grelle Lampe im Kupferbaldachin über uns wurde eingeschaltet.

Dann öffnete man die Tür, und Nachbar starrte Nachbar an.

Wie schon ein früher erhaschter Blick bewiesen hatte, war Direktor Johansson nicht der gleiche gut durchtrainierte Unternehmertypus wie Konsul Karling. War jener von festen Konturen und metallischer Rechteckigkeit, so war Direktor Johansson sphärischer, kugelbäuchiger, mit rundem Rücken und kreisförmigem Kinn. Das Gesicht hatte die rotschuppige Haut, wie man sie bei größeren Alkoholkonsumenten und Pfarrern in windigen Gemeinden auf den Schäreninseln antreffen kann; und da sich die Haut über den ganzen Kopf hatte ausbreiten dürfen, ohne von Haaren außer auf unbedeutenden Partien oberhalb der Ohren aufgehalten zu werden, erweckte das Ergebnis einiges Aufsehen. Zwischen dicken Lippen steckte eine Zigarre, und die Hand umschloß einen Gegenstand, der wie ein Kognakschwenker aussah. Er war gehüllt – eher gekleidet – in einen Smoking. Wollte man freundlich sein und nicht sagen, er erinnere an ein verkleidetes und unförmiges Schwein, könnte man sich doch gezwungen sehen, die Ähnlichkeit mit einer klassischen Karikatur eines Kapitalisten zu betonen. Nur der Zylinder hätte noch gefehlt.

Der Staatsminister begann uns vorzustellen. Seiner Vorstellung ist nie leicht zu folgen, und ich bezweifle, daß Direktor Johansson begriff, wer ich war – ich selbst hätte es auch nicht verstanden.

»Und was zum Teufel wollen Sie?« begrüßte uns Direktor Johansson, als der Staatsminister geendet hatte.

»Wir kommen vielleicht ungelegen?« fragte der Staatsminister mit ungewöhnlicher Hellhörigkeit für die Abwesenheit vom Geiste Spångas in Tonfall und Wortwahl.

Der rote Hitzkopf von Direktor starrte uns an, als hoffe er, wir würden uns vor seinen Augen in Luft auflösen.

»Na dann, zum Teufel, kommen Sie rein! Ich war zum Abendessen außer Haus, bin aber zum Kaffee heimgegangen.«

Der blaue Fleck war jetzt weniger auffällig. Aber offensichtlich tat er noch weh, denn die fette, haarige Hand wanderte dorthin und befingerte ihn.

»Ich bin allein, meine Frau scheint ausgegangen zu sein. Aber ein Grog ist für Sie immer da.«

Die Getränke wurden in einem von Fenstern umschlossenen Salon serviert, möbliert mit diesen schrecklichen modernen Sofas und Sesseln, aus denen sich zu erheben für ältere Menschen fast ein Ding der Unmöglichkeit ist und die ihnen das Gefühl geben, man liege ausgestreckt auf dem Boden.

Ich fiel rücklings über einen Gegenstand, der ein dicker Teppich oder ebensogut ein langes Sofa hätte sein können und wurde in einem späten Stadium von einem Unterbettarrangement aufgefangen. Ich traute mich nicht, um Tee zu bitten, wehrte Kognak ab, akzeptierte Sodawasser.

»Herrliches Wetter haben wir«, begann der Staatsminister.

»Verdammte Sonne«, sagte der Direktor.

»Ich habe diese Woche eine unverschämte Steuererhöhung für das Haus bekommen«, meinte der Staatsminister.

»Aha?« entgegnete der Direktor und brachte eine giftige Bemerkung an, daß er, der Staatsminister, kaum der richtige Mann sei, sich über unbegründete Steuererhöhungen zu beklagen.

»Ich glaube, ich habe ein paar Fotos von den Kindern dabei«, sagte der Staatsminister mit einiger Anstrengung.

»Zum Teufel mit Kindern«, antwortete der Direktor mit Gefühl.

Nachdem die Nachbarn so rasch zehn Jahre abgehandelt hatten, ruhten die Gesprächsthemen, legte sich Schweigen über das Zimmer. Direktor Johansson hatte das einzige richtige Sitzmöbel, einen schwarzledernen Fauteuil, mit Beschlag belegt. Der Körper in seiner dunklen Smoking-Hülle war schwer auszumachen, der Kopf jedoch leuchtete rot wie eine Laterne auf dem Krebsfest, die an einem Augustabend auf der Veranda hängt.

Er drehte sein Glas und sah in einer abwesenden Weise besorgt und böse aus. Dann schien er sich endlich seiner sozialen Pflichten zu erinnern.

»Ich arbeite in der Sanitärbranche«, teilte er nach einem Schluck mit, der Bodenberührung hatte.

Der Staatsminister erwiderte, er arbeite in der Regierungsbranche.

»Ich stelle Kloschüsseln, Waschbecken und Bidets her«, erklärte der Rötliche, leerte sein Glas und füllte es von neuem. »Ich weiß, man nennt mich Klo-Johan. Aber ich werde Ihnen mal eins verraten, und das sage ich allen scheißvornehmen Snobs: Ich scheiße auf ihre Kultur und ihre Kunst! Ich habe meine eigene, und die ist verdammt noch mal viel haltbarer. In tausend Jahren wird man meine Waschbecken, Kloschüsseln und Bidets aus der Erde ausgraben. Wozu man sie verwendet hat, das wird man nicht mehr wissen, diese Probleme löst man dann anders. Aber eins werde ich Ihnen verraten: Man wird ihre Schönheit bewundern, die klare Linie, die harmonischen Formen, die schönen Pastellfarben. Man wird sie auf Kunstdrucken in den feinen Büchern der Professoren abbilden, man wird sie ins Museum stellen, sie millionenschwer versichern, und die Leute stehen dann Schlange, um sie sich anzugucken. Und vergessen Sie nicht: Auf jedem verdammten Stück steht mein Name! ›Johan Johansson & Co.‹. Die Bedeutung von ›Co.‹ versteht man nicht mehr, aber daß Johan Johansson ein Mann war, das versteht man, und über ihn wird man sagen: ›Das war ein Teufelskerl, der so schöne Sachen gemacht hat! Und dazu noch so viele Sachen! Das war kein Snob, er hat Kunst fürs Volk gemacht.‹«

An dieser Stelle verstummte der Direktor, leerte sein Glas bis zur Neige, stellte es geräuschvoll auf dem Tisch ab und blickte mörderisch in die Runde. Der Staatsminister aber besaß genug Verstand, den Ewigkeitswert des Sanitärporzellans nicht in Frage zu stellen.

Der Direktor füllte sein Glas abermals – seine Trinkgewohnheiten schienen dem gleichen regelmäßigen Rhythmus wie dem von Ebbe und Flut zu folgen.

»Wissen Sie vielleicht, wo meine Frau steckt? Heute morgen sagte sie, sie würde heute abend zu Hause sein, sich einen ruhigen Abend machen. Aber ich kann sie nirgends entdekken. Aber vielleicht wird sie noch mit abendlicher Arbeit drüben in Ihrem Arbeitszimmer aufgehalten?«

Der Ton war jetzt unverhohlen giftig, und es war ihm gelungen, sowohl »abendliche Arbeit« als auch »Arbeitszimmer« unangenehm zu betonen.

Der Staatsminister erklärte, daß seines Wissens nach an diesem Abend in seinem Hause nicht gearbeitet werde.

»Ihres Wissens nach, ja«, murmelte der Direktor.

Als die nachfolgende Stille gebrochen wurde, geschah dies durch den Staatsminister, der seinen Nachbarn und Gastgeber fragte, woher er den blauen Fleck habe.

Direktor Johansson antwortete nicht sofort, sondern schlich statt dessen ein paar Schritte durchs Zimmer, machte eines der Fenster einen Spalt auf und horchte in die Dunkelheit. Dann drehte er sich mit einem Lächeln auf den dicken Lippen um, das mehr einer Grimasse glich.

»Ja, Sie glauben wahrscheinlich, ich wäre gegen eine Tür

gelaufen, was? Daß ich ein ungehobelter und ungebildeter Idiot aus der Klosettbranche bin, der noch nicht einmal aufpassen kann, was? Aber ich werde Ihnen verraten, wie es dazu gekommen ist. Ich habe ein paar Herren vermöbelt, die glaubten, ich wäre blind und taub und kapiere nicht die Bohne! Und verlassen Sie sich drauf, daß ich es wieder tue, wenn ...«

Er brach ab, öffnete das Fenster halb und spähte von neuem in die Nacht. Dann zuckte er mit dem Kopf zurück, wirbelte herum und stürzte auf den Staatsminister zu, der hilflos auf einem kanapeeähnlichen Sofa lag. Er passierte ihn indessen, bückte sich und riß hinter sich den Stecker der Stehlampe aus der Buchse in der Wand. Einen Augenblick lang glaubte ich, er wolle seinen Nachbarn mit der Schnur verprügeln, doch er stürmte weiter die Wände entlang und dämpfte die Beleuchtung auf die gleiche abrupte, aber effektive Weise.

Nach der letzten Schnur zischte er in die Dunkelheit hinein: »Sitzen Sie still, und halten Sie die Klappe! Wer einen Muckser macht, den schlage ich tot!«

Wie lange wir da in der Stille und Dunkelheit saßen – gestört allein vom Schnaufen des Direktors –, kann ich nicht sagen, aber ich erinnere mich, daß ich bei mir dachte, wenn das die in Spånga üblichen Besuche mit ihrer herzlichen Atmosphäre waren, dann bewahre mich Gott vor den Besuchen in Djursholm.

Weiter hinten im Haus wurde eine Tür geöffnet.

Leise Stimmen, vertrautes Lachen.

»... dachte, Licht brennt ... unmöglich ... warte hier ...«

Energische Absätze über das Parkett im Flur, über den Teppich im Eßzimmer, hinein ins Zimmer, in dem wir saßen.

Fröhliches Lärmen.

»Die Luft ist rein, Liebling! Der dicke Johan süffelt seinen Kognak auf der Jubiläumsfeier der Klosettfabrikanten!«

Dann schaltete sie die Deckenbeleuchtung ein.

Die Dame des Hauses, die Assistentin des in den Schrank verfrachteten Staatssekretärs, war am Ende zu ihrem ruhigen Abend nach Hause zurückgekehrt.

17

Sie war sehr schön, schöner als ich sie von dem Kanapee im Arbeitszimmer der Villa, dem Abendessen und dem improvisierten Verhör durch den Staatsminister in Erinnerung hatte. Ich bin kein Experte auf dem Gebiet, aber ich glaube, daß sie an dem Abend und nach einem weiteren Wechsel der Perücke zu dem mädchenhaften Schönheitstyp zu zählen war: braunglänzendes Haar, zu einem Pferdeschwanz gebunden, und nur ein Hauch von Rot auf den Lippen. Und die Wangen hatten Farbe, und in den Augen lag Lebenslust. Der Abend hatte schließlich gerade erst angefangen, und im Flur wartete der Spielkamerad.

Konsul Karling mußte die Wanderung aus dem Flur schon beim allerersten Lockruf aus dem Dunkeln auf schnellen Sohlen angetreten haben. Denn als ihre Finger den Lichtschalter erreicht hatten und noch in der ersten lähmenden, entlarvenden Lichtsekunde darauf ruhten, stand er schon an ihrer Seite. Er entblößte beim Lächeln kräftige, weiße Zähne, wie jemand, der weiß, daß jetzt alle Hindernisse aus dem Weg geräumt waren und die Frau nichts anderes als »ja, ja« sagen würde.

Aber ein Hindernis, noch dazu ein wesentliches, blieb übrig.

Der Ehegatte, mochte er auch fett und alt sein, setzte zum Sprung an.

Er hatte hinter seinem Lederfauteuil gehockt, Kräfte und Wut gesammelt und stürmte jetzt wie ein aufgescheuchtes Erdferkel vorwärts ins Licht.

»Verfluchtes Pack, habt ihr vom Donnerstag noch nicht genug!« brüllte er. »Aber ich werde euch helfen, sich in anderer Leute Haus zu schleichen!«

Konsul Karling besaß zwar breite Schultern und eine stattliche Figur, aber es fehlte ihm offensichtlich an Mut – oder an Dummdreistigkeit, je nachdem, wie man die Sache betrachten wollte. Angesichts des vorwärtsstürmenden Klosettfabrikanten ergriff er die Flucht genauso natürlich und schnell, wie man vor einer heranrollenden Flutwelle davonläuft. Er nahm den Weg durch das Eßzimmer, und Direktor Johansson folgte ihm.

»Mein Mann sagte ganz bestimmt, daß er heute abend zum Essen nicht da sei und es spät würde.« Frau Johansson lächelte wehmütig wie ein kluges und mutiges Kind, dem die Tüte mit Süßigkeiten ins Wasser gefallen war und sieht, wie sie auf dem Fluß davonschwimmt, und weiß, daß an der Sache nicht mehr viel zu ändern ist. »Menschen, die in letzter Minute ihre Meinung ändern, sind ein Ärgernis. Ich glaube, ich brauche ein Glas Kognak. Nein, bleiben Sie bloß liegen! Ist das nicht ein wunderbares Sofa? Ich habe dieses Zimmer hier ganz allein eingerichtet. Abgesehen von Johans altem Fauteuil, von dem wollte er sich partout nicht trennen.«

Die Tür rechts vom Entree zum Eßzimmer wurde aufgestoßen, und Konsul Karling eilte herein, umrundete die Ecke und verschwand auf ein neues durch das Eßzimmer. Eine Sekunde später tauchte Direktor Johansson auf, rotschuppiger denn je, schnupperte in die Luft, nahm Witterung auf und bog um dieselbe viel frequentierte Ecke.

Offensichtlich folgten die beiden Männer einer kreisförmigen Bahn durch das Haus und würden bald wieder zum Vorschein kommen.

Ich muß sagen, Frau Johansson wirkte seltsam gelassen, nahezu blasiert angesichts des ganzen Spektakels, fast als handele es sich um eine Wiederholungssendung einer ausgezeichneten absurden Farce im Fernsehen. Bei der Gelegenheit, als der Direktor bei seiner Passage durch das Zimmer einen Beistelltisch mit drei Porzellanvögeln umgerannt hatte, äußerte sie allerdings ein Wort des Bedauerns, daß so ein Aufstand gemacht werde, nur weil man mit einem Bekannten nach Hause gekommen sei, und etwas später fragte sie, ob ich glaube, daß er ihn kriegen werde, aber in der Stimme schwang keine tiefere Anteilnahme mit.

Bei der sechsten oder siebten Runde brüllte Direktor Johansson nach einem Kognak und als er in der nächsten vorbeikam, drückte ihm seine Frau ein Glas in die Hand, so wie man an einen Läufer beim Vasa-Lauf Blaubeersuppe übergibt.

Es besteht kaum die Notwendigkeit, die Verfolgungsjagd in all ihren Etappen zu schildern. In einigen Runden war der Direktor seinem Opfer sehr dicht auf den Fersen, in anderen hatte sich der Abstand vergrößert.

Ich erinnere mich, wie ich bezweifelte, daß ein ältlicher und korpulenter Mann wie Direktor Johansson lange diesen Belastungen gewachsen war, seine Frau jedoch sagte, daß kein Grund zur Beunruhigung bestünde.

»Er hat ein sehr starkes Herz. Regelmäßiges Lauftraining.«

Ich sah von der Frage ab, ob die sportliche Betätigung immer in dieser Form im eigenen Haus stattfand.

Wer am Ende den Lauf abbrach, das war Konsul Karling. Er lief hinter ein langes Sofa, wo er eine Verschnaufpause einlegte. Direktor Johansson lauerte am anderen Ende des Polstermöbels.

»Wo zum Teufel hast du die Schrotflinte gelassen?« schrie er seine Frau an. »Du hast sie versteckt, du Aas!«

In Ermangelung anderer Munition begann er anschließend den Konsul mit dem Inhalt des Bücherregals zu bombardieren. Zunächst bekam er nur leichtere Geschosse zu fassen, Broschüren und Sammlungen mit Causerie und dergleichen, aber arbeitete sich unaufhaltsam zu den schweren, gebundenen Werke voran. Sein Wurfstil wirkte in gewisser Hinsicht unbeholfen, bis ich feststellte, daß er Linkshänder war.

»Gleich ist er beim Nordisk Familjebok angekommen«, sagte seine Frau. »Bei der berühmten und gediegenen Uggle-Auflage. Frage mich, ob der kleine Konsul es damit aufnehmen kann.«

Konsul Karling schien jetzt zur Nachwelt sprechen zu wollen.

»Das Ganze ist ein lächerliches Mißverständnis«, keuchte er, während er versuchte, dem Schauer literarischer Erzeugnisse auszuweichen. »Ein lächerliches und unglückliches Mißverständnis. Oh, verdammt noch mal! Kein Problem, das zu erklären ... Anita ... Frau Johansson und ich sind seit unserer Kindheit alte Freunde. Teufel aber auch! Wir haben als Kinder immer zusammen gespielt. Ja, das heißt, ich war ja größer, aber Frau Johansson war nur ein Kind. Ich habe ihr Sandkuchen gebacken ... Werfen Sie etwa große, dicke Bibeln nach mir, Sie Mensch, Sie?! Aber ich werde wahrlich ... Ich hoffe wirklich, Sie, Herr Staatsminister, glauben nicht, daß wir ... daß ich ... Teufel! Richten Sie bitte der Frau Staatsminister meine Grüße aus!«

Die letzten Worte rief er, während er zugleich einen Satz über das Sofa machte, total überraschend für den Direktor, der vollauf damit beschäftigt war, sich Bonniers illustrierte Kulturgeschichte, üppige Bände, in Leder gebunden und mit Goldschnitt, zu greifen.

Gepackt und fortgeschleudert traf das Werk statt dessen einen bereits umgefallenen Schrank in dem Moment, da Konsul Karling ins Eßzimmer entfleuchte. Einige Augenblicke später krachte die Haustür abermals ins Schloß.

Direktor Johansson war zwar seines Hauptwidersachers

verlustig gegangen, war aber aufgewärmt und erinnerte sich geschwind aufs neue, daß sich zwei unbefugte Mannspersonen in seinem Eigenheim aufhielten.

Er raffte alles im Regal zusammen, näherte sich dem Staatsminister und mir, bewaffnet mit schwedischen Schlössern und Herrensitzen in zwei Bänden, je einem in jeder Hand.

»Ich glaube, die Herren haben gar nicht verraten, welcher Grund sie hierhergeführt hat.«

»Doch, wir wollten Ihnen nur einen Besuch abstatten«, erklärte der Staatsminister. »Wie gute Nachbarn oder so.«

»Besuch?« schrie der Direktor. »Besuch! Nach zehn Uhr! Und noch dazu an dem Abend, da alle wissen, daß ich auf dem Jubiläumsdiner der Klosettfabrikanten und meine Frau allein zu Hause sein würde! Gute Nachbarn? Verfluchte Saukerle! Sagen Sie, wie es ist, daß Sie hergekommen sind, um mit meiner Frau Unzucht zu treiben, auch Sie! Ich weiß ganz genau Bescheid, was sich im sogenannten Arbeitszimmer Ihres Hauses abspielt! Und der Kerl da auf dem Chaiselongue war wohl zu schwächlich, um selbst mitzumachen. Aber wenn er könnte, dann würde er! Verschwinden Sie, ehe ich Sie erschlage!«

Der Staatsminister half mir hoch und nahm mich unter seine Fittiche. In der Tür des Eßzimmers drehte er sich um.

»Sie täuschen sich ...«

»Raus!«

»Aber Sie und Ihre Frau sind jederzeit auf ein Glas Sherry oder eine Tasse Tee willkommen. Wir sind fast immer zu Hause. Und die Kinder ... Sind Sie sicher, daß Sie keine Fotos sehen wollen ...?«

Draußen war es angenehm kühl.

»Das Muster beginnt sich klarer abzuzeichnen«, sagte

der Staatsminister, als wir uns den Weg zur Gartenpforte bahnten.

»Aha«, antwortete ich.

Manchmal fehlt mir die Kraft, auch nur zu versuchen, zu verstehen, was er brabbelt. Ich hatte – trotz all des Geredes des Staatsministers vom Geist in Spånga – keine hohen Erwartungen an den Besuch bei Direktor Johansson gestellt. Das Leben hat mich gelehrt, daß man damit am besten fährt. Ich hatte mich darauf eingestellt, einen lauwarmen Tee serviert zu bekommen, vielleicht sogar auch noch etwas zum Eintunken, ich hatte aber nicht erwartet, in ein Inferno zwischen einem rachsüchtigen Direktor und einem Konsul zu geraten. Erbitterung stieg in mir auf.

»Daß man aber auch ein Haus zusammen mit dir nie auf normale Weise verlassen kann! Es ist ein Alptraum!«

»Och«, sagte der Staatsminister, »am Schluß ist es etwas turbulent zugegangen. Aber das war doch nicht meine Schuld. Und das Muster fängt jetzt an, sich klar abzuzeichnen.«

»Was für ein Muster?«

»Das Mordmuster natürlich.«

Daran hatte ich nicht gedacht. »Ja, natürlich muß Direktor Johansson der Mörder sein! Ein Mann, der seine Gäste mit Familienbibeln bewirft, hat sich verraten.«

»Ich möchte den Täter in einem so frühen Stadium nicht identifizieren«, erklärte der Staatsminister.

»Nicht identifizieren? Du hast doch schon vorige Woche die Witwe identifiziert, nur weil sie dich mit dem Tennisschläger bearbeitet hat!«

»Das war als Privatmann«, sagte der Staatsminister würdevoll.

»Du sagtest, die Frau des Justizchefs sei sehr verdächtig!«

»Das war als Justizminister«, erklärte der Staatsminister.

»Du sprachst von internationalen Verbrecherbanden!«

»Das war als Chef der Sicherheitspolizei. Als *Polizist* ist es meine Pflicht, den Fall unvoreingenommen zu untersuchen.«

»Dann möchte ich gern als Privatmann anmerken, daß Direktor Johansson der Mörder ist!«

»Das zu tun ist selbstverständlich dein gutes Recht. Aber du brauchst dabei doch nicht so zu schreien. Und findest du nicht, daß du etwas zu voreilige Schlüsse ziehst? Als ich sagte, daß das Muster sich abzuzeichnen beginne, da meinte ich nur, daß wir jetzt wissen, wo Svanberg an dem Abend war, ehe er ermordet wurde.«

»Ach ja?«

»Ja, und wir wissen, wie er zu seinem dritten blauen und letzten Fleck kam. Erinnerst du dich an die Situation? Um halb sieben, unmittelbar nach dem Abendessen, verläßt Svanberg mein Haus. Irgendwann zwischen halb elf und halb eins am selben Abend wird er ermordet. Aber was hat er bis dahin gemacht, und wo hat er gesteckt? Wir haben keine Spuren, niemand hat ihn gesehen. Er geht aus meiner Gartenpforte und scheint von dem Augenblick an wie vom Erdboden verschluckt. Jetzt wissen wir, wo er war und was er trieb. Er ging ein paar hundert Meter die kleinen, menschenleeren Wege entlang, so wie wir jetzt, bloß in die andere Richtung. Er ging zum Haus des Direktors und seiner Assistentin und verbrachte den Abend mit ihr. Johansson hatte ja in seinem Büro in Stockholm gesessen.«

»Aber sie war doch wütend auf Svanberg! Wir sahen doch mit eigenen Augen, wie sie ihn am Nachmittag im Arbeitszimmer ohrfeigte.«

»Nur eine kleine Neckerei unter Liebenden. Oder besser gesagt: Sie hatte sich geärgert, daß er sie in aller Öffentlichkeit auf dem Kanapee im Arbeitszimmer liebkost hatte. Alles wie weggeblasen am Abend, sie haben schon einige Zeit etwas miteinander gehabt, ich habe in der Richtung Befragungen im Ministerium angestellt. Aber dann kam der rechtmäßige Mann früher als geplant nach Hause – laut Pförtner verließ er den Betrieb auf Kungsholmen um Viertel vor zehn – und überraschte die beiden. Was danach geschah, können wir nur vermuten. Wahrscheinlich jagte Direktor Johansson Svanberg im Teufelskreis durchs Haus, holte ihn ein und verpaßte ihm den blauen Fleck.«

»Und woher willst du das alles wissen?«

»Johansson hat es selbst gesagt. Als ich fragte, woher er seinen blauen Fleck habe – und anatomische Gründe sprechen dafür, daß er ihn sich am Mordtag zugezogen hat –, sagte er doch: ›Ich habe ein paar Herren vermöbelt und hinausgeworfen, die geglaubt haben, ich wäre blind und taub und kapiere nicht die Bohne!‹«

»›Ein paar Herren‹? War Svanberg denn nicht mit Frau Johansson allein?«

»Nein, offensichtlich waren zwei Männer da: Svanberg und Karling. Johansson schrie ihm doch zu, als er zusammen mit Frau Johansson heute abend reinkam: ›Habt ihr vom Donnerstag noch nicht genug?‹ Das erklärt den blauen Fleck des Direktors und Karlings blauen Fleck Nummer zwei – den ersten hatte er sich früher am Abend im Flur der Tennisspielerin eingehandelt. Und das erklärt Svanbergs dritten und letzten blauen Fleck.«

»Aber sollte Frau Johansson wirklich zwei Männer empfangen haben …«

»Gruppensex, mein lieber Freund. Gruppensex. Heutzutage überhaupt nichts Besonderes mehr. Vielleicht nicht auf Djursholm und bei der Historikergesellschaft, aber in den meisten anderen Kreisen. In diesem Fall waren es also zwei Männer und eine Frau, die daran beteiligt waren: Svanberg, Karling und Frau Johansson. Die drei hatte der Direktor bei seiner Heimkehr am Donnerstag abend überrascht.«

Ich empfand plötzlich und äußerst unerwartet Sympathie für Direktor Johansson.

»Eine sehr anziehende Frau«, murmelte der Staatsminister. »Natürlich *kann* Karling am Mordabend auch mit einem anderen Anliegen ins Haus gekommen sein. Aber heute abend machte es ganz den Eindruck, als ob er und Frau Johansson auch etwas miteinander hätten.«

»Aber kann der Direktor wirklich zwei jüngere Männer verprügelt haben?«

»In der Stimmung und mit der Kraft, wie er Bücher weiterreicht, ist man zu vielen Dingen imstande. Übrigens ging er selbst nicht ganz unbeschadet aus dem Kampf hervor.«

»Was sagte noch der Gerichtsmediziner über Svanbergs dritten und letzten blauen Fleck?«

»Daß er ihn eine oder eine halbe Stunde vor seinem Tod bekommen haben muß. Wenn wir Direktor Johansson eine Viertelstunde für die Jagd und die Mißhandlungen geben, dann dürften Karling und Svanberg kurz nach halb elf das Haus verlassen haben. Das einzige, das wir mit Sicherheit wissen, ist, daß Svanberg vor halb ein Uhr nachts tot und in meinen Schrank verfrachtet worden war.«

»Glaubst du, daß der Direktor ihn verfolgt, in dein Haus gelockt und dann erwürgt haben kann? Aber Direktor Johansson hat doch keinen Schlüssel zum Haus, oder?«

»Seine Frau hat einen, und du weißt, wie das mit Schlüsselbunden und besseren Hälften so ist.«

»Und das Motiv soll Eifersucht gewesen sein?«

»Ja.«

»Aber dann würde doch auch Konsul Karling in Lebensgefahr schweben, oder?«

»Natürlich.«

»Und du! Er war ganz offensichtlich davon überzeugt, du seist heute abend zu ihm ins Haus gekommen, um seine Frau zu verführen.«

»Ja«, sagte der Staatsminister zufrieden. »Ich könnte mir vorstellen, sogar du befändest dich in der Gefahrenzone.«

»Ich?«

»Ja, er hat die Überzeugung geäußert, du seist zum Zugucken und Genießen mitgekommen. Wer weiß, wie er Verführung definiert? Wer weiß, wo er die Grenze zieht?«

Die letzten Schritte zur Treppe legte ich in einem Zustand leichter Bewußtlosigkeit zurück.

18

Ich erwachte im Haus des Staatsministers an einem neuen Morgen.

Eine Woge von peinigenden Erinnerungen überkam mich. Ich verspürte den starken Drang, mich zur Wand umzudrehen und mir die Decke über den Kopf zu ziehen. Aber ich bezwang mich. Die einzige sichere Methode, seine alten Sorgen loszuwerden, besteht trotz allem darin, sich neue zuzulegen. Und im Verbund mit dem Staatsminister treten dabei selten Schwierigkeiten auf.

In dem oberen Flur traf ich auf ein kleines Kind in Begleitung eines großen Hundes.

»Oma hat die Beulenpest gekriegt«, sagte der Kleine.

Auch das noch, dachte ich und stützte mich an der Wand ab. Auch das noch! Soweit ich mich erinnern konnte, wurde die Krankheit in Europa bereits im frühen 18. Jahrhundert ausgerottet. Daß sie jetzt in der Familie des Staatsministers ausgebrochen war, zweihundertfünfzig Jahre später und während meines Besuches im Hause, war aus medizinhistorischer Sicht allerdings eine Sensation, aber keine Überraschung für denjenigen, der mit den allgemeinen Verheerungen des Mannes vertraut war.

»Wasch dir gründlich die Hände«, riet ich matt.

»Waarom das'n?« antwortete der Kleine und streichelte sein Tier. »Ich hab' sie doch gestern erst gewaschen. Wenn sie nicht wieder gesund wird, dann wird sie erschossen, sagt Papa. Dann muß sie nicht leiden, deshalb.«

Ich ging weiter und dachte, ein Mann, der zu so makaberen Scherzen fähig war, sollte nicht das Sorgerecht für Kinder haben. Fünf Schritte später wurde mir klar, daß es sich bestimmt um keinen Scherz handelte. Ich konnte ihn schon mit rauchender Flinte nach der Exekution vor mir sehen und seine verworrene Argumentation hören. Ich beschloß, unverzüglich mit meiner Schwester zu sprechen.

»Mama weiß davon nix!« rief der Kleine wie unter uns Männern. »Papa hat gesagt, wir sollen sie nicht beunruhigen.«

Die Pläne waren offensichtlich schon weit gediehen.

Die Küche war menschenleer. Meine Schwester scheint nicht mit sechzehn Kindern und sechsundzwanzig Zimmern genug ausgelastet zu sein, sondern vertreibt sich die Vormittage ausgerechnet in einer nahegelegenen Schule.

Vor dem Fernseher fand ich einen Bengel mit Halsschmerzen in eine Decke gewickelt.

Er erklärte, es sei die Oma *des Hundes,* in einem Tierheim nahe Sigtuna untergebracht, die an der Pest erkrankt war.

Das Haus schien wohltuend frei vom Staatsminister zu sein. Entschlossen, den Zeitaufschub zu nutzen, begab ich mich hinauf in die Bibliothek. Die Historikergesellschaft sollte sich am nächsten Tag feierlich versammeln, und es war mir die Ehre zuteil geworden, für die Verstorbenen des Jahres die Gedenkrede zu halten. Die Dahingeschiedenen bildeten eine bedrückend lange Liste. Das Schlimmste an Gesellschaften dieser Sorte ist, daß so viele Mitglieder das Zeitliche segneten. Ich starrte auf die Liste und ertappte mich dabei, wie ich mich fragte, ob alle wirklich eines natürlichen Todes gestorben seien. Und wie soll man eine Gedenkrede auf Menschen halten, mit denen man nie ein Wort gewechselt hat? Am Ende verfiel ich auf die Idee, im Archiv nachzuschauen, was beim fünfzigjährigen Jubiläum gesagt wurde, dann brauchte ich den Text nur vom Präsens ins Imperfekt zu setzen und ansonsten am Text nur geringfügige stilistische Korrekturen vorzunehmen und an den Ernst der Stunde und den düsteren, aber keineswegs ungewöhnlichen Schlußpunkt der Karriere anzupassen ...

Es läutete an der Haustür.

»... bekannt als ein ungewöhnlich fähiger und fesselnder Schilderer der Mission ...«

Ich erhob mich. Der Jüngling vor dem Fernseher dachte offensichtlich nicht daran, die Tür öffnen zu gehen.

Etwas schimmerte durch die milchige Türscheibe.

Der Briefträger ... Nein, nicht der Briefträger. Aber eine Uniform mit Goldstreifen auf den Ärmeln trug der Mensch.

»Guten Tag. Ich bin Feuerwehrchef Svensson. Ich führe eine Kontrolle des Brandschutzes durch.«

Grollende Stimme, rundes Gesicht, um Mund und Nase schwer verkrautet, Brille unter der Schirmmütze.

Ich beschloß, den Bärtigen auf den Jüngling da drinnen abzuwälzen.

Ich mußte mich schließlich um meine Toten kümmern.

Ich holte ihn.

»Guten Tag, junger Mann. Kannst du mir die Brandmauer zeigen?«

Der Jüngling machte auf den Pantoffeln kehrt.

»Ssss! Du durftest dich als Kind wohl nicht verkleiden, was, Papa?« rief er über die Schulter. »Ich meine, so daß du damals schon genug davon hattest.«

»Du hast mich nicht erkannt!« schrie der Feuerwehrmann und riß sich Brille und Mütze vom Kopf. »Gib es zu! Aber die Verkleidung ist doch perfekt! Anders hat den Bart erkannt, ich habe ihn immer als Weihnachtsmann um. Schau mal, ich habe mir Plastikstücke in die Wangen gesteckt! Jetzt gehe ich zur Kontrolle des Brandschutzes zu Direktor Johansson. Einige Angaben zur Vervollständigung muß ich mir noch beschaffen.«

Ich sagte, daß ich auf das Entschiedenste von einem solchen Besuch abraten müsse.

»Es gibt nur zwei Möglichkeiten: Entweder erkennt er dich und glaubt, du bist gekommen, um seine Frau zu verführen. Oder aber er hält dich für einen Feuerwehrmann, der gekommen ist, um seine Frau zu verführen. In beiden Fällen riskierst du dein Leben. Wenn er der Würger ist, dann endest du in einem Schrank. Wenn nicht, dann erschießt er dich mit der Schrotflinte.«

»Ach was«, entgegnete der Staatsminister, »er wird mich nicht erkennen. Nicht mit diesem Bart. Und die Leute haben Todesangst vor der Kontrolle des Brandschutzes. Wissen nie, wo sie Pütze und Spritze haben. Weißt du es? Ist er nicht kooperativ, erkläre ich das Haus für unbewohnbar.«

»Aber es ist doch ganz neu!«

»Ich verweise auf verschärfte Bestimmungen. Aber das ist nicht nötig, er wird mir gegenüber ganz offen sein und mir massenhaft wertvolle Hinweise liefern. Auf Lindö trinken der Feuerwehrchef und ich immer stundenlang Pharisäer – er mit Branntwein, ich mit Kaffee – und lästern über die anderen Sommergäste. Man erfährt eine ganze Menge bei einer Kontrolle des Brandschutzes.«

Ich sagte, ich hätte nicht den Eindruck gewonnen, Direktor Johansson gehöre zu den gemütlichen und gesprächigen Grundstückseigentümern, aber der Staatsminister restaurierte seine trügerische Fassade und wanderte den Weg zurück, den er gekommen war.

Ich kehrte zur Bibliothek und den Nekrologen zurück.

Zwei Stunden und acht Tote später fiel mir auf, daß der Staatsminister nicht zurückgekommen war. Jedenfalls hatte ich ihn nicht gehört, und man hört ihn immer.

Das Haus war menschenleer, und im Garten war er nicht.

Und ich weigerte mich trotz allem zu glauben, er habe sich in der Uniform eines Feuerwehrhauptmanns in die Staatskanzlei begeben.

Er mußte also noch bei Direktor Johansson sein. Tot oder lebendig.

Einen Augenblick lang erwog ich, die Polizei zu alarmieren, verzichtete jedoch darauf. Man konnte wohl kaum die Polizei anrufen und erklären, daß sich ihr oberster Chef, als Feuerwehrmann verkleidet, Zutritt zu dem Haus eines unbescholtenen Nachbarn verschafft habe und seitdem nichts mehr von ihm zu hören und sehen war. Sie würden mir nicht glauben und – das wurde mir klar, während mein Finger auf der Wählscheibe ruhte – es würde die Sache kaum besser machen, wenn sie es täten.

Ich griff meinen Mantel und eilte hinaus.

Es war ein herrlicher Septembertag mit der Wärme des Sommers und der weichen Luft und den klaren Farben des Herbstes. Hinter der Gartenpforte wendete ich mich nach rechts. Das Grundstück des Direktors erstreckte sich auf der gegenüberliegenden Seite der asphaltierten und beidseitig von Gräben gesäumten Straße. Noch wurde die Villa von einer dichten Fichtenhecke verborgen. Ich bog in die erste Seitenstraße nach links ab und nahm im selben Moment den stechenden, tränentreibenden Geruch wahr. Eine Rauchwolke stieg über der Hecke empor.

Mir war sofort klar, was geschehen war. Der Staatsminister von Feuerwehrhauptmann mußte auf dem Grundstück Feuer gemacht haben, vermutlich zu Demonstrationszwecken.

Ich erreichte die Gartenpforte und schaute hinein.

Zuerst konnte ich nichts erkennen, aber dann vertrieb der Wind die Wolken.

Nicht das Haus brannte.

Man verbrannte Laub auf dem Grundstück.

Das Feuer wurde von einem Menschen geschürt, den ich im ersten Moment für eine Art betrunkenen Schornsteinfeger hielt. Doch als die Augen nicht mehr brannten, erkannte ich in dem Mann den Staatsminister.

Die Uniform hing an ihm wie zerrissene Fetzen, das Gesicht war mit Ruß bedeckt und der Bart geschwärzt.

Er harkte Laub vom Rasen, packte es in geflochtene Weidenkörbe und schleppte sie zum Feuer.

Er arbeitete zügig, fast forciert, und ich dachte, daß das Ganze in der Hitze der Sonne und des Feuers und in der enganliegenden Kostümierung sehr anstrengend sein mußte.

In angenehmem Abstand, unter einem Sonnenschirm am Swimmingpool, saß Direktor Johansson. Er schien ein Buch zu lesen. An den Stuhl gelehnt ein Gewehr.

Der Staatsminister arbeitete sich nun um einen riesigen Kastanienbaum herum, der am unteren Ende des Rasens wuchs. Den Rücken vorgebeugt, harkte er sich immer näher an die Pforte heran.

»Tu so, als würdest du dir die Schnürsenkel zuknoten!« zischte er. »Hast du etwas zu trinken dabei? Der Alte ging gleich die Schrotflinte holen, noch ehe ich nach der Brandmauer fragen konnte. Und dann mußte ich wählen zwischen der Arbeit als Gartenknecht oder einer Anzeige bei der Polizei wegen Hausfriedensbruchs und Amtsanmaßung. Ich habe gerade die Mülltonnen ausgeleert. Wenn du wüßtest, wie nachlässig die Leute mit ihrem Müll umgehen ...«

»Hat er dich erkannt?«

»Ich glaube schon. Er hat etwas davon gefaselt, Fotografen der Abendzeitungen anzurufen, und manchmal liest er laut aus der Programmschrift der sozialdemokratischen Arbeiterpartei vor, vorzugsweise den Abschnitt über den hohen Wert von körperlicher Arbeit. Verdammt, wie der Bart juckt!«

»Was stehen Sie da hinten rum und tuscheln?!« Direktor

Johansson war aufgestanden und hatte nach der Flinte gegriffen. »Harken Sie, sonst jage ich Ihnen eine Ladung Schrot in den Hintern!«

»Mein Gott, jetzt fängt er schon wieder an!« flüsterte der Staatsminister. »Kannst du die Staatskanzlei benachrichtigen, daß ich den Vortrag um zwei Uhr zurückziehe? Sag, ich hätte Keuchhusten oder sonst was bekommen. Er wird mich vor Einbruch der Dunkelheit wohl nicht gehen lassen. Wenn ich mit dem Laub fertig bin, soll ich das Gemüsebeet umgraben, die Wege umschaufeln, den Rasen abstechen und ...«

Er riß den vollgestopften Korb an sich und schleppte ihn zum Feuer.

Auf dem Gesicht, unter Ruß, Schlacke und Bart, lag fast ein Zug der Unterjochung, den ich nie zuvor an ihm entdeckt hatte.

Offensichtlich hatte der Staatsminister seinen Meister gefunden.

19

Es wurde angeklopft, und im Türspalt zum Zimmer der Mitarbeiter erschien ein munteres Gesicht, darüber aufgetürmte rote Haare.

»Störe ich?«

Das tat die hinterbliebene Assistentin des Staatssekretärs und Ehefrau des Direktors Johansson ganz und gar nicht. Es war später Nachmittag, und der Staatsminister saß an seinem Schreibtisch – mehr durch Zufall als durch Absicht – und faselte etwas von Spuren und Indizien und anderem Zeug. Das Gesicht war noch immer von Spuren der Mühsal des Tages gezeichnet.

»Bei einigen von Svanbergs Papieren weiß ich nicht, wohin …«

Der Staatsminister schoß hoch und stürzte in Null Komma nichts auf die mit kurzem Rock und weißen Spitzenstrümpfen Angetane in einer Geschäftigkeit zu, die ich ihn gegenüber männlichen Mitarbeitern noch nie habe entwikkeln sehen.

Dort drinnen stand der verwaiste Schreibtisch des Toten am Fenster, und die Schreibfläche war pathetisch rein und von Unterlagen befreit, wie das Katheder in einer Schule vor den großen Sommerferien.

Dem Staatsminister geriet eine Mappe in die Hände, und planlos blätterte er darin herum.

»In den Schrank«, sagte er am Ende. »In den Schrank damit, das wird wohl das Beste sein. Aber nehmen Sie den anderen!«

Und Frau Johansson stöckelte davon, und ich hörte, wie die Mappe auf den Schrankboden fiel. Wie ein Blumenstrauß ins Grab nachgeworfen, dachte ich melancholisch. »So ergeht es uns allen, ein paar Unterlagen irgendwo in einem Schrank, das ist alles, was am Ende übrigbleibt ...«

»Es tut mir leid, daß es bei uns zu Hause gestern abend etwas turbulent zuging«, sagte Anita Johansson und schüttelte den Staub von ihren Fingern ab. »Johan hat sich wirklich unmöglich benommen. Ich war mir ganz sicher, daß er bei seiner Jubiläumsfeier war, das hat er früher nie ausgelassen. Sie hätten vorher Bescheid sagen sollen, daß Sie zu Besuch kommen wollen, da wäre ich zu Hause geblieben. Den ganzen Abend ... Ja, sie wundern sich natürlich über so manches, nicht? Warum wir geheiratet haben, was ich mit Karl Karling zu schaffen habe, was mit Svante Svanberg war und so weiter, nicht? Ich meine, Sie haben doch dieser Tage einiges zu sehen und auch nachzudenken bekommen, nehme ich an, und Sie glauben womöglich, daß es was mit dem Mord zu tun hat. Aber dem ist nicht so.«

Der Staatsminister holte sein Notizbuch hervor und sagte, jedes Detail, wie bedeutungslos es auch scheinen mochte, könne sich, in einen größeren Zusammenhang eingeordnet, als wertvoll erweisen.

»Ja, Johan und ich haben uns vor fünf Jahren kennengelernt, und dann haben wir geheiratet«, begann Frau Johansson, offensichtlich darauf bedacht, nicht ein einziges Detail auszulassen, wie bedeutungslos es auch scheinen mochte. »Alles ist sehr schnell gegangen. Ich erinnere mich nicht mehr, warum es solche Eile hatte, aber Johan wollte es so. Ich hatte ja eine gute Arbeit und die Zeit auf meiner Seite, ich habe also nicht wegen des Geldes oder des Hauses geheiratet, aber er hat genörgelt, und dann ist es so gekommen. Voriges Jahr im Frühling wurde ich Svante Svanbergs Assistentin, und dann ging es los mit uns beiden. ›Was für eine häßliche, eklige Nase du hast‹, hat er gesagt, und dann ist alles sehr schnell gegangen. Er war auf seine Art lieb, solange man sich nicht darum kümmerte, was er sagte. Und es gefiel mir ganz und gar nicht, wenn er es während der Arbeitzeit versuchte wie am letzten Tag, als Sie reinkamen und uns auf dem Kanapee überraschten. Arbeit und Privatleben soll man trennen, daran halte ich mich, und das wußte er. Aber es lag wohl am Kanapee, daß er sich nicht mehr in der Gewalt hatte. Wir trafen uns nämlich manchmal hier abends, spät abends.«

»Wo?« fragte der Staatsminister. »Hier?«

»Ja, seine Frau war abends oft zu Hause, wenn sie nicht auf Tournee war, und genauso war es bei Johan. Aber natürlich war er nie auf Tournee. Deshalb haben wir uns manchmal hier aufgehalten, auf dem Kanapee.«

Sie zeigte zur Unterstreichung auf das Möbel.

»Da, auf dem Kanapee?« echote der Staatsminister und ließ das Notizbuch sinken, als zögere er, den Augenblick für die Nachwelt festzuhalten.

»Wir fanden es so passend. Wir hatten doch je einen Schlüssel zu diesem Zimmer, und Sie arbeiten doch nie. Abends, meine ich, spät abends. Wir schlossen doch sorgfältig hinter uns ab, und die Räume sind gut isoliert. Vergangenen Herbst lernte ich Karl Karling kennen. Seine Frau verstand ihn nicht, und er ist so süß.«

»Süß?« wiederholte der Staatsminister, der jetzt vollkommen abgestumpft wirkte.

»Ja, wenn man sich nicht über all seine Wichtigtuerei ärgert. Man soll sich nie darum kümmern, was Männer sagen, das habe ich gelernt. Sonst hätte man gar keinen Spaß mit ihnen. Sie finden es vielleicht seltsam, daß ich was mit Karl und Svante hatte. Aber zwei sind gerade richtig, finde ich. Drei sind zu anstrengend, und einer ist zu langweilig. Wenn ich zwei sage, dann zähle ich Johan natürlich nicht mit. Aber jetzt habe ich ja nur noch einen, nachdem Svante ... Abgesehen von Johan also.«

»War Karling auch hier?« fragte der Staatsminister und nahm innerlich Anlauf. »Ich meine ... hier auf dem Kanapee?«

»Nur ein paar Mal. Bevor seine Frau bei ihm ausgezogen ist und er die Villa in Djursholm für sich allein hatte.«

»Ein Liebesnest!« murmelte der Staatsminister. »Ein wahres Liebesnest! In meinem Arbeitszimmer! Praktisch in der Staatskanzlei selbst ... Die Abendzeitungen ... der Staatspräsident ... die Bruderschaftsbewegung ...«

»Was sagen Sie da?« wollte Frau Johansson wissen.

Der Staatsminister behauptete, er habe sich nur geräuspert.

»Ich nenne mich immer Asea-Atom«, lächelte sie, »wenn ich mit Kalle oder Svante zusammen bin.«

»Asea-Atom?« wunderte sich der Staatsminister.

»Ja, Asea-Atom. Etwas, das der Staat und die Privatwirtschaft gemeinsam haben. Aber die beiden kapierten nie, was ich damit meinte, sie wußten ja nichts voneinander. Das hätte nur Ärger gegeben.«

»Aber Direktor Johansson machte den Eindruck als ... gestern Ihr Mann, als hätte er eine Ahnung ...«

»Ja, er ist alles andere als dumm. Richtig hinterlistig«, erklärte sie im Tonfall eindeutiger Wertschätzung. »Vor ein paar Wochen fing er an, in einem so komischen Ton über das Arbeitszimmer hier im Haus und meine Überstunden zu sprechen ...«

»Mein Gott!« sagte der Staatsminister. »Ich glaube, ich verstehe. Die Fensterscheibe! Der Apfel! Haben Sie Astrachanäpfel im Garten?«

»Natürlich. So ein Apfelbaum steht direkt an der Gartenpforte. Aber was wollte ich doch gleich erzählen ...? Ach ja, was vergangenen Donnerstag passierte. Vom letzten Abend in Svantes Leben. Aber es ist bestimmt nicht von Bedeutunng für den Mord. Darum habe ich der Polizei nichts davon gesagt.«

»Vom letzten Abend? Gut, ausgezeichnet, mein Gott!« sagte der Staatsminister und schlug eine weiße Seite auf.

»Ja«, begann Frau Johansson, »es haben sich bestimmt alle gewundert, wo Svante an seinem letzten Abend gesteckt hat. Aber es ist die einfachste Sache der Welt: bei mir natürlich.«

»Das«, sagte der Staatsminister, »haben wir uns schon gedacht. Aber es ist ausgezeichnet, daß es uns bestätigt wird«, ergänzte er mit einer großzügigen Geste zu seiner Zeugin.

»Johan wollte in seinem Büro bleiben, und Svante und ich hatten verabredet, daß wir uns bei mir zu Hause treffen. Er kam direkt nach dem Abendessen, aber ich blieb noch etwas, wie Sie sich vielleicht noch erinnern. Ich war immer noch auf ihn sauer, weil er am hellichten Arbeitsnachmittag hier drinnen über mich hergefallen war, und wollte ihm einen Denkzettel verpassen. Als ich nach Hause kam, da saß er im Garten und aß Äpfel. Wir zankten uns eine Weile, dann gingen wir ins Haus und versöhnten uns wieder. Aber später, gegen zehn Uhr, kreuzten alle möglichen Leute auf, und all der Ärger fing an.«

»Gegen zehn Uhr, Leute, Ärger«, kritzelte der Staatsminister.

»Erst kam Johan aus dem Büro und überraschte uns vollkommen. Ich höre immer, wenn er das Auto in die Garage fährt, aber an dem Abend ließ er es draußen stehen. Dann jagte er Svante durchs Haus, eine Runde nach der anderen, ach ja, Sie wissen ja selbst, wie das läuft. Er warf auch Bücher nach ihm und traf ihn im Gesicht mit Schücks illustrierter schwedischer Literaturgeschichte, glaube ich.«

»Schück *und Warburg«*, korrigierte ich sie. »Wenn schon die Details erwähnt werden, dann sollten sie korrekt sein.«

Der Staatsminister und Frau Johansson sahen mich an, als sei dies ein Einwurf gewesen, auf den sie hätten verzichten können.

»Am Ende gelang es Svante, sich in der Toilette einzuschließen, und Johan stand mit einem dicken Lexikon davor, rüttelte an der Tür und schrie, er solle rauskommen und er sei ein Feigling, aber er war so viel kleiner und dünner, darum schrie ich, er solle bleiben, wo er war, und das tat er auch. Ja, dann klingelte es an der Tür, und draußen stand Karl Karling, der mich sprechen wollte, und Johan wurde ganz wild und brüllte: ›Noch einer!‹ und fing dann an, *ihn* ein paar Runden durch die Zimmer zu jagen. Der Weg führte dicht an der Toilette vorbei, und ungefähr alle zehn Sekunden rauschten die beiden daran vorbei, so daß Svante immer zurückgeworfen wurde, jedes Mal wenn er versuchte zu verduften. Und dann, als sei es mit den drei verrückten Kerlen im Haus noch nicht genug, tauchte plötzlich Svantes Frau, diese große Tennisspielerin, auf und erzählte, auf Svante sei kein Verlaß, sei für mich nichts zum Heiraten, er hätte mit einem Dutzend Frauen ein Techtelmechtel, sei unzuverlässig und fast vollkommen unberechenbar. Und ich stand ganz stumm da, das letzte, woran ich gedacht hatte, war, Svante zu *heiraten,* aber da *machte* er schon durch die Toilettentür schreiend einen *Antrag!* Jedenfalls glaube ich es, aber es war nicht richtig zu verstehen, denn in der Aufregung fing er an, die Klospülung zu betätigen, und es rauschte ganz fürchterlich, weil wir nämlich fünf Klosetts da drinnen haben, Modelle unterschiedlicher Jahrgänge, Johan weigert sich aus sentimentalen Gründen, sich von den alten Dingern zu trennen, und davor erwischte er Kalle und semmelte ihm über dem Auge eine rein und warf ihn raus. Und als er dann hörte, wie Svante mir von der Toilette aus einen Heiratsantrag machte, wurde er so wütend, daß er sich auf seine Frau stürzte, auf die Tennisfrau, und ihr eine Ohrfeige verpaßte und sie durch eine Terrassentür in den Garten jagte. Und als ich endlich glaubte, ich hätte jetzt etwas Ruhe im Haus, da schneite eine kleine, propere Tante rein und sagte, sie wisse Bescheid und daß die ganze Stadt Bescheid wisse, daß ich die Geliebte von Staatssekretär Svanberg sei und daß sie eingesehen habe, daß die einzige Möglichkeit, mit ihm zu sprechen, darin bestand, ihn in meinem Haus aufzusuchen. Es war Rydlanders Frau, ich habe sie erkannt, weil sie mehrmals im Ministerium war und mit Svante sprechen wollte. Und als sie begriff, daß er im Badezimmer saß, da schrie sie durch die Tür, er wolle Regierungspräsident werden und sei für die gesamte Beamtenschaft eine Schande und daß sie dem Staatspräsidenten berichten würde, was er triebe. Da kam er herausgeschossen – Svante also, nicht der Staatspräsident – nackt und bloß, haute ihr eine runter, rannte dann hoch ins Schlafzimmer, schloß sich ein, zog sich an und kletterte durchs Fenster und die Feuerleiter hinunter, denn Johan stand vor der Tür Wache. Und dann, als ich die kleine Frau Rydlander wieder aus dem Haus hatte, fragte Johan, was ich mir dabei gedacht hätte, mir von nackten Männern auf seiner Toilette einen Heiratsantrag machen zu lassen – als ob ich etwas dafür konnte! –, und dann gab er mir eine Ohrfeige. Und dann verpaßte ich ihm natürlich auch eine. Ja, dann passierte nichts mehr.«

»Nichts mehr?« wiederholte der Staatsminister.

»Na ja, ich trank einen Kognak und ging ins Bett. Ich hatte schließlich einen anstrengenden Abend hinter mir. Johan blieb mit der Flasche noch im Wohnzimmer sitzen.«

Der Staatsminister blätterte in seinen Aufzeichnungen wie ein frisch gebackener Millionär in seinen Banknoten.

»Wenn ich Sie richtig verstanden habe, soll Svante Svanberg Ihr Haus gegen halb elf über die Feuerleiter verlassen haben. Zehn Minuten nach Karl Karling und fünf Minuten nach seiner Frau. Haben Sie gesehen, wohin er danach gegangen ist?«

»Nein, aber wir haben nur eine Gartenpforte, dann muß er also auf den Lövstigen gekommen sein.«

»Hat Ihr Mann das Haus verlassen, nachdem Sie zu Bett gegangen sind?«

»Keine Ahnung. Wir haben getrennte Schlafzimmer, und ich bin fast sofort eingeschlafen.«

»Warum kam Karl Karling um zehn Uhr abends zu Ihnen nach Hause? Oh, ähäm, ich verstehe ...«

»Aber ich weiß gar nicht, was er wollte! Einfach so ist er früher nie aufgetaucht. Wir verabreden uns immer erst. Es muß also einen besonderen Grund gegeben haben. Aber Johan stürzte sich ja gleich auf ihn, so daß ich gar nicht dazu kam, mit ihm zu sprechen. Und als ich ihn einen Tag später danach fragte, da sagte er mir, ich solle es vergessen.«

»Hatte Svanberg die Aktentasche bei sich?«

»Ja, als er kam und auch als er ging. Er hatte sie auf einem Stuhl im Schlafzimmer abgestellt.«

»Und was war mit Hut und Mantel?«

»Der übliche Ledermantel und die Baskenmütze.«

»Hat er beides wieder mitgenommen?«

»Klar, im Schlafzimmer lag nichts mehr. Ich erkannte ihn übrigens flüchtig durchs Fenster, als er auf der Leiter vorbeikletterte, und ich erinnere mich genau, daß ich den Mantel, die Baskenmütze und die Aktentasche sah.«

Der Staatsminister versank jetzt in seinem Notizbuch, offenbar in dem Versuch, die Informationen zu verdauen, die in der vergangenen Viertelstunde auf ihn eingeprasselt waren. Frau Johansson schwieg ebenfalls. Aber unaufhörlich glitt das eine Bein über das andere. Es klang, als würde eine Katze gebürstet.

»Da ist vielleicht noch etwas ... Etwas Persönlicheres ... Ich weiß nicht, ob Sie, Herr Persson unbedingt möchten ...«

Ich erhob mich sogleich. Um die Wahrheit zu sagen, fühlte ich mich geschmeichelt. Die meisten Menschen, die der

Staatsminister und ich aufsuchen, scheinen in mir eine Art seelenloses Anhängsel zu sehen, dessen Gegenwart – wenngleich etwas rätselhaft – ihnen ebenso bedeutungslos erscheint wie eine mitgebrachte Zeitung. Daß ich jetzt gebeten wurde, mich zu entfernen, nahm ich darum als Kompliment, als eine Anerkennung meiner Existenz als selbständiges Individuum. Es fiel mir allerdings schwer zu erkennen, was von privater Natur bei dieser Frau zu berichten noch ausstand, aber das war schließlich nicht meine Angelegenheit. Der Staatsminister krächzte kurz etwas hinter mir her wie ein Kind beim Onkel Doktor, das sieht, wie seine Mutter das Sprechzimmer verläßt, aber ich schloß fest die Tür hinter mir.

Ich war jetzt allein im Mordzimmer oder dem Arbeitszimmer des Staatsministers oder welche Bezeichnung man auch immer vorzog. Ich setzte mich an den Schreibtisch und schaute in die Papiere. Sie handelten von Aborten und einem neuen Enteignungsgesetz. Ich ging in den Garten, aber dort war es ungemütlich und feucht – das Wetter hatte umgeschlagen – und mich trieb es schnell wieder ins Haus. Aus dem Zimmer der Mitarbeiter war kein Ton zu hören. Die Zeit wurde mir lang.

Hatte der Staatsminister den Bürotrakt verlassen und war in den privaten Teil der Villa gegangen? Ich trat heran und legte mein Ohr an die Tür zum Zimmer der Mitarbeiter.

Die Stimmen waren ziemlich deutlich zu hören, und ich zog den Kopf nicht zurück. Denn für einen Mann, der dreißig Jahre hindurch Aufsätze von erstaunlich intimem Charakter gelesen hatte, gab es keine unüberwindlichen Hinderungsgründe, um für einen Augenblick an einer Tür zu lauschen.

»... du bist so stark, so männlich ...«

»... ähäm ...«

»... sechzehn Kinder ...«

»... meine Frau hat doch all die Mühe gehabt ...«

»... phantastische Potenz ...«

»… eins ist adoptiert …«

»… was für ein Liebhaber du sein mußt …«

»… ähäm … was du nicht sagst …«

»… ich bin auch gut in Steno … sei jetzt still, ganz still.«

Ich nahm das Ohr fort und legte statt dessen das Auge ans Schlüsselloch. Es knirschte links leicht, außerhalb meines eingeschränkten Blickfeldes. Ich erkannte, daß sie sich auf dem Kanapee aufhielten.

Ich bin weder prüde noch dogmatisch. Im Gegenteil, ich wage, mich als großzügig und tolerant zu bezeichnen, auch was das Gebiet des Zusammenlebens betrifft. Aber es gibt Grenzen, die nicht verletzt werden dürfen. Alles hat seine Zeit, und alles hat seinen Platz. Ein Mann sollte keine unverbindliche Beziehung in ein und demselben Haus einleiten oder sie einleiten lassen, in dem er in einer halben Stunde gebratene Fleischwurst mit seiner Ehefrau und seinen sechzehn Kinder essen will.

Ich klopfte energisch an, ließ eine gebührende Zeit verstreichen und öffnete die Tür.

Das Paar saß auf dem verflixten Sofa. Der Staatsminister hatte – mit oder ohne Hilfe – Jackett und Schlips abgelegt und war rot im Gesicht. Frau Johansson, die ohnehin von Anfang an leicht und jetzt nicht mehr auf die gleiche Weise bekleidet gewesen war, war keine Novizin auf dem Kanapee und schien in jeder Hinsicht mehr intakt zu sein. Sie warf mir einen unfreundlichen Blick zu.

Ich teilte ganz kurz mit, daß die Frau Staatsminister ihren Mann um eine Unterredung ersuchte und forderte ihn auf, seine Kleidung in Ordnung zu bringen.

20

»Eine gefährliche Frau«, stellte der Staatsminister nach der Fleischwurst in der Bibliothek fest. »Aber gut gebaut, sehr gut gebaut. Ich glaube, wir müssen das Kanapee rauswerfen.«

»Nun, was wollte sie dir Wichtiges erzählen, das ich nicht hören durfte?«

»Tja, das habe ich nicht ganz begriffen. Aber ich glaube fast, sie will meine Privatsekretärin werden. Sie hat mir ihre Fähigkeiten auf ... auf unterschiedlichen Gebieten aufgezählt.«

»Aha, sie will also eine Stufe höher aufsteigen, von der Assistentin eines Staatssekretärs zur Assistentin eines Staatsministers? Ein bewundernswerter Ehrgeiz! Und dann hat sie auch eine freie Stelle zu besetzen.«

»Eine freie Stelle?«

»Ja, die auf dem Kanapee. ›Drei sind zu anstrengend und einer ist zu langweilig‹, wie sie sich ausdrückte. Nach Svanbergs Ableben hat sie doch nur noch einen: Konsul Karling. Einmal abgesehen vom Ehemann Johansson.«

»Ähäm«, sagte der Staatsminister. »Jetzt einmal im Ernst, was hältst du von ihrer Schilderung der Ereignisse am Mordabend? Kann man ihr glauben?«

Ich antwortete, wenn ich nicht selbst einen Abend in ihrem Heim verbracht hätte, hätte ich nicht ein Wort geglaubt, aber daß ich nach den Erfahrungen des Vortages der Meinung sei, den Bericht präge in allen Punkten Glaubwürdigkeit.

»Ja«, sagte der Staatsminister, »kein Mensch könnte sich so was ausdenken. Wie zum Beispiel, daß Svanberg ihr durch die Badezimmertür einen Heiratsantrag machte. Das beweist übrigens, daß seine Ehefrau tatsächlich ein Motiv hatte, ihn zu ermorden. Er wollte offensichtlich seine gescheiterte Ehe auflösen und wieder heiraten. Nach einer Scheidung wäre sie gezwungen gewesen, ihr bequemes Tennisleben aufzugeben. Frau Johanssons Bericht erklärt doch auch all diese verfluchten blauen Flecke! Und jetzt wissen wir, daß all unsere Verdächtigen am Donnerstag um halb elf hier in der Gegend waren, da die kritische Zeitspanne laut Gerichtsmediziner beginnt. Du und Ministerialrat Dååbh waren in meinem Arbeitszimmer. Justizchef Rydlander begab sich ein paar Blocks den Skogstigen entlang zu seiner Einladung zum Abendessen. Svanberg selbst war gerade von der Feuerleiter des Direktors gesprungen – daher haben die Grasflecke auf den Absätzen ihre Erklärung. Was für einen Abend er hinter sich hatte! Seine Frau und Konsul Karling waren kurz zuvor von Direktor Johansson hinaus in den gleichen Garten gejagt worden, der sich allein mit der Kognakflasche eine Pause im Wohnzimmer gönnte. Frau Johansson wiederum zog sich in ihr Schlafzimmer zurück, nachdem sie Frau Rydlander losgeworden war. Habe ich etwas vergessen?«

Ich erwähnte, daß er sich selbst vergessen habe. Er lächelte wie über einen Scherz und fuhr in seinen Ausführungen fort.

»Was passierte danach? Zehn vor elf fahren ich und Dååbh in die Stadt, und das Arbeitszimmer ist danach bis halb eins menschenleer. Und die anderen? Das wissen wir nicht. Aber wir können versuchen, es zu erraten. Svanberg legt unterhalb der Leiter auf dem Rasen eine Verschnaufpause ein und arbeitet sich Schritt für Schritt zur Straße durch, um zur Bushaltestelle zu gehen. Erwartet ihn jemand an der Gartenpforte? Karling? Frau Rydlander? Oder seine

Frau? Kann Rydlander selbst auf seinem Heimweg mit ihm zusammengestoßen sein? Oder verläßt Direktor Johansson Kognak und Haus und begibt sich hinaus in die Dunkelheit? Klettert vielleicht Frau Johansson ihrem Liebhaber die Feuerleiter hinterher? All das kann geschehen sein, keiner hat ein Alibi. Wir können nur vermuten, daß Svanberg da draußen auf der Straße einem der anderen über den Weg lief. Wer war das und was passierte dann? Die Person, der er begegnete oder die auf ihn wartete, kann gesagt haben: ›Wir müssen das regeln, wir müssen darüber reden! Aber nicht hier auf der Straße.‹ Wohin? Das Haus, das Svanberg soeben verlassen hatte, war nicht menschenleer, jedenfalls einer der Eheleute Johansson dürfte an dem Abend dort gewesen sein. Aber Svanberg oder die Person, der er begegnete, hatte den Einfall, daß das Arbeitszimmer hier im Haus den Abend über leer sein würde, während ich nach Arlanda unterwegs war. Es brauchte nicht viel: ein Fußweg von ein- oder zweihundert Metern, abhängig davon, wer sich begegnete – und ein Schlüssel. Svanberg hatte seinen verloren, aber der Mörder hatte einen Originalschlüssel oder ein Duplikat. Sie gingen ins Haus. Sie redeten, diskutierten, stritten. Als die Argumente ausgingen und die Wut oder der Haß überschäumten, legte der eine der beiden zum Schlag auf den Hinterkopf des anderen an, der zu Boden fiel, vielleicht bewußtlos, jedenfalls umnachtet. Die Tat wurde vollendet, er wurde auf dem Teppich liegend erwürgt – die Fasern auf dem Kopf! – und atmete in der Minute des Todes den Staub ein, den wir in Rachen und Luftröhre fanden. Soweit, glaube ich, bewegen wir uns auf ziemlich sicherem Terrain. Aber dann tauchen die Fragezeichen auf. Zuerst natürlich das große und entscheidende: Wer ist der Täter, wer war der Täter oder die Täterin, der oder die zusammen mit Svanberg ins Haus kam und es dann allein wieder verließ, als Mörder? Es gibt andere Fragen, auch ungeklärt wie diese, aber auf die leichter eine Antwort zu finden ist. Und gelingt uns das, dann glaube ich, bekommen wir die Identität des Mörders als Zugabe. Die Aktentasche, der Mantel und die Baskenmütze zum Beispiel.

Jetzt deutet doch einiges darauf hin, daß Svanberg sie noch bei sich hatte, als er um halb elf Johanssons Haus verließ. Nahm der Mörder sie nach dem Mord mit? Wenn ja, warum? Für den Diebstahl der Aktentasche findet sich eine Erklärung, wenn wir davon ausgehen, daß Karling der Mörder ist – er wollte sich den Bergbaubericht beschaffen. Aber die Entwendung der Baskenmütze und des Mantels sind auch in dem Fall schwer zu erklären. Es wäre einfach für ihn gewesen, nachzusehen, ob die Unterlagen in der Manteltasche steckten. Warum mußte er den ganzen Mantel mitnehmen? Warum muß es jemand anders getan haben? Durch den beleuchteten Garten, hinaus auf die Straße, nach Hause in die Wohnung – oder wohin? Was für ein Risiko? Jedem, der ihn sah, mußte doch auffallen, daß er einen Ledermantel über dem Arm trug und sich dann daran erinnern, wenn die Zeitungen über den Vorfall zu schreiben begannen.«

»Vielleicht hat er den Mantel in die Aktentasche gesteckt.«

»Der paßt nicht hinein. Zu dick und kompakt, und die Aktentasche war schließlich randvoll mit Unterlagen vollgestopft ... Oh, mein Gott, wie einfach! Es gibt eine Möglichkeit, einen Ledermantel zu tragen, *ohne ihn herumzutragen!*«

»Wie, wenn ich fragen darf?«

»Man zieht ihn ganz einfach an. So war es natürlich. Und auf diese Weise errang der Mörder zwei Vorteile. Er war getarnt. Mit ein bißchen Glück hätte er im Dunkeln auch an einem Bekannten vorbeigehen können, ohne erkannt zu werden. Stell dir vor, ein geräumiger Ledermantel und eine Baskenmütze. In so einem Aufzug würdest du noch nicht einmal mich in einer dunkeln Nacht wiedererkennen!«

Ich sagte, daß ich ihn durchaus wiedererkennen würde, nämlich an seinem allgemeinen Auftreten.

»Diese Tarnung«, fuhr der Staatsminister fort, »würde eine Frau leicht in einen Mann verwandelt haben. Ein Ledermantel dieses Ausmaßes glättet alle Formen, und unter der Baskenmütze kann man auch ganz leicht ziemlich üppiges Haar verstauen. Aber der Mörder war nicht nur verkleidet, sondern praktisch nicht zu erkennen. Er war außerdem *als sein Opfer* verkleidet. Mit ein bißchen Glück – von seiner Warte aus betrachtet – hätte die Polizei jetzt einen Zeugen haben können, der versichert, er hätte Svanberg lebend gesehen zu einem Zeitpunkt, da er selbst schon erwürgt im Schrank lag.«

»Aber was ist mit dem eigenen Mantel des Mörders? Der wird doch wohl nicht unter den Ledermantel gepaßt haben, oder? Und üppiges Haar mag ja unter eine Baskenmütze gehen. Aber wie setzt man eine Baskenmütze auf einen Hut?«

Der Staatsminister machte ein nachdenkliches Gesicht.

»Solche Mäntel sind ziemlich groß geschnitten, ich glaube, Svanberg gefiel seiner so gut, weil er in ihm größer und kräftiger aussah. Deshalb glaube ich, daß er auch so breiten Herren wie Rydlander, Dååbh und Karling gepaßt hätte. Aber mit dem eigenen Mantel darunter wäre es nicht gegangen, da hast du recht. Vielleicht kam der Mörder ganz einfach ohne Mantel ins Haus, oder? Der Abend war allerdings kühl. Aber er oder sie verließ vielleicht in größter Eile ein Haus in der Nähe ... Das könnte zutreffen auf verschiedene ...«

21

Dann war der Mittwoch gekommen, der Tag vor der feierlichen Zusammenkunft der Historikergesellschaft.

Ich hatte mich darauf gefreut. Es würde schön sein, einen Abend in literarischer Gesellschaft verbringen zu dürfen – Politikern, Geschäftsmännern und anderen Männern der Tat fehlt es allzuoft an philosophischer Perspektive auf das Dasein, wie sie nur eine gediegene humanistische Bildung gewährleisten kann.

Ich lag lange im Bett, während die Kinder in Wellenbewegungen das Haus durchbrausten, auf dem Weg zu unterschiedlichen Anstalten. Kurz nach neun Uhr entstand ein Tumult im unteren Flur. Es war der Staatsminister – starker Strom durchzieht das Meer mit eigenen Wellen –, der sich zur Fahrt in die Staatskanzlei rüstete.

Ich stand auf und zog meinen Anzug an. Ich trage das gute Stück nicht häufig und brauche den ganzen Tag, um mich daran zu gewöhnen. Über dem Herzen befestigte ich meine Auszeichnungen: den Vasaorden und die St.-Eriks-Medaille der Stadt Stockholm.

Dann begann ich die Gedenkrede auswendig zu lernen. Es gilt, die Toten auseinanderzuhalten und sie nicht durcheinander zu werfen. (Mein Vorgänger unterstellte zufällig einem seiner Toten – Lektor und Titulardozent – profunde Sachkenntnis der dem dreißigjährigen Krieg vorausgegangenen Ereignisse, obwohl er bekanntlich Experte für die diesem Krieg nachfolgenden Epochen war. Die Witwe schrieb einen empörten Brief, in dem sie ihrem Gefühl Ausdruck verlieh, sie habe den Eindruck, »das gesamte Lebenswerk ihres Gemahls sei in den Schmutz gezogen worden«. Etwas Schlimmeres widerfuhr einem anderen Präses, einem älteren Pfarrer. Nach einer endlosen Reihe Verstorbener war dem Ende der Rede ein lebender Jubilar angehängt worden, an den eine feierliche Ansprache gerichtet werden sollte. Der Pfarrer überstand auch ihn bis hin zur Schlußfanfare, als er einen bösartigen Rückfall in sein Amt erlitt und halb in Trance erklärte: »Von Erde bist du genommen, zu Erde wirst du werden«, während er neben sich auf dem Tisch nach dem Spaten kratzte.

Das erinnert mich daran, wie dem Staatsminister einmal im Zusammenhang mit dem Klerus ein Irrtum unterlief. Er war abkommandiert worden, vor den Jungen Adlern der Partei zu sprechen, die sich zwecks Plünderung des Weihnachtsbaums und ideologischen Aufbaus im Medborgarhuset versammelt hatten.

Der Staatsminister betrat – er wird es nie müde zu wiederholen – das richtige Haus zur richtigen Zeit. Doch niemand hatte ihm gesagt, daß das Medborgarhuset zwei Säle besaß. Im Saal A tummelte sich der junge sozialistische Nachwuchs, in Uniformen gehüllt und von Fahnen umsaust. Im Saal B tagte die Priesterschaft des Stiftes zu einem theologischen Seminar.

Der Staatsminister enterte auf unbekannte Weise Saal B, entrollte den anempfohlenen Text und legte los.

Wenn ich ihn frage, ob er die Adler nicht ungewöhnlich gut entwickelt fand und die Abwesenheit von nackten Knien ihm nicht aufgefallen war, antwortet er immer, daß ihm das Auditorium durchaus ein wenig bejahrt vorkam, jedoch zunächst glaubte, das liege an der Beleuchtung und dann an der zunehmenden Bürokratisierung der Jugend, und schließlich geblieben war, weil es sich um so etwas wie die Seniorenadler handelte.

Kurz und gut, der Staatsminister, der nicht zu den nachdenklichen Naturen gehört, hatte seine Rede gehalten. Nach einleitenden Worten: »Hallo Leute, ich komme von der Regierung!« – ein geschultes Auge dürfte bereits an dieser Stelle eine gewisse Unruhe im Saal festgestellt haben – war er in jugendlichem Jargon gespickt mit Hallo-Rufen in seiner Rede über den Aufbau des Sozialismus und dem Reich der Gleichheit aller auf Erden fortgefahren. Aber es hatten sich auch einige alte Politik-Hasen aus der Parteiführung unters Volk gemischt. Er konnte seinen Hörern sodann die frohe Botschaft mitteilen, daß man beabsichtigte, sie noch enger an die Partei zu binden und schloß mit dem Ausruf: »Ihr seid die roten Speerspitzen der Bewegung! Wo meine Generation aufhört, da werdet ihr weitermachen. Ihr seid es, die den Idealen des Sozialismus vollends zum Sieg verhelfen! Kämpft gegen die reaktionären Kräfte! Die Zukunft gehört euch! Ergreift sie, formt sie, gewinnt sie!«

Die Veranstaltung klang mit Liedern aus. Die Priester unten im Saal sangen »Unsere feste Burg ist Gott«, der Staatsminister auf dem Podium, rot im Gesicht, »Söhne der Arbeit«.

Nachdem der Staatsminister sich entfernt hatte, entbrannte eine spontane Diskussion.

Der Grundton war eindeutig positiv. Ein älterer Priester erklärte folglich, er wolle die Gegenwart des Staatsministers und seine Rede gewissermaßen als Vorboten betrachten, ja, gewissermaßen als ein Versprechen einer vollkommen neuen Kulturpolitik, in der der Kirche eine zentrale Rolle zugestanden werde. Ein Kirchenmann emeritus stand auf und meinte, gewiß, gewiß habe der Staatsminister in Anbetracht seiner Stellung einen für unsere Zeit höchst ungewöhnlichen und erfreulichen Glaubenseifer an den Tag gelegt; ihm sei seiner Erinnerung nach nur einmal in seiner Jugendzeit eine vergleichbare religiöse Leidenschaft begegnet: bei einer alten religiösen Fanatikerin, die mit dem Stock in der Hand das Evangelium auf dem Pferdemarkt verbreitet hatte.

Allerdings wurden auch zurückhaltende Töne laut, die Stimmen des Zweifels und der Kleingläubigkeit. Ein Propst mit eigener Gemeinde bekannte somit, er sei mit der Erwartung zum Seminar gekommen, zu erfahren, daß die Kirche vom Staat geschieden werden solle, und die Rede habe ihn geschmerzt und zutiefst im Geiste betrübt. Jetzt jedoch hatte er – wie, wußte er selbst nicht recht – den festen Eindruck, daß die Kirche mit der sozialistischen Partei vereinigt werden solle. Würde sein Glaube ihn auch diese schwere Prüfung durchstehen lassen? Er hoffte es, war sich aber nicht ganz sicher. Und was war das für ein fremdartiges und gottloses Lied, das der Staatsminister gesungen hatte, als die anderen geschlossen den Psalm der Vorväter angestimmt hatten?)

Nach dem Mittagessen wurde der Frieden gebrochen. Der Staatsminister kehrte aus der Staatskanzlei zurück. Offensichtlich betrachtete er seine dortige Tätigkeit im Dienste des Landes für den Tag als beendet. Er brachte indessen Ministerialrat Dååbh mit. Ich vermutete, dieser habe eine fiskalische Angelegenheit mit juristischen Berührungspunkten vorzutragen und schenkte ihm in Gedanken mein Mitgefühl – dem Staatsminister einen komplizierten Vorgang zu erklären muß für ein hitziges Temperament eine Kraftanstrengung bedeuten.

Schließlich kam der Vortragsredner ins Wohnzimmer, wo ich auf einem Klavierhocker saß und den Frack bürstete, je einen Schoß zu jeder Seite des Sitzes herabhängend.

Ich hatte ihn als grobschlächtig in Erinnerung, und sie trog mich nicht. Balkenartige Arme wurden nach Rauchwaren ausgestreckt – die Männer im Finanzministerium dürften aus Prinzip stets anderer Leute Zigaretten rauchen –, behaarte Hände strichen Feuer an, und das Zündholz erhellte einen brutal gemeißelten Schädel. Er zog grimmig an dem Glimmstengel und beglotzte den Frack.

»Sind Sie beim König zum Abendessen eingeladen? Ach, nein? Der Staatsminister geht jedenfalls hin. Ich bin Republikaner.«

Ich sagte, daß mich dies nicht verwundere.

»Die Mitglieder des Königshauses sind von den Steuern befreit«, erklärte er mit dumpfer Stimme. »Das ist mit meinem Rechtsempfinden schwer vereinbar.«

Ich entgegnete, daß ihnen, soweit mir bekannt sei, allenfalls die Erbschaftssteuer erlassen worden war. Was sich zufällig angesammelt hatte, solle dennoch geerntet werden. Im Angesicht des Todes sind wir alle gleich ... Was war es für eine Vorahnung, die meine Gedanken beschlich, daß ich so oft auf den Tod zu sprechen kam an diesem Tage, der doch so fürchterlich enden sollte?

»Ist die Polizei auf eine Spur gestoßen?«

Das war interessant. Ich meinte aus besser unterrichteten Kreisen – nicht vom Staatsminister – erfahren zu haben, wenn eine der in einen Mordfall verwickelten Personen genau diese Frage stellt, dann sei das *sehr verdächtig*. Ich schielte zu ihm hin. War die Frage nicht mit ein wenig zu großer Nonchalance ausgesprochen worden? Und war da nicht ein nervöser Zug unter der ungehobelten Oberfläche? Ich bin keine Bluthundnatur – im Unterschied zum Staatsminister –, aber ich spürte bebende Erwartung. Der Mann war *mein* Mordkandidat, und dem wäre auch so gewesen, ehe man überhaupt eine Leiche gefunden hätte. Ihn mit dem einen oder anderen schlagenden Beweis auf der Fußmatte des selbstzufriedenen Staatsministers ablegen zu dürfen, wäre alles andere als ein unangenehmes Gefühl gewesen.

»Der Staatsminister soll angeblich selbst die Ermittlung leiten. Das ist ein beruhigendes Gefühl. Ich meine, es muß ein beruhigendes Gefühl für den Mörder sein.«

Da hatte er sich verplappert! Festnehmen, einsperren, verurteilen! rief mein Instinkt. Warum auf formelle Beweise warten?

»Beruhigend übrigens für uns alle«, fuhr der Ministerialrat fort. »Wer die kleine Ratte aus dem Weg geräumt hat, hätte eine Medaille statt Gefängnis verdient. Wissen Sie, daß er angefangen hat, Kunst zu sammeln, um sich vor der Vermögenssteuer zu drücken? Ein führender Sozialdemokrat, der eine Lücke im Gesetz ausnutzt, um sich auf Kosten der Allgemeinheit zu bereichern! Aber ich habe mir ein System ausgedacht, um dieses Schlupfloch wieder zu stopfen.«

An dieser Stelle folgte sodann eine umständliche Darlegung dieses Systems. Wenn ich ihn richtig verstanden hatte, sollte jeder Kunstgegenstand und jede Antiquität jährlich geschätzt, taxiert und besteuert werden. Entrichtete Steuern sollten mit einem Steuervermerk, der gut sichtbar auf dem Objekt anzubringen war, quittiert werden. Alles in allem sollten Kontrollen von staatlichen Inspekteuren durchgeführt werden, denen ohne Voranmeldung freier Zutritt zu allen Haushalten zu gewähren war. Er erklärte sich selbst bereit, um der guten Sache Willen einer dieser Inspekteure zu werden. Ich erkundigte mich besorgt, was aus meiner Briefmarkensammlung werden würde, und er klärte mich auf, daß jede einzelne Marke von Wert natürlich deklariert, besteuert und abgestempelt werden müsse – letzteres natürlich durch jährliche Abstempelung.

Ganz eindeutig mußte dieser Mann unschädlich gemacht werden.

»Aha, hier sitzt ihr und faulenzt!«

Der Staatsminister kam wie ein Wirbelwind an einem Aprilabend hereingefegt und trug eine Bohrkurbel an einem Riemen um den Hals.

»Kommen Sie kurz mal rein und schauen sich die Papiere an!«

Er hatte sich an den Ministerialrat gewandt, doch ich hatte das Gefühl, daß Frack und Gemütsverfassung äußere Aktivität forderten und begleitete ihn.

Im Zimmer der Mitarbeiter erteilte der Staatsminister dem grobschlächtigen Steuerphantasten eine Reihe verworrener Anweisungen. Er schloß mit den Worten, er gedenke mit dem Herrn Studienrat einen Spaziergang von einer Stunde zu machen, woraufhin er mich mit sich ins eigene Arbeitszimmer zog, die Tür hinter uns schloß und weiter zur Außentür trampelte, die ebenfalls geöffnet und mit Schwung wieder zugeschlagen wurde. Seltsamerweise durchschritten wir sie nicht.

Was dann folgte, war geeignet, auch denjenigen in Erstaunen zu versetzen, der dem Staatsminister bei den beiden vorherigen Mordrätseln zur Seite gestanden hatte. Unter einer Reihe von Zischlauten schob er mich weiter durchs Zimmer auf einen der beiden mächtigen Eichenschränke zu, machte die Tür auf, stieg hinein, holte mich nach und verschloß sie hinter uns.

»Klirr nicht mit den Orden!« flüsterte er. »Wir wollen Dååbh in eine Falle locken. Er sucht hier im Zimmer etwas, ich habe ihn kürzlich beim Herumschnüffeln ertappt. Du weißt doch, daß der Mörder immer an den Ort des Verbrechens zurückkehrt, und nun glaubt er, wir sind aus dem Haus gegangen. Vorher hatte er nie die Gelegenheit, hier drinnen allein zu sein. Ich habe in die Schrankwand ein paar Löcher gebohrt, damit wir sehen können, was er treibt. Still, jetzt kommt er!«

Ich mußte zugeben, daß ich die ganze Situation äußerst unangenehm fand. In einem muffigen Eichenschrank mit einem unberechenbaren Staatsminister eingesperrt zu sein und durch Bohrlöcher einen anderen hohen Beamten und zugleich womöglich einen Mörder auszuspionieren hat nie zu meinen Lebenszielen gezählt. Ich wollte gerade ausbrechen, da fielen mir jedoch die fortgeschrittenen Pläne der Briefmarkenbesteuerung dieses Mannes ein. Philatelistische Raritäten mit einem Stempel zu versehen! Ich blieb, wo ich war.

Jemand war jetzt im Zimmer. Ich konnte ihn nicht sehen, aber hören, wie es aus der Schreibtischecke knackte.

»Er macht sich an *meinem* Schreibtisch zu schaffen!« bestätigte mich der Staatsminister durch ein indigniertes Flüstern.

Ich hörte ein Krachen; der Ministerialrat zog eindeutig die Schubladen auf gut Glück heraus und schob sie wieder zurück, wenn der Inhalt nicht von Interesse schien. Ich drängte den Staatsminister vorsichtig von seinem Guckloch ab und legte das eigene Auge daran.

Der Ministerialrat saß wirklich am Schreibtisch und hatte jetzt offensichtlich den Lachs auf dem Butterbrot gefunden: Eine Lade war aus ihrer Höhle gerissen und auf die Tischplatte gestellt worden. Ich konnte sehen, wie er einen dicken Ordner ans Tageslicht beförderte, ehe sich der Staatsminister ans Wasserloch heranwühlte.

»Meine Steuermappe! Er liest meine Steuererklärung!« stieß er mit leisen Kehllauten hervor.

»Verfluchter Kapitalist!« war vom Schreibtisch zu hören.

»Ich werde ihn wegen Beleidigung verklagen!« flüsterte der Staatsminister heiser.

»Blutsauger!«

»... und wegen Hausfriedensbruchs und Geheimnisverrats ...«

»Asozialer Kerl! Sechzehn Millionen jedes Jahr allein an Dividende! Teufelspack!«

»Nein«, murrte der Staatsminister, »das halte ich nicht aus! Ich gehe raus und gebe ihm eins aufs Maul.«

Ich legte ihm die Hand auf die Schulter. Ich war entschlossen, den Ministerialrat gewähren zu lassen. Zwecks Anschauungsunterricht für einen Staatsminister, der selbst nie weder dem Bruch des Hausfriedens noch eines Geheimnisses oder allgemeiner Schnüffelei abhold gewesen war und dieses Szenario kaum hätte übertreffen können.

So sollte ihm gewissermaßen ein Spiegel vorgehalten werden.

»Stör ihn nicht«, flüsterte ich. »Der Ermittlung muß man ihren Lauf lassen.«

Der Staatsminister schlotterte wie ein angeleinter Dackel vor dem Fuchsbau: Aber er blieb auf seinem Posten. An seinen polizeilichen Instinkt appelliert man nicht vergebens.

Die erzürnten Laute am Schreibtisch waren verstummt; jetzt war das Umwenden von Blättern und das Kratzen eines Stifts auf Papier zu hören: Offenbar wurden Notizen und Abschriften für den zukünftigen Bedarf gemacht und Beweismaterial sichergestellt. Dann wurde die Schublade wieder zurück in ihr Fach geschoben, und der Mann brach mit einem letzten Fluch auf den Lippen von dem entweihten Hochsitz auf und spazierte aus dem Zimmer. Durch ein passend angebrachtes Bohrloch wurde ich plötzlich seiner am Schrank nebenan ansichtig – an jenem, in dem der Leichnam des Staatssekretärs untergebracht worden war. Er umrundete Front und Flanken und beäugte ihn mißtrauisch. Dann drehte er den Schlüssel um und rüttelte an der Tür. Doch sie ließ sich nicht öffnen. Er stemmte den Fuß gegen die eine Türhälfte und warf sich mit dem Schlüssel in der Faust nach hinten, der Schrank jedoch erbebte nur ein wenig und blieb verschlossen.

»Mein Gott, was für ein Hornochse!« murmelte der Staatsminister. »Sieht er denn den Riegel nicht?«

Aber den sah der Ministerialrat nicht, und nun hatte er ganz und gar den Kopf verloren und fing an, den Schrank mit kräftigen Fußtritten zu bearbeiten. Die Türspiegel knackten, klirrten und knirschten, aber sie hielten dem Angriff stand und zerbrachen nicht.

»Daß er sich nicht schämt!« quengelte der Staatsminister. »Großvaters alte Möbel so zu behandeln! Und dann auch noch diesen Schrank, der von kriminalhistorischer Bedeutung ist!«

Der Ministerialrat hatte indessen den Schwung verloren, die Schuhsohlen schmetterten nicht mehr so schneidig gegen die Schrankfassade, und nach einer Zehenspitzenattacke, die Kerben im Holz und Schmerzen im Fuß hinterlassen haben mußte, zog er sich ins Zimmer der Mitarbeiter zurück. Nach einer Minute schoß er von neuem an uns vorbei, jetzt in Hut und Mantel, und verschwand durch die Haustür.

»Schnell!« schrie der Staatsminister und bahnte sich den Weg aus dem Schrank. »Schau nach, welchen Weg er nimmt, und warte hier auf mich!«

Er verschwand im Privatbereich der Villa, und ich wankte ans Fenster, um die Fahndung aufzunehmen. Ich atmete indessen derart heftig, daß die Fensterscheibe beschlug, und während ich sie noch mit dem Ärmel abwischte, war der Staatsminister wieder zurück, eine kleinere, braune Tasche in der Hand.

»Wir verfolgen ihn!« rief er.

Die Tasche erweckte unangenehme Erinnerungen. Der Staatsminister pflegt, wie meine Leser sich entsinnen werden, eine Tasche mitzuführen, die vorzugsweise mit Kuhfüßen gefüllt ist, wenn er vorhat, in öffentliche Gebäude einzubrechen. Nie habe ich so stark wie in dieser Stunde mein Leben mit dem Staatsminister als einen jener Alpträume empfunden, in denen der gleiche Schrecken immer wieder von neuem auftaucht.

»Die Tasche …?« flüsterte ich. »Mein Gott! Willst du … Harpsund …?«

»Natürlich nicht!« rief der Staatsminister. »Das Schloß. Das königliche Schloß.«

22

»Ich habe den Frack und ein gestärktes Hemd in der Tasche. Für den Fall, daß ich es nicht mehr nach Hause schaffe, um mich vor dem Besuch beim König umzuziehen. Du willst doch jetzt nicht etwa kneifen, oder? Der Ermittlung muß man ihren Lauf lassen.«

Widerstandslos ließ ich mich durch die Tür führen.

Der Ministerialrat war oben im Stockholmsvägen zu erahnen.

»Nehmen wir das Auto?« brüllte der Staatsminister.

Ich sagte, daß wir gern mit dem Auto eine Person beschatten könnten, die zu Fuß unterwegs war, und der Staatsminister gab mir recht, und wir traten unseren Marsch an.

Es war ein verhältnismäßig anständiger Septembertag mit Sonne und leichten Brisen. Dort oben im Blauen jagten bauschige Wölkchen hintereinander her, und die Frackschöße flatterten munter wie Wäsche auf Großmutters Trockenleine. Nach dem Besuch im Schrank war es eine echte Wohltat, die Beine bewegen und frische Luft atmen zu dürfen. Wenn wir nur nicht diese verflixte Beschattung am Hals gehabt hätten.

Eine Minute später überquerten wir die Hauptstraße nach Stockholm. Offensichtlich war nicht die Staatskanzlei das Ziel des Ministerialrates. Mir fiel ein, wie selten höhere Beamte an ihrem Arbeitsplatz geordneter und regelmäßiger Beschäftigung nachgingen. Ich vermutete, daß die kleinen Rädchen es waren, die alles in Gang hielten.

»Wir verschmelzen hervorragend mit dem Stadtbild«, versicherte der Staatsminister und stellte den Mantelkragen hoch.

Diese Ansicht konnte ich nicht teilen. Weder paßten wir untereinander zusammen noch jeder für sich, noch wir beide als Paar in die Umgebung. Der Staatsminister trug Lumberjack und Sportmütze, und mit der Tasche in der Hand erinnerte er auffallend an einen Einbrecher, der sich auf dem Weg zu einer nächtlichen Übung befand. Ich selbst taumelte im ordenbehängten Frack einher, und keine dieser Bekleidungen war meiner Meinung nach das Richtige für die Umgebung, deren Einfamilienhäuser in Format und Aussehen zwar wechselten, denen aber jeglicher Luxus fehlte. Ein Gentleman läuft nicht nach sechs Uhr abends mit braunen Schuhen herum, allerdings geht er auch nicht um drei Uhr nachmittags in Frack und Orden durch den Villenvorort Spånga.

Ich fragte den Staatsminister, wohin der Weg uns führte, und er antwortete, daß er es nicht wisse, jedoch das Gefühl habe, wir könnten beim gegenwärtigen Kurs am Mälarsee landen.

Es gibt keinen Grund, im Detail zu schildern, was anschließend folgte. Noch nach einer halben Stunde war alles wie gehabt. Wir marschierten, und der Ministerialrat ging mit kurzen, bestimmten Schritten voran, so wie sich eben ein Mann fortbewegt, der in Gedanken versunken ist oder vor Wut kocht. Das Risiko, er könnte seine Verfolger entdecken, war also gering. Der Staatsminister jedoch versagte sich das sinnlose Herumschleichen, das dramatische Hinhocken hinter Hecken und Zäunen oder die mühsamen Umwege durch Waldstücke nicht, alles angekündigt und begleitet von kommandierendem Zischen, als sei ich ein Trupp bei einer Nachtsichtübung. Das ganze Unternehmen war schrecklich anstrengend und sehr, sehr ermüdend, und ich hatte das Bedürfnis, es so zu machen wie die Flugzeuge, die während des

Fluges die Füße einziehen. Nur die Wut über die infernalische Abstempelaktion der Briefmarken durch den Ministerialrat gab mir Kraft.

Ein Hügel, ein Gipfel, und der Geruch von Teer und abgestandenem Wasser schlug uns entgegen. Es blaute und blinkte hinter den Einfamilienhäusern und Bäumen, und der Staatsminister hatte recht behalten: Wir waren am Wasser angekommen.

»Der Hafen für die Sportboote! Was zum Teufel haben wir da zu suchen?« sagte der Staatsminister enttäuscht und vorwurfsvoll, als ob ich etwas mit der Sache zu schaffen gehabt hätte. »Zum Henker, er hat doch ein Motorboot!«

Durch die Spalten in einer Planke beobachteten wir, wie der Ministerialrat den schlaffen Bootssteg entlangmarschierte und in ein halb abgedecktes Boot sprang.

Flüchtet er? dachte ich verwirrt.

»Vielleicht hat er etwas im Boot, das er versenken will. Ein Beweis, den er loswerden muß«, rückte der Staatsminister mit der Sprache heraus. – Einer von all den Unterschieden zwischen uns besteht darin, daß er alles laut ausspricht, was er denkt, mag es auch noch so dumm sein, wogegen ich dank meiner Erziehung und angeborenen Urteilskraft gewisse Hemmungen habe.

»Mitten am hellichten Tag?« erwiderte ich richtig bissig.

Die Leinen des Bootes waren losgemacht, aber der Außenbordmotor hing noch stumm im Wasser. Der Skipper näherte sich ihm schleichend mit einem Tampen in der Hand. In diesem Augenblick sah er auch aus der Distanz dem Strangler mit seiner Schlinge unheimlich ähnlich.

»Ein alter Reiß-Motor! So einen habe ich auch gehabt. Den kriegt er nie in Gang«, murmelte der Staatsminister zufrieden neben seinem Spalt.

So erging es ihm auch tatsächlich. Wieder und wieder

wickelte er seinen Tampen um den Apparat und zog mit Kraft und Gewicht, aber ohne eine andere Reaktion als ein grimmiges Röcheln zu ernten. Er riß und schrie, als ihm die Schnur über die Finger peitschte. Schließlich zog er sich in eine Ecke zurück und barg sein Gesicht in den Händen. Ob er weinte oder betete oder sich auf andere Weise sammelte, entzieht sich meiner Kenntnis, plötzlich jedoch stürzte er zum Motor, wickelte sein Tau auf, riß wütend daran und taumelte rückwärts bis zur Kajüte.

Der Motor gab ein Geräusch von sich, das klang, wie der Versuch zu jodeln, und schwieg dann wieder.

Da warf sich der Mann mit bloßen Händen auf den hilflosen Außenborder, riß ihn aus seiner Verankerung, hob ihn über den Kopf, schüttelte ihn und warf ihn ins Wasser.

Ein Plumps, ein paar Ringe, ein bißchen Schaum an der Oberfläche und weg war er, spurlos.

»Das ist ja wie verhext!« meinte der Staatsminister. »Diese Methode habe ich bei meinem nie ausprobiert. Es war *wirklich* wie verhext!«

Ich war geneigt, ihm zuzustimmen.

Der Ministerialrat hatte das Boot an den Anleger gezogen, es festgemacht und ging jetzt rasch den Steg auf festes Land und auf ein Gebäude zu, das wie ein Klubhaus aussah.

»Warte hier, dann sehe ich nach, was er vorhat!« befahl der Staatsminister und startete ein Umgehungsmanöver auf Planken und an vertäuten Booten entlang. Ich selbst lehnte mich gegen ein hölzernes Gestell und versuchte mich an den Gedanken zu gewöhnen, mit zwei Verrückten allein auf einer abgelegenen Werft für Sportboote zu sein.

Aber da war noch ein Mensch, ein ganz junger Bursche – ob im Kopf gesund oder krank, das zu beurteilen war es zu früh. Er war aus dem Nichts aufgetaucht, stand jetzt an der Befestigung des Steges und schaute auf den Mälarsee. Dann ließ er eine Jolle zu Wasser, ruderte den Steg und die vertäuten Boote entlang. Als er die Stelle erreicht hatte, wo der Motor abgetaucht war, warf er Anker, schnappte sich ein Ruder und fuhr damit im Wasser hin und her. Am Ende hielt er inne, rammte es in den Boden, zog sich aus und tauchte über die Reling ab. Drei Mal kam er keuchend und mit leeren Händen nach oben, aber beim vierten Mal hielt er etwas gepackt und steuerte damit den Strand an. Als die Last über Wasser kam, sah ich, daß er den Außenborder des Ministerialrates schleppte. Der junge Mann trug ihn in einen Schuppen und bedeckte ihn mit Säcken. Dann kehrte er ins Wasser zurück, brachte Boot und Ruder an den Strand und entfernte sich, nachdem er sich unter verstohlenem Umblicken angezogen hatte.

»Ich muß schon sagen«, murmelte ich in die Einsamkeit hinter der Planke. »Zwei Verrückte und ein Dieb!«

»Das Meer nimmt und das Meer gibt«, meinte der Staatsminister und durchbrach eine Erlenbuschpflanzung.

»Willst du nicht eingreifen?«

»Ich bin doch kein Polizist. Kein gewöhnlicher Schutzmann, meine ich. Und er hat ihn vielleicht nur zum Trocknen da hingelegt. Übrigens frage ich mich, ob Wrackgut nicht dem zufällt, der es birgt. Wir müssen im Seefahrtsgesetz nachschauen. Aber was soll's, Dååbh wollte seinen Motor ohnehin loswerden. Ob im See oder im Schuppen, spielt für ihn wohl keine Rolle. Ja, ich habe geglaubt, er würde Hilfe holen oder nach einer Bergungsgesellschaft telefonieren, aber er hat nur ein Taxi bestellt. Und das habe ich natürlich auch getan. Äußerst diskret, er hat nicht ein Fitzelchen von mir gesehen. Warum? Tja, haben wir nun schon einmal angefangen, die Spur zu verfolgen, werden wir auch weiter dranbleiben. Ich finde, es sieht vielversprechend aus. Was kann ein Mann nicht alles bis zum Abend noch anstellen, der schon um vier Uhr einen Schreibtisch aufgebrochen, einen Schrank kaputtgetreten und einen Außenborder in den See geworfen hat? Da kommt das Taxi! Ach, verflucht, er hat es uns vor der Nase weggeschnappt! Na, dann müssen wir eben laufen. Was? Das schaffst du nicht? Aber dann verlieren wir die Spur. Aber dieses Taxi wird wohl jetzt für uns sein!«

»Folgen Sie dem Wagen!« rief der Staatsminister, als wir auf dem Rücksitz Platz genommen hatten.

»Welchem Wagen?« wollte der Fahrer wissen. »Die Straße ist doch leer.«

Der Staatsminister starrte verdutzt durch die Windschutzscheibe, fing sich aber wieder.

»Fahren Sie die Hauptstraße nach Stockholm! Wir setzen alles darauf, daß er diese Richtung genommen hat«, entschied er und öffnete die Tasche. »Sie fahren langsam, finde ich. Haben Sie etwas dagegen, daß ich das Lenkrad übernehme?«

Der Fahrer antwortete, daß das die Dienstvorschriften nicht zuließen.

»Halten Sie wenigstens das Tempo auf hundert! Hier hast du deinen Regenmantel!« Der Staatsminister grub und wühlte. »Es ist wohl das Beste, wenn ich jetzt den Frack anziehe. Wer weiß, ob sich noch einmal die Gelegenheit ergibt.«

Er riß den Lumberjack herunter und machte sich daran, die Schuhe aufzuschnüren.

»Mein Gott, du willst dich doch wohl hier nicht etwa ausziehen? Der Fahrer ...«

»Oh, er hat bestimmt schon allerhand miterlebt. Geburten und so was. Und ich habe saubere Unterwäsche an. Fahrer, haben Sie schon mal bei einer Geburt assistiert?« rief der Staatsminister zum Vordersitz und zog sich das Polohemd aus.

Für einen Augeblick sah ich das Gesicht und den Blick des Fahrers im Rückspiegel. Die Pupillen waren unnatürlich geweitet.

»Wollen Sie, mein Herr ... meine Dame ... gebären?«

»Da!« schrie der Staatsminister und zeigte mit dem nackten Arm die Richtung. »Da ist er. Der schwarze Mercedes da. Folgen Sie ihm! Nicht verlieren! Es ist alles in Ordnung. Ich bin Polizist. Polizeichef«, erklärte er jetzt nur noch in Unterhosen. »Könnten Sie bitte die Scheibe etwas hochkurbeln? Es zieht so verflucht. Leider habe ich keinen Ausweis bei mir – wer zum Teufel hat schon einen Paß in der Unterhose? Aber machen Sie sich keine Sorgen, wenn Sie die Geschwindigkeitsbegrenzung überschreiten. Ich übernehme das Kommando.«

Der Fahrer hatte tatsächlich das Tempo beträchtlich gesteigert, als hoffte er, seinem eigenen Rücksitz oder einem ihn verfolgenden Alp davonjagen zu können.

»Na ja«, sagte der Staatsminister und kratzte am Kragenknopf, »so eilig ist es nun auch wieder nicht. Wir dürfen ihn nicht über den Haufen fahren. Fährt er in die Staatskanzlei? Guck an, das tut er tatsächlich! Das ist ja komisch. Egal, dann müssen wir wohl allein weiterfahren.«

Er rief eine Adresse im Stockholmer Nobelviertel Östermalm und bat mich, ihm beim Binden der Fliege behilflich zu sein.

»Wir werden uns ein wenig seine Wohnung ansehen, während er seinen Teil der Zeche trägt. Mit den Orden, glaube ich, warte ich noch, die verheddern sich sonst nur. Er wohnt allein, in seiner Wohnung dürfte also jetzt niemand sein. Ich habe das Schloß inspiziert. Sehr einfaches Modell. Ich bin in zwei Minuten mit einem Stück Stahldraht drin, und sollte ich damit nicht weiterkommen, habe ich ja immer noch mein Werkzeug!«

Er bedachte die Tasche mit einer hingebungsvollen Streicheleinheit. »Danke, hier ist es! Behalten Sie den Rest, Sie sind wirklich kaltblütig gefahren. Zu dem Überholmanöver auf der Tranebergsbron hätte ich nicht den Mut gehabt. Hier also, vierter Stock, wir nehmen den Fahrstuhl!«

In wenigen kurzen Sätzen stellte ich klar, daß ich nicht gedachte, in eine Wohnung einzubrechen, ganz gleich was für ein Modell das Schloß war. Er warf mir einen gekränkten Blick zu.

»Egal, dann kannst du doch in der Zwischenzeit hier unten Wache schieben. Langweilige Routine, aber ganz wie du willst. Heule wie eine Eule im Wald, wenn er auftauchen sollte. Du kannst doch wie eine Eule heulen, oder?«

Ich konnte sein Gequassel nicht mehr hören, sondern warf mir den Mantel über und begann auf dem Trottoir auf und ab zu wandern. Als mir auffiel, daß ich wie ein Wachtmeister auf Patrouille herummarschierte, lehnte ich mich statt dessen gegen einen Laternenmast und schaute die Fassade zum vierten Stock hinauf. Der Fall des Staatsministers würde große und das Loch im Straßenpflaster bedeutende Ausmaße annehmen, dachte ich fast zufrieden, wenn der Ministerialrat unangemeldet auftauchte und Gelegenheit bekäme, seinen Schleuderwurf mit einem lebenden Geschoß zu wiederholen.

Aus der Ferne war jetzt Singen, Rufen und Getrampel von unzähligen Füßen zu hören. Während ich darüber nachsann, was es damit auf sich haben mochte, hielt eine Mietdroschke am Bürgersteig und ihr entstieg Ministerialrat Dååbh. Ich bezwang meinen Drang, wie eine Waldeule zu heulen, fiel statt dessen auf die Knie und fummelte, das Gesicht abgewandt, an meinem Schnürsenkel herum. So weit war es also mit mir gekommen, dachte ich verbittert, so weit hat mich also das Zusammensein mit dem Staatsminister gebracht, daß ich nicht mehr gerade und offenen Blickes meinen Mitmenschen gegenübertreten kann!

»Hier sind fünf zwanzig!« schrie der Ministerialrat dem Fahrer zu. »Trinkgeld gebe ich nie. Sie versteuern ja sowieso nur acht Prozent und bekommen das Doppelte.«

Ich fummelte weiter und dachte, der Adresse mußte schon vor unserer Ankunft ein schlechter Ruf vorausgegangen sein.

Als er an mir vorbeitrampelte, hielt er einen Augenblick inne und rief: »Auf der Straße gebe ich nie was!« und verschwand durch die Haustür.

Ich stellte mich wieder auf die Füße und versuchte ein Taxi anzuhalten – als Fluchtfahrzeug erschien es mir unentbehrlich –, doch der Fahrer glaubte wahrscheinlich, ich sei nicht nüchtern und verließ den Ort unter einer groben Schimpftirade. Ein Augenblick neuerlicher Erniedrigung.

Im vierten Stock wurde jetzt ein Eckfenster aufgemacht, und etwas schlug auf den Pflastersteinen auf. Ich schloß die Augen und dachte, daß dies ein erwartetes, wenn auch bedauerliches Ende einer bemerkenswerten Laufbahn war. Der dumpfe Aufprall war erstaunlich leicht ausgefallen, und ich öffnete die Augen und stellte fest, daß die Tasche gelandet war und der Staatsminister oben im Fensterrahmen stand.

Bis heute ist es mir ein Rätsel, wie er mit einem Sprung die Regenrinne erreichen konnte, aber er brachte es fertig.

Er kratzte und flatterte die Rinne abwärts, und dann stand er neben mir und bürstete den Mantel ab.

»Du hast nicht wie eine Eule geheult, oder? Egal, ist auch ohne trotzdem gutgegangen. Ich habe ihn kommen gehört und mich im Eckzimmer eingeschlossen und dann ... ja, das hast du ja gesehen. War verdammt knapp, beinahe hätte ich die Regenrinne nicht erwischt. Hast du hier noch mehr zu tun? Er kommt bestimmt auf der Treppe hinterher, deshalb sollten wir hier nicht länger als nötig herumstehen. Wo ist ...?«

Während des Monologs des Staatsministers war das Geräusch von Füßen und Stimmen immer näher gekommen und zu Lärm angeschwollen, der sich in diesem Moment verdichtete, Gestalt annahm und um die Ecke bog.

»Ein Demonstrationszug!« rief der Staatsminister aus. »Genau was wir brauchen! Komm mit!«

Und dann zog er mich in die trampelnde, vorüberflimmernde Masse.

23

Ich weiß nicht, ob es klar und deutlich geworden ist, aber ein Tag mit dem Staatsminister ist wie ein Tag im Fluß, ist wie ohne Schiff in einem reißenden Strom zu treiben. Man hat keine Möglichkeit, anzuhalten oder auch nur seine Fahrt zu beeinflussen, immer wieder aufs neue wird man von Wirbeln und Mahlströmen unter Wasser gesogen; einmal glaubt man, man habe Halt an einem glitschigen und schlüpfrigen Stein gefunden, doch der Fluß reißt einen immer wieder los und treibt einen weiter. Und die ganze Zeit weiß man, daß am Ende die große Katastrophe wartet, der knochenbrecherische Fall, der sechste Katarakt.

Jetzt marschierte ich in einem lärmenden Demostrationszug mit, aber das war noch nicht das Ende des Tages und des Ausfluges, es sollten noch einige Schrecknisse und Stromschnellen auf uns lauern. Und ich hatte den vagen Gedanken, wenn mich jetzt der Tod ereilen sollte, dann käme er wie ein Freund.

Langsam wurde mir bewußt, wie jemand auf dem Trottoir neben den marschierenden Menschen herlief.

Es war Ministerialrat Dååbh, und er zeigte in die Masse und schrie: »Haltet den Dieb! Er versteckt sich irgendwo da drinnen!«

Aber die Masse, die von Individuen nichts weiß, fühlte sich als Masse gekränkt und antwortete ihm im vielstimmigen Chor: »Stör' unsere friedliche Demonstration nicht!«

»Rechtsextremist!«

»Oberklassenheini! Steuerflüchtling! Eigentumsbesitzer! Östermalmsnob!«

Der letzten Blick, den ich an diesem Tag auf den Ministerialrat erhaschen konnte, war, wie er schreiend von drei Polizisten abgeführt wurde.

»Er bekommt zwei Monate auf Bewährung wegen Bruchs des Demonstrationsfriedens«, erklärte ein Mann mit langem, vergeistigtem Gesicht und gut gepflegtem Bart und hakte sich bei mir ein.

»Gut, Kamerad, daß du dich nicht hast dazu provozieren lassen, ihm eins aufs Maul zu hauen«, fuhr er fort. »Du mußt schon in der Kindheit des Jahrhunderts auf den Barrikaden gekämpft haben. Komm, stütz dich ruhig auf mich!«

Ich stützte mich und schaute zur anderen Seite. Dort ging der Staatsminister und trug jetzt ein riesiges Plakat. Den Text konnte ich nicht erkennen. Wofür oder wogegen demonstrierte ich eigentlich? Die Frage erschien mir jetzt von wesentlicher Bedeutung, und ich nahm Sondierungen in meiner Umgebung vor.

»*Gegen* die barbarische Ungerechtigkeit der Gesellschaft. Und *für* Ritem und Kaitum«, erklärte der Doppelgänger von Jesus.

»Eingesperrt in faschistische Gefängnisse seit vier Jahren«, erläuterte ein sanftäugiges Mädchen.

»Okkupiert von den Imperialisten«, erhellte einer von hinten.

»Die einzigen militanten Freiheitsbewegungen in Lateinamerika«, verkündete ein Steppanorak in der Reihe vor mir.

Wir hatten jetzt die zentralen Stellen der Hauptstadt erreicht. Die gesamte riesige Demonstrationsschlange hatte sich zu einem Sprechchor formiert, und die Rufe wogten im rhythmischen Takt zwischen den Hauswänden und Zuschauerreihen. Doch in meinem benommenen Zustand konnte ich die Worte nicht verstehen. Ich schaute zum Staatsminister.

Auch er war offensichtlich ganz automatisch in die Rufe eingefallen. Er beugte sich zu mir, schrie durch den Lärm und skandierte noch: »Was zum Teufel rufe ich da eigentlich?«

Dann wurde er von neuem vom Chor mitgerissen, und ich spitzte die Ohren, und endlich verschmolzen die Silben zu Worten, und ich hörte: »Pa-lme-und-Gei-jer, Nix-ons-Lakaien!«

Ich übermittelte die Auflösung an den Staatsminister, der eine kurze Unterbrechung einlegte, um zu sagen: »Oh, verflucht!« und dann fortfuhr, seine Botschaft herzuleiern.

Auf der Strömbron verstummte der Chor plötzlich, und der Staatsminister kam zur Besinnung und rief mit eigenen Worten, aus der Psychose erwacht: »Ich würde gern wissen, was auf dem Schild steht.«

Er drehte es um, und wir lasen zugleich: »Palme go home!«

Der Staatsminister schaute sich vorsichtig um. Von den Bürgersteigen starrte uns die Bevölkerung der Hauptstadt aus dichten, unerschütterlichen Reihen an.

»Wenn mich jetzt jemand sieht ... Ja, du glaubst doch nicht etwa, daß man das hier als ... als eine Art Demonstration betrachtet, oder?«

Ich antwortete, daß ein einzelner Mensch, der alles peinlich genau nahm, es womöglich genau dafür halten könnte.

»Du möchtest nicht mal kurz das Schild tragen, oder? Ich muß ... ähäm ... ich muß mir mal die Schuhe zubinden ...«

Ich antwortete ihm, daß ich es durchaus nicht wolle. Meine Stellung war auch ohne Schild schon leicht zu beschädigen. Wenn nun ein Mitglied der Historikergesellschaft mich hier sehen würde ... Mein Gott, die Gesellschaft! In einer Viertelstunde mußte ich doch am Slussplan sein! Ich fragte den Vergeistigten, in welche Richtung wir steuerten. Er bedachte mich mit einem erstaunten Blick.

»Zur Staatskanzlei natürlich. Da gibt es bestimmt Ärger

mit der Polizei. Vergiß nicht, dich auf die Straße zu setzen, wenn die Pferde angreifen. Und denk dran, daß die Polizisten mit Schlagstöcken im Anschlag vorstoßen oder in die Kniekehle schlagen. Heul einfach los, wenn du zu stark attackiert wirst, ich werde dann versuchen, mich über dich zu werfen, Kamerad.«

Pferde ... Schlagstöcke ... heulen, mich auf die Straße setzen ...

Das, dachte ich bei mir, war bestimmt der sechste Katarakt.

»Ich muß in zehn Minuten zum Besuch des Königs im weißen Saal sein. Wie verdammt noch mal soll ich da hinkommen?« zischte der Staatsminister.

Wir zogen jetzt am Lejonbacken vorbei. Eine Mauer aus Polizisten stand Spalier auf dem Bürgersteig zum Schloß. Der Staatsminister unternahm zwei Versuche, es zu durchbrechen, wurde aber beide Male mit harter Hand zurück ins Glied geschubst. Offensichtlich wollten es die Polizisten nicht zulassen, daß Demonstranten auf den Schloßvorplatz vordrangen.

»So geht das nicht«, entschied der Staatsminister. »Wir müssen uns durchschlagen. Folge mir!«

Er nahm sein Schild zu Hilfe und stellte sich dabei so an, daß es fast professionell aussah. Anfangs operierte er damit in Hüfthöhe und stieß wie mit einer Lanze zu. Doch ein kräftiger Polizist weigerte sich, von der Stelle zu weichen, zog seinen Säbel. Da erhob der Staatsminister sein Banner und ließ es auf ihn niedersausen. Der Kopf schoß durch die Pappe, und das Schild saß fest um den Hals wie eine Krause bei einem Hund mit einem Ekzem.

»Nimm mich bei der Hand, und lauf wie der Teufel!« schrie der Staatsminister.

Wir rannten. Ich hätte nie geahnt, daß ich laufen konnte, ohne tot umzufallen, aber der Gedanke an die Pferde und die

Schlagstöcke mußte mir die Kraft verliehen haben. Hinter uns waren aufgeregte Schreie zu hören, und jemand rief lauter als alle anderen: »Sie dürfen nicht ins Schloß!« Und dann folgte eine Reihe von Kommandorufen und Geräusche von verfolgenden Schritten. Aber wir hatten schon den Schloßvorplatz halb hinter uns gelassen, und der Staatsminister zog, und ich keuchte, und die Beine trugen uns ins richtige Gewölbe, wo ein mit Lametta behängter Unteroffizier Honneurs vor unseren Fräcken machte.

»Die Herren kommen spät. Aber diese entsetzliche Demonstration hat auch einige der anderen Dinergäste aufgehalten, die Herren können es jetzt also etwas ruhiger angehen lassen.«

»Die Historikergesellschaft ...«, keuchte ich, doch der Staatsminister schob mich unbarmherzig weiter die Treppe hoch.

»Wenn du jetzt hinaus auf den Schloßvorplatz gehst, verdreschen sie dich! Du mußt hierbleiben, bis sich alles beruhigt hat. Sie haben vielleicht schon die Spur verloren ...«

Doch das hatten sie durchaus nicht. Sie befanden sich jetzt im Gewölbe und im Treppenhaus auf dem Weg zu uns, allem nach zu urteilen in starker Erregung.

»Das mit dem Schild und dem Schlag auf den Kopf wird wohl etwas schwierig zu erklären sein«, murmelte der Staatsminister. »Bei genauerem Nachdenken glaube ich nicht einmal, daß selbst Polizisten das Recht haben, sich gegenseitig mit Schildern auf den Kopf zu hauen. Eine bedauerliche Lükke im Gesetz. Außerdem fürchte ich, daß sie falsche Schlüsse aus dem Inhalt meiner Tasche ziehen – ich war gezwungen, sie zurückzulassen. Wir verdrücken uns eine Weile hier hinein.«

Wir standen in einem langgestreckten Raum, der offenbar als eine Art Servierraum diente. Ein distinguierter Herr hatte uns schon entdeckt und mit energischen Gesten zu sich gewunken.

»Wirklich auf den letzten Drücker! Sie sind doch die beiden, die beim Servieren helfen sollen, statt der beiden Erkrankten, oder? Aber wer hat Ihnen denn erzählt, Sie sollen einen Frack anziehen? Wir tragen hier doch Livree. Hm, da haben die doch glatt einen von den Alten geschickt. Glauben Sie wirklich, daß Sie mit der Platte nicht überfordert sind? Wir werden Ihnen besser etwas Leichteres geben. Aber Sie sehen kräftig aus, Sie sind doch früher schon mal hier gewesen, ich glaube, ich kenne Sie. Sie können beim Fisch helfen, wenn es soweit ist. Probieren Sie diese Livreen an, irgendeine paßt bestimmt! Ich bin gleich zurück und gebe Ihnen weitere Instruktionen.«

Und damit war er auch schon verschwunden.

Erschöpft von den Ereignissen des Tages, umnebelt von den physischen und psychischen Strapazen, konnte ich nicht mehr klar denken. Ich spürte nur, daß ich fort mußte von all dem Entsetzlichen, fort von den Livreen und Polizeipferden und vor allem fort vom Staatsminister. Dieser war bereits für die Vernunft und die Realitäten verloren, vollauf mit Westen und Spangen beschäftigt. Auf seinen Lippen lag ein glückseliges Lächeln, und er machte Augen wie ein Junge angesichts der ersten Cowboy-Ausrüstung.

Ich öffnete eine Tür und trat wie in Trance ein. Eine neue Tür – und weit hinter mir hörte ich den distinguierten Herrn: »Die Livree sitzt ja ausgezeichnet ... Nein, nein, noch nicht! Kommen Sie mit dem Fisch zurück! Kommen Sie sofort mit dem Fisch zurück, sage ich ...«

Dann vernahm ich schwere Schritte, uniformierte Stimmen und auffordernde Rufe: »... Demonstranten ... Gewalttäter ... ein Alter und ein Jüngerer ... um jeden Preis aufhalten ...«

Ich zögerte nicht lange, sondern öffnete eine weitere, breitere und schwerere Tür. Ein mit Stoff bespannter Wandschirm versperrte mir den Weg, und ich hörte gedämpftes

Gemurmel wie im Zuschauersaal eines Theaters, ehe der Vorhang sich hebt. Ich lugte hinter dem Schirm hervor. Zuerst sah ich nur ein buschartiges, weiß-grünes Blumengesteck. Doch dahinter und davor wogende Reihen von befrackten und mit Lametta behängten Rücken.

Ich hatte den weißen Saal erreicht.

Ich stand unter den Dinergästen des Königs, getrennt von ihnen nur durch einen bestickten Wandschirm.

In diesem Moment äußerster Wahrhaftigkeit und Ehrfurcht drehten sich die Köpfe aller Anwesenden zur hinteren Kurzwand des Saales um.

Der Zeremonienmeister hatte ein Zeichen gegeben, und der König und die königliche Familie samt des Königspaares von Siam hatten von Gefolge begleitet durch einen angrenzenden Salon den Saal betreten.

Zehn Schritte hinter ihnen folgte der Staatsminister, in Livree gekleidet und mit großer Würde ein Silbertablett tragend, auf dem ein riesiger Fisch ruhte.

Er schaute sich verstohlen wie nach einem Verfolger um. Dann schloß er zu den Gästen auf, die an den Wänden entlang ein geschlängeltes Oval bildeten.

Ich tastete nach der Türklinke und wurde fündig, doch die Tür ließ sich nicht öffnen. Jemand hatte sie hinter mir verschlossen.

Der Staatsminister stand jetzt ganz nahe der Öffnung, die der Wandschirm aussparte. In seiner Nähe war eine gewisse Unruhe wahrzunehmen. Kein Mitglied der Gesellschaft schien es darauf anzulegen oder es angelegen zu sein, die Konversation zu beginnen. Ganz eindeutig versuchte er, das Tablett loszuwerden, und seltsamerweise gelang es ihm auch. Der Ministerpräsident persönlich balancierte es jetzt auf den Fingerspitzen, als würde er etwas sehr Heißes tragen.

»Was zum Henker soll ich mit dem Fisch?« zischte er. »Und hättest du nicht eine passendere Stelle finden können, um ein paar Öre nebenbei zu verdienen, wenn es denn unbedingt sein muß?!«

Doch der Staatsminister gab keine Antwort. Er war auf der anderen Seite des Blumengestecks auf die Knie gefallen und schien mit seiner Schuhschnalle beschäftigt zu sein. Und dem Ministerpräsidenten war es bereits gelungen, das Tablett an seinen Nachbarn weiterzureichen, und dieser – ich glaube, es war der Chef der Reichsbank – beförderte es genauso schnell an den Minister für auswärtige Angelegenheiten weiter.

Der König schritt mittlerweile unter freundlicher Begrüßung auf die Sofagruppe in Rot und Gold zu, wo der Staatsminister kniete. Als der Gastgeber sie erreichte, erhob er sich indessen und begrüßte seinen König mit tiefer Verbeugung.

Der König drückte ihm die Hand und äußerte ein paar Willkommensworte. Aus einigen Metern Entfernung blickte ich ihm ins Angesicht – dem Mann, der so viele schöne Dinge gesammelt und sein Leben in das schönste Kunstwerk verwandelt hatte. Er erkannte ganz eindeutig den Staatsminister. Aber falls er erstaunt darüber gewesen war, daß sich einer seiner Ratgeber in Bedientenlivree des Schlosses zum Abendessen eingefunden hatte, so zeigte er es nicht. Und warum, fiel mir ein, sollte er überhaupt verwundert sein? Warum, sagte er sich vielleicht in diesem Augenblick, sollten nicht Männer, die eine Verdienstauszeichnung anzunehmen sich geweigert hatten und die auf ihren Kongressen Unwillen gegen die von ihm vertretene Staatsform bekundeten, warum sollten solche Männer nicht plötzlich in Bedientenlivreen seine Diners besuchen? Es gab der Interpretationsmöglichkeiten so viele – eine Demonstration der Gleichheit, eine Geste der Solidarität mit den dienenden Klassen, ein aufkeimendes, unbezwingbares Bedürfnis, seinen Protest gegen eine verhaßte Institution zum Ausdruck zu bringen, ohne deshalb gleich das Festbankett zu versäumen.

Auch die übrigen Mitglieder der königlichen Familie begrüßten den Staatsminister mit erlesener Beherrschung. Nur in den Augen des jungen Kronprinzen erblickte ich eine gewisse Verwunderung. Er wird sich daran gewöhnen müssen, dachte ich erbittert hinter meinem Wandschirm, er wird sich daran gewöhnen müssen.

Plötzlich waren von der Tür hinter mir scharfe Stimmen zu hören und ein Schlüssel, der im Schloß umgedreht wurde. Ich war zum Totumfallen müde, doch mein Fluchtinstinkt – durch das Zusammensein mit dem Staatsminister gut trainiert – war nicht abgestumpft. Ich wankte den Weg vorwärts, der sich anbot.

So stand ich dann mitten im weißen Saal, vor dem bestickten Wandschirm und hinter den Befrackten als der Geringste, der Letzte. »Leer!« hörte ich jemanden in gedämpftem, enttäuschtem, erleichtertem Flüsterton in dem Versteck konstatieren, das ich verlassen hatte.

»Aber da bist du ja! Das ist doch lustig, mal auf einem Fest zu sein, oder?«

Der Staatsminister war mit einem zufriedenen Lächeln auf den Lippen neben mir aufgetaucht.

»Ich habe schon langsam geglaubt, sie hätten dich verhaftet. Sie sind auch hinter mir her gewesen, so daß ich hier rein fliehen mußte. Draußen stehen sie überall und lauern auf uns. Aber hier sind wir sicher. Wenn ich den Fisch serviert habe – weißt du vielleicht, wer ihn gerade hat –, dann schleiche ich durch die Tür unter der Musikertribüne hinaus und ins Östliche Gewölbe. Du kannst dich um die Frau des Justizchefs kümmern und sie zu Tisch führen. Frau Rydlander! Aber an die erinnerst du dich wohl noch, oder? Diese Kleine, Propere. Sie steht da drüben in der cremefarbenen Toilette. Oh, verdammt, jetzt hat Rydlander den Fisch in die Finger bekommen! Wenn er ihn bloß nicht fallen läßt! Ich hätte ihr Tischherr sein sollen, wir haben den Hof gebeten, ihr einen schönen Platz zu geben als Trostpflaster für die Sache mit der Provinz. Aber ich kann kaum in diesem Aufzug essen, und wir können sie nicht allein hineingehen lassen. Ich werde eine Nachricht an die Historikergesellschaft hinausschmuggeln, daß du an Keuchhusten erkrankt seist. Hast du Keuchhusten schon gehabt? Egal, dann eben Darmverschlingungen. Mach dir keine Sorgen, ich habe die Situation vollkommen unter Kontrolle. Du kannst dich dem Essen, der Unterhaltung und dem fröhlichen Beisammensein in der Galerie Karl XI. hingeben, wir amüsieren uns da immer ganz vorzüglich. Ich werde dir ein schönes Stück vom Fisch geben. Und denk dran, der Tag ist aus ermittlungstechnischer Sicht ein Erfolg gewesen. Eben erst ist mir eingefallen, daß wir Beweise erhalten haben, daß einer unserer Verdächtigen ganz einfach nicht der Mörder sein *kann!* Vergiß nicht, daß du mit dem König nicht anstoßen darfst!«

Und dann ergriff er abermals den Fisch und trug ihn tollkühn durch den Saal.

Wie durch Nebelschleier erahnte ich meine mir zugeteilte Tischdame.

Mit einer Verbeugung, die an eine Ruine im Augenblick ihres vollständigen Zusammenbruchs erinnern mußte, erbot ich ihr meinen Gruß.

»Mein Gott!« rief sie mit weit aufgerissenen Augen. »Ein Studienrat! Ich werde von einem Schullehrer an die Tafel des Königs geführt!«

Ich verstand sie, und sie hatte meine vollste Sympathie, doch Worte des Trostes hatte ich ihr nicht zu bieten.

So verhalfen wir einander in die Galerie Karl XI. und zu dem wartenden Diner bei ungezwungenem Beisammensein und Geplauder.

24

Ich wachte auf und fühlte mich wie ein schlecht restaurierter Bestandteil des Kriegsschiffs »Wasa«.

Es war Morgen, und der Staatsminister stand mit einem Tablett in der Tür.

Unreflektiert, instinktiv, so wie man auch im Augenblick äußerster Erschöpfung einem Erdrutsch auszuweichen versucht, warf ich die Decke ab und tastete nach den Pantoffeln. Aber die Beine trugen mich nicht, und ohnmächtig sank ich zurück in die Kissen.

»Jetzt sollst du erfahren, was wir heute machen«, verkündete der Staatsminister.

Er glich einem zufriedenen Kellermeister, der einen Lieblingsgast auf der Straße entdeckt hatte und ihm mit dem Menü des Tages aufwartete.

Doch dieser Gast war entschlossen, nie mehr in dieser Gaststätte zu speisen.

»Nein«, flüsterte ich, »ich mache gar nichts mehr! Gar nichts mehr, hörst du? Ich will niemanden beschatten. Ich will in keinem Schrank stehen. Ich breche weder in ein öffentliches noch in ein privates Gebäude ein. Ich laufe nicht, ich gehe nicht, ich rühre mich keinen Millimeter von der Stelle. Ich verlasse weder das Haus noch das Zimmer, noch das Bett.« – Es war mir eingefallen, daß der Raum für staatsministeriale Aktivitäten nicht genug eingeschränkt werden konnte. »Ich bin müde, ich bin krank, ich bin erschöpft«, versicherte ich mit noch mehr Nachdruck in der Stimme. »Was hast du da auf dem Tablett? Wenn es Tee ist, dann komm her damit, und steh da nicht rum und halte Maulaffen feil!«

Es *war* Tee nebst Creme-Crackern. Getränk und Brot gaben mir neuen Lebensmut, und ich sagte, ich könne mir möglicherweise vorstellen, das Zimmer zum Mittagessen zu verlassen, sofern die Garantie bestand, daß der Staatsminister am anderen Ende des Tisches aß.

»Ich habe mir gedacht, wir könnten uns ein wenig über den Mord unterhalten«, erklärte der Staatsminister taktvoll.

»Aha«, sagte ich und schlürfte und schmierte. »Geht es nur um einen Mord? Ja, dann leg los, einen Mord verkrafte ich. Aber keine Schränke! Auch keine Beschattung!«

»Aber nein«, entgegnete der Staatsminister und ließ sich auf der Bettkante nieder. »Zunächst kann ich dir berichten, daß die Polizei Frau Svanberg, Frau Rydlander, Karling und Direktor Johansson von neuem wegen der Aussage von Anita Johansson vorgestern uns gegenüber verhört hat und daß diese unter Druck und in die Mangel genommen ihre vorherigen Aussagen über Kinobesuch, Wandteppichknüpferei und Schreibarbeit zu Hause wiederholt haben, und in allen wesentlichen Punkten bestätigt Anita Johansson die Angaben über die Ereignisse am Mordabend, die sich ungefähr zwischen zehn und halb elf in der Direktorenvilla abgespielt haben. Aber für die Zeit *nach halb elf* – und schließlich ist das der brenzlige Zeitpunkt – sind wir nach wie vor ausschließlich auf die eigenen, unbestätigten Angaben aller Verdächtigen angewiesen: Frau Svanberg sagt, sie sei wieder nach Enskede zurückgefahren; Direktor Johansson behauptet, er sei nach dem Grog ins Bett gegangen; Frau Rydlander gibt an, sie habe nach dem vergeblichen Versuch, ein Taxi zu erwischen, den Bus in die Innenstadt genommen. Genau das gleiche sagt auch Karling. Aber sie haben sich nicht gesehen.«

»Und was war vor zehn Uhr? Gibt Karling zu, daß er bei Svanbergs gewesen ist und dort grün und blau geprügelt wurde? Gibt Direktor Johansson zu, daß er Svanberg an dem Nachmittag im Garten niedergeschlagen und dann den Apfel ins Arbeitszimmer geschleudert hat?«

»Nein«, seufzte der Staatsminister, »nein, das tun sie nicht. Das einzige, was sie zugeben, ist, daß sie um zehn Uhr zu Anita Johansson gekommen sind und das taten und sagten, was sie Frau Johanssons Behauptung nach getan und gesagt haben. Karling will nicht einmal ein Wort darüber verlieren, warum er bei ihr aufgekreuzt ist. Aber kommen wir zu interessanteren Dingen! Ich habe gerade den Bericht von den Gerichtschemikern erhalten, und daraus geht hervor, daß wir uns in einem entscheidenden Punkt geirrt haben.«

»Wir?«

»Daß ich mich in einem entscheidenden Punkt geirrt habe, meine ich natürlich.«

Ein Mundwerk so aufgeweicht wie ein eingetunkter Zwieback, dachte ich vergnügt und vergaß darüber vollkommen, daß an jenen Tagen, da der Staatsminister einem zum Morgentee Honig ums Maul schmiert, am Abend die Hölle am schlimmsten kocht.

»Wir ... ähäm, ich bin zu dem Schluß gekommen, daß sich das Ganze ungefähr wie folgt abgespielt hat: Svanberg hat das Haus von Direktor Johansson um elf über die Feuerleiter verlassen. Auf der Straße ist er dann einer Person begegnet, die er kannte und die mit ihm sprechen wollte, und dann sind die beiden hierhergegangen, wo er ermordet wurde. Der Textilstaub im Hals hat schließlich bewiesen, daß er im Hause getötet wurde, und die umgeworfenen und anschließend aufgestellten Stühle haben wir als Zeichen für einen in dem Zimmer stattgefundenen Kampf gedeutet. Daß er im Arbeitszimmer auf dem Boden gelegen hat, beweisen die Teppichfasern, die in der Kopfbehaarung hingen. Nachdem er ihn erwürgt hat, hat der Mörder den Leichnam im Schrank versteckt, um die Entdeckung hinauszuzögern und Zeit zu gewinnen, damit er die Spuren verwischen kann. So haben wir das Ganze rekonstruiert. Der Bericht, den ich heute morgen von den Gerichtschemikern erhalten habe, ändert das Bild grundlegend. Er beweist, daß *Svanberg schon tot gewesen sein mußte, als er hier ins Haus gekommen ist.*«

»Und wie haben sie das rausgefunden?«

»Mit Hilfe einer neuen Untersuchungsmethode hat man festgestellt, daß der Textilstaub im Hals nicht vom Teppich stammte oder *von einer anderen Textilie in den Zimmern* da unten. Als Svanberg seinen letzten Atemzug tat, mußte er *in einem anderen Zimmer und in einem anderen Haus* gewesen sein.«

Ein Gedankenfragment flatterte vorbei, und dank des Tees konnte ich es einfangen.

»Aber kann nicht der Mörder einen textilen Gegenstand dabeigehabt haben, den er dann beseitigt hat? Ein Kleidungsstück zum Beispiel. Er hat ihm vielleicht sein Taschentuch auf den Mund gedrückt, oder?«

Der Staatsminister nickte anerkennend.

»Kein dummer Gedanke. Aber erstens ist er schließlich erwürgt und nicht erstickt worden. Und zweitens hat die Polizei den gleichen Textilstaub auch an einer anderen Stelle gefunden.«

»Wo?«

»Auf seiner Hose, auf der Unterseite der Schenkel und in den Kniebeugen. Und nur da. Wie bekommt man Textilstaub in die Kniekehlen?«

»Wenn man sitzt ...«

»Genau. Aber wo hat er gesessen? In den Arbeitszimmern da unten gibt es wie gesagt keinen Gegenstand, der Staub dieser Art abgibt – und der verschwundene Mantel war ja aus Leder und die Baskenmütze aus Kamelhaar. Die Spuren in der Kniekehle könnten sich dort jederzeit innerhalb einer vernünftigen Spanne vor Eintritt des Todes festgesetzt haben, aber der Staub in Kehle und Mundhöhle muß erst wenige Sekunden vor seinem Tod dorthin gelangt sein. Und es ist zusätzlich der gleiche Staub dort wie auf der Hose. Folgendermaßen stellt sich für mich die Situation dar: Svanberg sitzt irgendwo auf einem Sofa oder einem Chaiselongue oder einem Bett, als der Mörder zum Angriff übergeht. Er fällt auf die Seite, ohnmächtig durch einem Schlag auf den Kopf. Als der Mörder ihn danach erwürgt, wird der Kopf auf die Unterlage gepreßt, und er atmet den Staub ein, den gleichen Staub, der sich schon an den Kniekehlen der Hose festgesetzt hat. Dann muß der Mörder den leblosen Körper aus dem Raum getragen, ihn hier in die Villa transportiert und in mein Arbeitszimmer geschleppt haben – die Stühle bei der Tür wurden umgeworfen, als der Mörder den Leichnam ins Haus geschafft hat und im Dunkeln dagegen gelaufen ist. Der grobe Kratzer am Schloß der Haustür hat daher seine Erklärung, daß es sehr umständlich sein muß, eine Tür aufzuschließen, wenn man gleichzeitig mit einem Schlüssel hantiert und eine Leiche trägt. Die Fasern auf dem Kopf sind dort hingekommen, als der Mörder den Toten auf dem Teppich abgelegt hat, um die Schranktür öffnen zu können – der Riegel erfordert freie Hände. Die Fragen, die noch auf eine Antwort warten, sind also folgende: In welchem Haus und auf welchem Möbelstück saß Svanberg, als er ermordet wurde? Und wie und warum transportierte der Mörder die Leiche hierher? Warum, im Namen der Vernunft, warum?«

»Müßte er nicht auch Textilstaub von dort, wo er gesessen hat, auf dem Jackett haben?« fragte ich. »Ach ja, er hat ja gar kein Jackett angehabt, bloß einen Pullover und diesen gräßlichen Ledermantel. Kein Staub auf dem Pullover? Das bedeutet wohl, daß er den Mantel im Haus anbehalten hat; er hatte sich also auf kein längeres Gespräch eingestellt. Ist derartiger Staub auch auf seinen anderen Kleidern gefunden worden? Auf den Hosen zu Hause im Schrank?«

»Nein.«

Ich unternahm eine verzweifelte Anstrengung, das Problem zu umgehen.

»Er ist vielleicht trotzdem da unten im Arbeitszimmer gestorben. Vielleicht hat er bei jemandem auf dem Schoß gesessen …«

Der Staatsminister schaute mich an wie ein sehr kleines und sehr unterentwickeltes Kind.

»Du meinst, er sei mit seiner Geliebten hergekommen – oder womöglich mit seiner Frau – und hat sich bei ihr auf den Schoß gesetzt und wurde dann umarmt und geküßt, bis der böse Geist sie überkam und sie ihm mit einem stumpfen Gegenstand eins auf den Schädel gab, und dann hat sie ihn an ihrem Busen erwürgt?«

»Die Wirklichkeit ist zuweilen wundersamer als die Dichtung«, murmelte ich, der Staatsminister aber sagte, so wundersam sei sie nun auch wieder nicht, und ich zog meinen Einwand zurück.

»Also«, fuhr der Staatsminister mit einer Kühnheit fort, die ein intellektueller Sieg leicht bei einem Ungeübten hervorruft, »also komme ich auf meine Fragen zurück. Aber ich werde sie eine nach der anderen bearbeiten, das macht die Sache einfacher.«

Hätte er ein »für dich« hinzugefügt, hätte ich ihm das Teesieb an den Kopf geworfen.

»*Wo* ist er ermordet worden? In einem Haus, ja. Aber in welchem Haus? Wir wissen, daß er die Direktorenvilla um halb elf über die Feuerleiter verlassen hat. Ihm kann eine Person begegnet sein, und dann haben die beiden sich irgendwohin begeben. Oder aber er hat von sich aus jemanden aufgesucht. Wen? Wohin? Wo?«

»Am naheliegendsten ist wohl die Vermutung, daß er in die Direktorenvilla zurückgegangen ist«, schlug ich vorsichtig vor. »Allerdings hatte sich Direktor Johansson an diesem

Abend von seiner cholerischsten und Bücher schleudernsten Seite gezeigt, aber bis dahin hatte er sich bestimmt schon wieder beruhigt. Oder aber er ist ihm aus dem Weg gegangen, indem er von neuem die Leiter benutzt hat ... Mein Gott, was sind wir doch für Hornochsen ... was bist du für ein Hornochse! Wir haben doch nur Frau Johanssons Wort darauf, daß Svanberg überhaupt das Haus und das Schlafzimmer verlassen hat! Laut ihrer Aussage ist er zunächst nach oben geflüchtet, nackt, während des Tobsuchtsanfalls des Ehemannes. Aber vielleicht ist er da auch geblieben. Nachdem Frau Johansson nach ihrer Auseinandersetzung mit dem Gemahl hinaufgekommen ist und ihn in angemessener und appetitlicher Verpackung vorgefunden hat, sind die beiden vielleicht ihrer üblichen Freizeitbeschäftigung nachgegangen, und nach Beendigung des Aktes hat sie ihn ums Leben gebracht. Wie ein Skorpionweibchen.«

»Du kannst doch Frau Johansson nicht mit einem Skorpionweibchen vergleichen«, meinte der Staatsminister, lieferte jedoch keine Begründung für seine Meinung. »Aber sie haben wirklich getrennte Schlafzimmer. Also rein theoretisch ... Nein, das wäre zu starker Tobak, mit dem Ehemann eine Etage tiefer! Liebesspiel wie Mordtat erfordern ein gewisses Maß an Abgeschiedenheit. Um nicht von Liebesspiel *und* Mord zu reden.«

Mir lag es auf der Zunge, ihn an sein Vorhaben auf dem Kanapee zu erinnern, während die Familie sich um den Mittagstisch versammelte, kam aber nicht dazu, ehe er in seinen Betrachtungen fortfuhr.

»Ich glaube, wir haben uns zu sehr auf die Vorstellung versteift, daß Svanberg kurz nach halb elf gestorben ist. Der Arzt legt schließlich die Zeit auf irgendwann zwischen halb elf und halb eins fest. Er kann es also sehr gut zum Haus des Justizchefs auf Lidingö wie zur Villa des Konsuls auf Djursholm geschafft haben und dort gestorben sein. Er muß noch nicht einmal mit dem Auto gefahren sein, um das hinzubekommen.«

»Aber dem Mörder muß es vor halb elf gelungen sein, die Leiche hierher zu transportieren, ehe du von Arlanda zurückgekommen und ins Arbeitszimmer gegangen bist. Der Gerichtsmediziner sagt doch, Svanberg sei um halb eins nicht nur schon tot, sondern auch im Schrank verstaut gewesen. Laß uns eine halbe Stunde für den Transport veranschlagen. Dann dürfte er vor zwölf getötet worden sein ...«

Ein entsetzlicher Gedanke durchzuckte mich.

»Du hast zwischen halb eins und eins da unten am Schreibtisch gesessen, hast du gesagt, und Unterlagen sortiert. Bist du ganz sicher, daß du es wirklich gemerkt hättest, wenn jemand um fünf vor zwölf mit einer Leiche hereingekommen wäre und sie in den Schrank gesteckt hätte – um fünf Minuten kann der Arzt sich wohl vertan haben, oder? Ich meine, du bist doch an die Kinder gewöhnt und an all den Lärm, den sie machen ...«

Der Staatsminister war ans Fenster getreten und stand mit dem Rücken zu mir.

Ich überwand meine Erziehung und Veranlagung zur Sparsamkeit, hob das Tablett mit dem Teeservice an, fixierte den Staatsminister und ließ alles zu Boden fallen.

Der Staatsminister drehte sich weder um, noch hatte er sich gerührt.

»Hast du was gemerkt?« fragte ich vorsichtig nach einer Weile.

»Es hat sich so angehört, als hättest du das Tablett auf den Boden fallen lassen«, antwortete der Staatsminister und drehte sich endlich um. »Ja, hol mich der Teufel, du hast es getan! Wozu sollte das gut sein?«

Ich antwortete, es sei ein Experiment gewesen, ein notwendiger Bestandteil der Ermittlungen, und bat ihn, die Scherben aufzusammeln.

»Bei der Frage ›Wo wurde er getötet?‹ kommen wir also nicht weiter als bis zu der Vermutung, daß es in einem Haus auf einem mit Textilien bezogenen Möbelstück und nicht mehr als eine halbe Stunde von hier passiert sein muß«, faßte der Staatsminister unten auf dem Teppich kniend den Stand der Dinge zusammen. »Bleibt das Problem, wie der Mörder den Leichnam hierher transportiert hat. Mit dem Auto zur Gartenpforte vermutlich. Aber dann? Hat er oder sie den Toten durch den Garten zur Tür getragen, aufgeschlossen und ihn weiter zum Schrank geschleppt? Ein Mann hätte den Fußweg bewältigt. Aber eine Frau? Nun war der Tote zwar als Körper betrachtet klein und leicht, aber ich frage mich trotzdem …«

Er verschwand und kehrte kurz darauf mit einer durch Gewichte beschwerten Hantel zurück.

»Diese Hantel wiegt 51 Kilo, genau wie Svanberg. Versuch, sie hochzuheben! Es ist ein Experiment, ein Bestandteil der Ermittlungen.«

Auf primitive Weise fühlte ich mich von der Hantel herausgefordert, ich hatte die Jungs gesehen, wie sie bedeutend schwerere Gewichte schwangen. Ich beugte mich darüber, spannte die Sprunggelenke an und bewegte sie ein wenig von der Stelle.

»Jetzt gehe ich in die Schule …«

Vom Türrahmen starrte meine Schwester Margareta mich an.

»Hast du mit Gewichtheben angefangen, Vilhelm? Ist das bei deinem Herzen so ratsam? Du bist ganz rot im Gesicht, weißt du das?«

Ich sank auf mein Lager nieder.

»Ziemlich schwer, wie du merkst«, sagte der Staatsminister und scheuchte seine unkriminelle Frau hinaus. »Mal sehen, er oder sie kann ab der Gartenpforte eine Schubkarre benutzt haben. Davon stehen ein paar hier auf dem Grundstück rum. Und ist man erst einmal wohlbehalten mit der Leiche an der Tür angekommen, dann bekommt man sie auch noch bis zum Schrank. Die Transportfrage schließt wohl also weder Frauen noch, ähäm, etwas untersetzte Männer aus. Und jetzt kommen wir zu der wirklich interessanten Frage. *Warum* transportiert der Mörder die Leiche *hierher*, und warum trägt er sie ins Arbeitszimmer? Begreifst du das, bist du ein listiger Kopf?«

»Hätte ich bei mir zu Hause eine Leiche auf dem Wohnzimmersofa fabriziert, dann würde ich wohl dafür sorgen, daß ich sie rausschaffe«, erklärte ich etwas trocken.

»Genau«, sagte der Staatsminister, »wer würde das nicht? Aber warum sie *hierher* bringen? Warum sie nicht im Garten vergraben oder sie in einer anderen Stadt am Straßenrand ablegen oder unter einer Tanne im Wald? Warum sie in *meinen Schrank* legen?«

Ich versuchte nachzudenken, der Staatsminister jedoch ließ mir nicht die Ruhe dazu.

»Stell dir mal vor, welche Risiken er auf sich genommen hat! Zuerst muß er das Auto hier vor dem Grundstück parken und die Leiche hinausschleppen. Das hat bestimmt seine Zeit gedauert, bei so einem Unternehmen sind die meisten Menschen bestimmt blutige Anfänger. Die Straße ist wenig befahren, aber einmal in der Viertelstunde wird wohl ein abendlicher Spaziergänger oder ein Auto vorbeigekommen sein. Und in den Häusern ringsum wohnen schließlich Leute. Nach dem Rausschleppen machte er sich daran, den Toten fünfzehn Meter zu tragen oder in einer Schubkarre zu schieben, den beleuchteten Gartenweg entlang bis zur Treppe und der Haustür, die ebenfalls in Licht badeten. Was kann einen Menschen dazu treiben, solche ungeheuren Risiken einzugehen?«

Trotz seines störenden Geschnatters im Hintergrund hatte ich meine Antwort parat.

»Er hat die Leiche ins Arbeitszimmer getragen, *weil alle wußten, daß er es nicht machen konnte.* Stell dir vor«, fuhr ich in meiner Erklärung auf einem begreiflicheren pädagogischen Niveau fort, als der Staatsminister ein verwirrtes Gesicht aufsetzte, »stell dir vor, jemand hat eines Nachts das innerste Gewölbe der Reichsbank aufgeschlossen und dort eine Leiche auf den Devisenreserven abgelegt. Im Morgengrauen kommt die Polizei und stellt fest: ›Das Schloß ist intakt und das Gewölbe unbeschädigt und keine Schlüssel fehlen! Aha! Der Mörder muß sich unter den Personen befinden, die aus dienstlichen Gründen einen Schlüssel zum Gewölbe haben. Dürfen wir einen Blick auf die Quittierungsliste werfen?‹ Aber eigentlich ist der Verbrecher natürlich ein Außenstehender, eine Person, die Zugang zum Schlüssel gehabt hat, *ohne daß jemand es weiß*. Indem er die Leiche an einer Stelle ablegt, wo er sie erwiesenermaßen nicht abgelegt haben kann, hat er ein Alibi, kommt überhaupt nicht in Verdacht.«

»Du meinst, unser Mörder soll ein Mister X sein, der sich einen Schlüssel beschafft hat, ohne daß wir eine Ahnung haben?«

»Ja.«

Der Staatsminister machte ein Gesicht, als finde er den Gedanken nur wenig ansprechend.

»Tja, das ist natürlich möglich ... Aber wirft diese Theorie nicht genausoviele Fragen auf? Wie konnte Mister X wissen, daß das Arbeitszimmer an diesem Abend leer sein würde? Noch bis fünf Uhr, als Palme wegen Arlanda angerufen hat, hätten wir laut Plan dort sitzen und arbeiten müssen, jedenfalls ein Teil von uns. Aber trotzdem muß der Mörder *gewußt* haben, daß sich niemand in dem Zimmer aufgehalten hat. Sonst hätte er kaum gewagt, eine Leiche hierher zu verfrachten. Und im Fall von Mister X reicht es nicht, eine so günstige Position zu haben, daß er einen Schlüssel ausleihen und ein Duplikat anfertigen lassen kann. Er muß auch irgendwie gewußt haben, zu welchem Schloß der Schlüssel gehört hat. Es steht schließlich nicht drauf. Nein, die Existenz eines Mister X setzt das Zusammentreffen so vieler Zufälle voraus, daß es …«

»Unsportlich wäre?«

»Unsportlich und äußerst unwahrscheinlich. Versuch mal andere, mehr durchdachte Erklärungen dafür zu finden, warum der Mörder die Leiche hierher gebracht hat.«

»Hier hast du eine: Du hast einen Feind, der dir die Schuld anhängen will. Findet man eine Leiche in einem Schrank, dann fragt man sich doch ganz schnell: Wessen Schrank ist das? Kann er etwas mit der Sache zu tun haben?«

»Ich glaube nicht, daß ich Feinde habe«, meinte der Staatsminister zögernd.

Ich schaute ihn an und war geneigt, ihm recht zu geben. »Feinde« war ein zu starker Ausdruck. Es setzt ein gewisses Format voraus. Man spricht schließlich auch nicht davon, daß ein Wellensittich oder ein Goldfisch Feinde hat. Um ihn nicht zu betrüben, spann ich den Faden dennoch weiter.

»Dååbh hat dich recht tapfer verflucht, als er in deinen Schreibtischschubladen gewühlt hat.«

»Er verflucht alle Kapitalisten. Und übrigens auch die meisten anderen Menschen auf dieser Erde.«

»Am Mordabend mußte Frau Rydlander geglaubt haben, du seist verantwortlich dafür, das ihr Mann nicht Regierungspräsident geworden ist …«

Ich verstummte und versuchte mir vorzustellen, wie eine kleine Frau bei Nacht und Nebel verbissen eine Schiebkarre den Gartenweg entlangschob, gefüllt mit den sterblichen Überresten des Konkurrenten ihres Mannes um den Stuhl des Regierungspräsidenten im Bezirk Kalmarhus. Seltsamerweise erschien mir die Szene nicht vollkommen abwegig. In der Geschichte über die Kämpfe der Menschen auf Erden wimmelt es nur so von kleinen, phantastischen Frauen mit Schubkarren.

»Direktor Johansson«, fuhr ich beharrlich fort, »hat offensichtlich geraume Zeit vermutet, in den Arbeitszimmern da unten hätten Orgien mit seiner Frau stattgefunden, angestiftet von dir und Svanberg, abwechselnd oder ihr beide. Es wäre doch eine raffiniert eingefädelte Rache gewesen, den einen Verführer ums Leben zu bringen und ihn im Schrank des anderen zu verstecken!«

»Schrecklich, auf was für Ideen die Leute kommen können«, befand der Staatsminister, griff der Hantel um die Taille und ging zur Tür.

»Es wird ein ruhiger Tag. Zuerst fahre ich eine Weile in die Kanzlei. Um zwölf essen wir da unten mit anderen Gästen, nur alte Bekannte, zu Mittag. Dann empfange ich im Arbeitszimmer eine Abordnung des Christlichen Vereins junger Frauen. Sie wollen gegen den zunehmenden Verfall der moralischen Sitten in unserer Gesellschaft demonstrieren. Du mußt wieder als Kanzleirat mitmachen, du siehst so moralisch aus.«

Er warf mir einen Blick zu, wie um meine geistige Stärke zu prüfen.

»Da ist noch etwas. Du erinnerst dich doch an die frisch entdeckten Textilfasern in den Kniekehlen von Svanbergs Hose, oder? Ich habe nicht die volle Wahrheit erzählt, als ich gesagt habe, die Experten der Polizei haben sie nur in seinen Kniekehlen und seinem Hals gefunden. Genau die gleichen Fasern sind noch an einer anderen Stelle festgestellt worden – *in den Kniekehlen der Hose, die du seit deiner Ankunft hier und bis gestern angehabt hast,* bis du dann den Frack angezogen hast. Die Experten wollten ein Paar ungefährliche Hosen als Kontrollexemplar dazu haben, und in der Eile habe ich deine erwischt. *Du mußt also auf demselben Sessel oder Sofa gesessen haben wie Svanberg, als er gestorben ist.* Jetzt, im Verlauf des Vormittags, kannst du doch ein bißchen darüber nachdenken, bei wem du gesessen hast – und bei wem nicht …«

25

Ich begab mich kurz vor zwölf hinunter ins Eßzimmer und fand den Tisch für neun Personen gedeckt. Dort waren ganz feierlich Tischkarten aufgestellt, und ich ging rundherum und las die Namen unter zunehmenden Befürchtungen.

Nur dem Hirn des Staatsministers konnte etwas so Wahnwitziges entspringen.

Er hatte alle die in den Mordfall verwickelten Personen zum Mittagessen eingeladen. Niemand fehlte, weder Konsul Karling noch Direktor Johansson.

Ich stolperte zur Treppe in den oberen Stock, zum Bett und dem relativen Frieden, doch das Telefon klingelte und dummerweise hob ich den Hörer ab. Der Staatsminister war dran.

Er teilte mir mit, er werde noch etwas aufgehalten und bat mich, ihn beim Aperitif als Gastgeber zu vertreten.

Ich sagte, mir sei schwindelig, doch der Staatsminister entgegnete, ich solle Augen und Ohren offenhalten, mir alles Verdächtige einprägen und ihm später berichten. Ich erwiderte, daß mir das nie im Leben einfallen würde, aber der Staatsminister meinte, ich müsse mitmachen, sonst würde er bestimmt etwas Unpassendes anstellen, zum Beispiel der Frauen-Abordnung von dem Kanapee und seiner Rolle in der schwedischen Staatsverwaltung erzählen.

Ich legte den Hörer auf und dachte, jeder Idiot konnte die Einladungen auf den Weg geschickt haben, doch daß in der gegenwärtigen Situation niemand dumm genug sein würde, ihr nachzukommen.

Der erste Gast war die Tenniswitwe, Frau Svanberg.

Ihr Mann, der Staatssekretär, war laut den Artikeln, die ich in den Blättern gelesen hatte, soeben beerdigt, aber der Teil des Ehepaares, der über der Erde verweilen durfte, schien noch nicht der Schwermut anheimgefallen zu sein, die konventionellen Beurteilern zufolge Witwen so schön erleiden. Sie trug eine Art Hosenanzug oder ein Ensemble oder wie man das Gewand auch immer nennen konnte, mit weiten, flatternden Beinen und auffallendem Muster. Das Haar wallte in blonden Locken, und sie lächelte mir in der Halle blaß, aber etwas befremdet zu.

Im Wohnzimmer nahm sie ohne Hilfe und ohne überflüssige Konversation das in Empfang, was sie einen Cocktail nannte – ein Glas Gin und einen Tropfen Wermut, streichelte den Hund und bat, den Schrank sehen zu dürfen.

Den Wunsch kann man kaum verwehren, wenn von dieser Seite vorgetragen, und ich fummelte selbst den Riegel beiseite, und sie starrte hinab in die Tiefe und sagte: »Armer Svante!« und verfiel in einen Zustand, der wie das Einlegen einer Schweigeminute wirken sollte. Nervöses Husten aus dem Innern der Villa erinnerte mich indessen an meine Pflichten gegen die Lebenden, und ich zog mich diskret von der Ehrenwache zurück und fand Justizchef Rydlander im Wohnzimmer vor, der dabei war, sich zu bedienen. Er mußte mich spät gehört haben, denn bei meinem Willkommensgruß ließ er das Glas zu Boden fallen und drehte sich wie ein Ladendieb um, den man auf frischer Tat ertappt hatte. Wir sammelten die Scherben auf, und der Justizchef rieb hilflos mit seinem Taschentuch auf dem Teppich herum, bis eine Hausangestellte mit Schaufel und lösenden Chemikalien herbeieilte.

Mit seinem Husten und seinem Schuppenabbürsten hatte er schon zu Beginn unserer Bekanntschaft den Eindruck eines nervösen Menschen gemacht. Jetzt wirkte er auf widerliche

Art in Auflösung und vollständigem Zerfall begriffen. Er stammelte, sprach abgehackt und schweifte mit den Blicken zwischen mir und der Tür zum Arbeitszimmer hin und her. Es stellte sich heraus, daß er direkt von einer Konferenz gekommen war und binnen kurzem wieder zur nächsten aufbrechen mußte. Er schien bestürzt, als ich ihm mitteilte, der Staatsminister sei nicht zu Hause.

»Aber ich habe gedacht ...«, hustete er. »Ich muß ... Es geht um ... da ist etwas, worüber ich mit ihm sprechen muß. Er ist in den vergangenen Tagen im Ministerium wie unsichtbar gewesen ...« Er schaute mich an, als erwäge er, ob er sich mir anvertrauen solle, konnte sich aber offensichtlich nicht zu einem Entschluß durchringen, denn er wanderte zur Terrassentür hinüber.

Dann drehte er sich um, und ich sah, daß er reden würde ...

Die Türklingel hatte geschellt, und ich betrat gerade den Flur, als Direktor Johansson seinen Hut auf die Ablage warf. Er erkannte mich ganz entschieden, sah darob jedoch nicht besonders stimuliert aus, und ich war mir einen Augenblick nicht ganz darüber im klaren, ob ich mich für den letzten Besuch bedanken sollte oder nicht. Der Direktor löste das Problem, indem er vorschaukelte, mir auf den Arm klopfte und murmelte: »Letztes Mal ist es ja etwas unruhig gewesen!« Woraufhin ich eine vage und dankbare Zustimmung von mir gab. Er trug einen sommerlich grauen Anzug, der seine guten wirtschaftlichen Verhältnisse betonte, aber auch seine Leibesfülle – der einzige Knopf in aktivem Dienst ächzte unter dem Druck. Auf der Schwelle zum Wohnzimmer erblickte er die Tenniswitwe, die von ihrer Erinnerungsandacht aus dem Arbeitszimmer zurückkehrte.

»Was zum Teufel machen *Sie* denn hier?« rief er, in den alten Tonfall des Bücherwerfers zurückgefallen. (Es stellte sich im Laufe der Zeit heraus, daß jeder Gast in dem Glauben kam, er oder sie sei besonders auserwählt und berufen, mit dem Staatsminister unter vier Augen das Mittagessen einzunehmen. Wie dieser sich auf den Einladungen ausgedrückt hatte, entzieht sich meiner Kenntnis, ich habe aber meine Vermutungen. Seiner Einfältigkeit zum Trotz ist er nicht dumm und mußte eingesehen haben, daß eine beigefügte Gästeliste den Zustrom geschmälert hätte.)

»Ich bin zum Mittagessen eingeladen«, antwortete die überraschte Witwe mit einem Gesichtsausdruck, als retourniere sie eine harte Rückhand und freue sich auf weitere Schläge dieses Kalibers.

Getrampel war aus dem Flur zu hören, und während ich dorthin watschelte, sandte ich ein Stoßgebet gen Himmel und betete zu Gott, es möge der Staatsminister sein – wie seltsam auch dieses Gebet sein mochte! –, aber es war Konsul Karling. Ich traf ihn in der unternehmerüblichen Mischung aus kühlen Blicken und einer gut entwickelten, arbeitenden Kiefermuskulatur an, und er sagte mit einer so unpersönlichen Stimme, als sei sie durch eine tausend Meilen lange Leitung irgendwo unter dem Meeresboden geschickt worden: »Guten Tag. Sind Sie immer noch da?«

Zum Glück vermied er Andeutungen auf unseren gemeinsamen Fundus an Erinnerungen an den Abend bei Direktor Johansson, wo die Bücher durch die Luft flogen. (Das Schlimmste am Zusammenleben mit dem Staatsminister ist, daß man ständig Gefahr läuft, einer der Personen wiederzubegegnen, der man in seiner Gesellschaft bereits über den Weg gelaufen ist. Immer ereignete sich dabei eine größere oder kleinere Katastrophe. Die Zeit heilt alle Wunden, so heißt es, aber ein Schimmer vom Staatsminister – oder mir – scheint sie allzu häufig wieder aufzureißen. Nur sehr hartgesottenen Naturen – offensichtlich konnten der Konsul wie die Witwe dazugezählt werden – gelingt es, uns und alles Peinliche aus der Vergangenheit, das wir repräsentieren, zu verdrängen.)

»Der Staatsminister hat mich zum Mittagessen eingeladen. Ihnen ist doch hoffentlich klar, daß es um wichtige und vertrauliche Angelegenheiten geht, oder?«

Es klang, als sei es die natürlichste Sache der Welt, daß ich mich in ein anderes Haus verzog.

»Was sind das da für Leute?«

Er hatte das Menschengewimmel im Wohnzimmer entdeckt. Ich brachte es nicht übers Herz, ihn darüber aufzuklären, daß es sich um kein intimes Mittagessen auf hoher Ebene handelte, sondern um eine allgemeine Konfrontationsmahlzeit mit den Mordverdächtigen der Gegend, deshalb bat ich ihn, näherzutreten, und zog mich zurück, um zu verschnaufen.

Als ich ins Wohnzimmer zurückkehrte, hatten sich auch Frau Rydlander, Ministerialrat Dååbh und Frau Johansson der Gesellschaft angeschlossen. Alle geladenen Gäste waren versammelt.

Es wäre nicht richtig zu behaupten, die Stimmung sei herzlich gewesen. Die Gäste drückten sich in den Ecken herum und starrten einander haßerfüllt oder im günstigsten Fall verlegen an. Ein fröhlicher Gastgeber hätte die Aufgabe gehabt, dem abzuhelfen, der Staatsminister aber war nicht zur Stelle.

Der einzige Mensch, der entspannt wirkte, war die Witwe. Sie glitt in die Ecken und ließ Eröffnungsrepliken fallen, doch da den Gästen an den Wänden ein fröhlich lächelndes Gesicht entgegentrat, wo sie Trauerschleier und zurückhaltendes Karomuster erwarteten, wo die Wohlanständigkeit schwarzes Kammgarn verlangte, wurde die übliche Verlegenheit angesichts eines trauernden Menschen angereichert durch den Verdruß über mangelnde Schicklichkeit – und sie alle befiel starke Zungenlähmung.

Mir war klar, daß ich kraft meiner Persönlichkeit die Versammelten nicht viele Minuten würde hinhalten können, und ich freute mich von Herzen. Jederzeit konnte der erste demonstrative Abmarsch stattfinden.

Die gesättigte Stille – auch die Witwe hatte in dieser Situation aufgegeben – wurde von Frau Rydlander gebrochen, die mit einem Seitenblick auf Frau Johansson erklärte, sie brauche frische Luft. Sie öffnete die verglaste Tür zum Garten, hakte sich bei ihrem Mann ein und trippelte sittsam hinaus auf die Terrasse und den Rasen.

Das war das Signal für eine nahezu vollständige Auswanderung.

Ich stand am Fenster und beobachtete, wie sie einer nach dem anderen zwischen den Büschen und Blättern verschwanden und dachte bei mir, wie schön es wäre, wenn wenigstens einige gescheit genug wären, die Gelegenheit zu nutzen, um über den Zaun oder durch die Pforte zu flüchten. Doch ich befürchtete, der Park mit seinen enormen Ausmaßen und schützenden Lauben würde als Sicherheitspuffer für erhitzte Gemüter dienen, zugleich den Appetit anregen und den Unwillen mehren, sich vom gedeckten Tisch zu entfernen.

Im Wohnzimmer blieb nur Ministerialrat Dååbh zurück – noch eine Begegnung, die peinlich werden konnte. Ich wußte nicht, wieviel er von mir und dem Staatsminister im Demonstrationszug gesehen hatte – oder kurz davor vom Staatsminister auf der Fensterbank –, doch ich hoffte, Wut gepaart mit Abenddämmerung hatten ihn halbblind werden lassen.

»Wo zum Teufel steckt der Staatsminister?« murrte er mit der üblichen Stimme und Wortwahl. »Es ist doch schon zwanzig nach! Ich habe keine Zeit, den ganzen Tag hier zu vertrödeln. Was gibt es zu essen? Ich warte höchstens fünf Minuten. Aha, Lachs. Dann eben höchstens zehn Minuten.«

Nach dieser offenen Drohung trat er hinaus auf den Rasen und wurde von dem üppigen, überreifen Grün verschluckt.

Mit einem Seufzer der Erleichterung folgte ich ihm, pfiff auf den Mantel und war erfrischend abenteuerlicher Laune.

Ich habe keine klare und detaillierte Erinnerung an die folgende halbe Stunde. Ich entsinne mich, wie ich unter den

Bäumen wandelte – meist in deren Schatten – und wie ich mit jenen, die mir begegneten, Worte wechselte. Vom Garten zum Haus und zurück zum Garten herrschte eindeutig reger Verkehr der Gäste, die sich mit Getränken und Knabberzeug versorgen oder kontrollieren wollten, ob das Mittagessen schon ohne sie angefangen hatte, oder ein Kleidungsstück ablegen, womöglich noch Nachschlag nehmen oder den Sitz von Haar und Schminke bei der Wärme überprüfen oder jemandem folgen wollten, den sie den gleichen Weg hatten nehmen sehen ... Das Haus war groß und besaß einen weitläufigen Park, und der umschloß uns, kühlte uns mit seinem Schatten, betäubte uns mit seinen Düften, barg uns in seinem Grün ...

Es war kurz vor ein Uhr, als der Staatsminister auf der Terrasse stand, in die Hände klatschte, brüllte und schrie, nun sei es an der Zeit zu essen!

Und wir kamen gehorsam – und hungrig – aus den Büschen hervor, und der Gastgeber hieß alle willkommen, und niemand beschwerte sich über die zeitliche Verzögerung oder protestierte gegen unerwartete und aufgezwungene Gesellschaft. (Man hätte glauben können, ein sozialdemokratischer Staatsminister gelte nicht viel in großbürgerlichen Kreisen, doch ich habe festgestellt, auch rauhbeinige Moderate werden zart wie Kinderpopos in seiner und seinesgleichen Gesellschaft; mit lauter Stimme vorgetragene Kritik und lebenslange Indignation werden hinuntergeschluckt, gegebene Versprechen über angedrohte Prügel werden vergessen, und bei Konferenzen heißt es dann aus aller Munde: »Danke, Herr Staatsminister!« und »Selbstverständlich, Herr Staatsminister!« Die gesellschaftliche Stellung blendet – auch wenn sie vom Mantel der Sozialdemokratie zugedeckt wird.)

Wir spazierten weiter ins Eßzimmer, und dem Staatsminister gelang durch Verwirrung stiftende Rufe und Anweisungen das Kunststück, daß wir der aufgestellten Tischkarten zum Trotz unserer Plätze unsicher wurden. Als die Nebelschleier sich hoben und die Rufe verstummt waren, saßen wir jedenfalls, doch da wurde das Fehlen des Justizchefs festgestellt. Seine Ehefrau schien mehr verärgert als besorgt, und der Staatsminister lief hinaus und schrie auf der Terrasse, jedoch aus dem Grün tauchte kein Justizchef auf. Ich bezeugte die ihn erwartende Konferenz, und die Erklärung wurde rasch durch einen gemeinsam geteilten Appetit akzeptiert, der keinen weiteren Aufschub duldete.

Ich kann nicht behaupten, das Mittagessen sei angenehmer als die Versammlung im Wohnzimmer gewesen. Die Tischordnung war auch selten tolpatschig, dem Staatsminister war es mit untrüglichem und makaberem Instinkt gelungen, just die Paare zueinander zu gesellen, die sich nicht hätten bilden dürfen.

Rechts von mir saßen Direktor Johansson und die Witwe.

Beide waren sich, soweit mir bekannt, zuletzt am Mordabend im Hause des Direktors begegnet, wo dieser ihren entkleideten Gatten durch das Haus gejagt und in die Toilette gehetzt hatte, woher er dann – in guter Hörweite – ausgerechnet dessen Ehefrau, Frau Johansson, einen Heiratsantrag gemacht hatte. Man sagt, ein gemeinsamer Fundus an Erinnerungen hält das Gespräch in Gang, doch hier schien es sich nicht zu bewahrheiten.

Direkt gegenüber saß Frau Johansson mit dem anderen Liebhaber, Konsul Karling. Die Zusammensetzung war an sich gar nicht so unüberlegt, doch da Direktor Johansson aus wenigen Metern Entfernung beharrlich und erbittert das Paar fixierte, ergab sich wenig Gelegenheit zu schelmischer Konversation und munterem Geturtel. Die beiden saßen wirklich still da, still wie ein Paar nach sechzigjähriger Ehe an einem Restauranttisch: Alles ist gesagt und steht jenseits des Familiengrabes.

Zu meiner Linken hatte ich Ministerialrat Dååbh, der trotz seiner Drohung, wieder zu gehen, bei uns geblieben war. Neben dem massigen, Fisch kauenden, von Natur aus stillen Mann war Frau Rydlander, einer kleinen Banane hinter einem Gorillamännchen gleich, zu erahnen.

Der Staatsminister schnatterte bedeutend weniger als gewöhnlich, was schade war, da gerade an diesem Tag Geschnatter vonnöten gewesen wäre. Offensichtlich saß er mit gespitzten Ohren da und hoffte, die Gäste würden einander zufällig in die Haare geraten und verdächtige oder hoffentlich gar entblößende Äußerungen von sich geben. Doch das Ergebnis versprach mager auszufallen: vereinzeltes, gedämpftes Gemurmel über das Wetter, den Garten und andere verdauungsfördernde Belanglosigkeiten waren alles, was zu hören war.

Doch allmählich kam Bewegung in das Ganze, ich weiß aber nicht genau, wie. Ich lauschte gerade einem Bericht von Direktor Johansson über die Versuche der Firma, ein neuartiges, leise rauschendes Klobecken zu entwickeln, als die Witwe, die sich offensichtlich in ihren eigenen Erzählfaden eingesponnen hatte, sich über den Tisch hinweg veranlaßt sah, mit glockenreiner Stimme einem Lachs essenden Auditorium zu offenbaren: »Ich für meinen Teil habe mich immer bemüht, eine richtige Beziehung zu den Geliebten meines Mannes aufzubauen. Und ich kann nicht einsehen, warum Frau Johansson da eine Ausnahme sein sollte.«

Nach diesen Worten wurde die Unterhaltung nicht mehr ganz so gedämpft fortgesetzt.

Direktor Johansson unterbrach seine Erzählung von dem Rauschen, seine Haut wurde vom pompejanischen Rot in eine Farbe jenseits aller Farbskalen verwandelt, und er schrie, er sei nicht gesonnen, zuzulassen, daß seine Ehefrau verunglimpft werde. Konsul Karling erwiderte von seiner Seite des Tisches, *er* gedenke nicht zuzulassen, daß jemand Frau Johansson verunglimpfe – er wolle sie nämlich heiraten.

Direktor Johansson, der ein unglückliches Händchen dafür zu besitzen schien, Heiratsanträge an seine Frau zu provozieren, schnappte nach Luft, während Frau Rydlander mitteilte, sie habe Konsul Karling und Frau Johansson vor dem Mittagessen im Park beobachtet, und es sei eine Schande, daß sich eine Frau, eine verheiratete Frau noch dazu mit einem Amt in einem Staatsministerium, so benehmen konnte. Konsul Karling wendete sich von neuem an die Witwe, allen Übels Wurzel und Ursprung, und meinte, eine Frau, die mit einem Tennisschläger Besucher mißhandelte, sei bestimmt genausogut imstande, ihren Ehemann kaltblütig zu erwürgen und in einem Schrank zu verstecken. Und Frau Johansson schüttelte vor Wut ihre an diesem Tag schwarze Mähne, blitzte aus ebenso schwarzen Augen und fragte, mit welchem Recht sie, Frau Rydlander, Beschuldigungen über Moral-losigkeit ausspreche, sie, die sie die Polizei in einem Mordfall belogen habe. Da Frau Rydlander eine Erklärung verlangte, erfuhren wir, daß sie im Widerspruch zu ihren Worten im Verhör ihr Auto am Mordabend vor dem Haus geparkt hatte; sie, Frau Johansson, habe es nämlich gesehen, wie es um elf Uhr vor der Villa des Staatsministers gestanden hatte! Frau Rydlander stammelte, es sei nicht wahr, nicht wahr, ihr Mann habe das Auto den ganzen Abend gehabt, und so erfuhren wir es. Ich schaute zum Staatsminister, und seine Augen leuchteten wie die einer Hyäne in einer aasreichen Nacht in der Savanne. Frau Rydlander legte mit einer Betrachtung darüber los, was für eine Schande es gewesen wäre, wenn der Staatssekretär am Leben geblieben und Regierungspräsident geworden wäre – ein alt geliebtes und gut einstudiertes Thema –, stieß jedoch auf eine unerwartete gemeinsame Frontbildung durch die Witwe und Frau Johansson, die einstimmig erklärten, es sei ein wahres Glück für die Provinz, daß sie von Justizchef Rydlander verschont geblieben sei – von einem Mann, der wie eine Vogelscheuche aussehe. Und Frau Rydlander schniefte, ihr Mann habe eine hohe Moral und könne es nicht ändern, daß er unpraktisch war und schlecht sah, er aber stillschweigend fast jede Arbeit im Ministerium ausführte, und das schon seit langer Zeit – ein Seitenblick auf den Staatsminister und die Witwe –, daß er immer bei einem Gespräch mit einer Dame den Hut abnahm, sogar an windigen Wintertagen, daß er Freizeitkleidung in seinem Schrank hatte, die unseriöse Geschäftsmänner – ein Seitenblick auf Direktor Johansson und auf Konsul Karling – ihm aufgeschwatzt haben mußten, aber daß er zu weichherzig sei, alles ins Geschäft zurückzubringen ... An dieser Stelle schob Ministerialrat Dååbh auf das Stichwort unseriöse Geschäftsmänner rasch ein, daß es für das Justizministerium untragbar sei, daß ein Mensch noch in unserer Zeit als Staatsminister fungieren konnte, der aus arbeitsfreiem Einkommen sechzig Millionen Kronen bezog, wie er aus gut unterrichteten Kreisen erfahren habe ...

Hier mußte der Staatsminister plötzlich der Meinung gewesen sein, das Gespräch drohe aus dem Ruder zu laufen und ungebührend private Verhältnisse offenzulegen, da er mit hoher Stimme und Farbe im Gesicht verkündete, der Kaffee werde im Wohnzimmer serviert, und damit die Tafel aufhob.

Es stellte sich unterdessen heraus, daß es niemandem nach Kaffee verlangte, und nach eiliger Danksagung leerte sich das Haus rasch.

Es war nun auch höchste Zeit für unsere Moral-Abordnung geworden – die Frauen drängten sich schon auf der staatsministerialen Treppe.

»Du brauchst keine Angst zu haben«, sagte der Staatsminister mit der Nase in der Namensliste, »es sind diesmal liebe und schüchterne Frauen. Aber ach, so viele! Vierzig Stück! Fünf sind wohl aus Idealismus hergekommen, der Rest, um sich den Schrank anzusehen. Weißt du eigentlich, daß fast alle, die in der letzten Woche um eine Unterredung nachgesucht haben, mich ausdrücklich hier draußen in Spånga haben treffen wollen? Ich antwortete ihnen, ich hätte keine Stühle, aber sie stehen angeblich gern. Dieser Schrank übt eine enorme Anziehungskraft aufs Publikum aus; der Parteisekretär will, daß er nächstes Mal bei den Wahlkampfveranstaltungen dabei ist. So, jetzt aber los! Mach die Tür auf und laß die Frauen frei!«

Die Damen, die tatsächlich in der überwiegenden Mehrheit Untergebene zu sein schienen, zogen schnell ins Haus ein, und die Lehrerin, deren reisigartiges Haar herabhing und baumelte wie bei einem Menschen, der alles aufgegeben hatte – außer möglicherweise der Moral –, überreichte einige Unterlagen.

»Ein bißchen druckfrisches pornographisches Material, hoffe ich?« sagte der Staatsminister schelmisch, und sein Lachen hallte einsam und schrecklich zwischen den Frauen wider.

»Kann ich jetzt anfangen?« fragte die Frau mit den aufgegebenen Haaren, und der Staatsminister nickte frommen Beifall.

Sie hob an. Und fuhr fort. Bald verlor sie den Faden. Jedenfalls kam es mir so vor. Ich saß in der Sonne am Fenster, und die Schläfrigkeit überkam mich in Schüben. Um den Schlaf fernzuhalten, umklammerte ich den enormen, aus edlem Holz gefertigten Hammer eines Vorsitzenden, der auf dem Schreibtisch lag. »Danke für Geschick und Kraft« stand auf einem silbernen Schild am Schaft zu lesen, und ich wunderte mich, wie der Staatsminister zu diesem Ding gekommen sein mochte, ehrlicher Verdienst schien bei dieser Widmung ausgeschlossen. Ich stellte mir vor, er hätte ihn in einem Geheimfach eines Vorgängers gefunden und ihn sich hingelegt, um den behördlichen Charakter des Zimmers zu unterstreichen …

Ich bekam die Augen auf und schielte vorsichtig um mich. War ich eingeschlafen? Jedenfalls schien niemandem etwas aufgefallen zu sein. Der Staatsminister saß mit einem dämlichen Grinsen auf seinem Stuhl, vermutlich in der Absicht, wohlwollendes Interesse für die Sache und christliche Gesinnung im allgemeinen zu bekunden. Doch die Frau in dem halshoch geschlossenen Kleid dort an der Tür, die so starrte, hatte sie ...? Ihr Blick jedoch wanderte an mir vorbei zur Wand, zum Schrank ...

Und aus dem Schrank kam es. Kein Rinnsal, nur das dichte Tropfen einer roten, klebrigen Flüssigkeit, da unten am Spalt zwischen Tür und Sockel. Auf dem Boden eine Pfütze, nein, ein See, ein Meer ...

Ich taumelte hoch und ergriff den Hammer, um ihn auf den Tisch zu schlagen, warum, weiß ich nicht, aber es war zu spät. Die Frau schrie schon und hatte den Arm wie einen Speer zum Schrank ausgestreckt, und ich werde nie den Ausdruck des Schreckens, vermischt mit Vorwurf in ihren Augen, vergessen ...

Lange bevor sich der Staatsminister vorgedrängt, die Schranktür geöffnet und ihn mit zerschmettertem Hinterkopf darin gefunden hatte, wußte ich, daß Justizchef Rydlander nicht rechtzeitig bei seiner Konferenz angekommen war, daß er überhaupt nicht angekommen war ...

26

Spät, als die Frauen wie aufgescheuchte Hühner hinausgeflattert waren und die Polizei vor Ort war, brach der große Tumult los.

Männer mit Seilen und Hunden sperrten den Garten ab, und ein aufgeregter Ministerpräsident verbot dem Staatsminister per Telefon, in der Öffentlichkeit wie auch immer geartete Kommentare abzugeben.

»Er war jedenfalls nicht erwürgt!« konnte er dennoch durch ein Fenster der versammelten Pressewelt zurufen, ehe er von hinzueilenden Parteifunktionären weggeführt wurde.

Trotz Zeitmangels gelang es den Abendzeitungen, in den Spätausgaben auf acht bis zehn Seiten den Staatsminister und Hirnsubstanz zu bringen. Die Schlagzeilenplakate ergänzten einander an diesem Tag außerdem derart vorteilhaft, daß selbst Redakteure, die in Blut, Schweiß und Tränen anderer gealtert waren, dazu verleitet wurden, an die Existenz einer ordnenden Hand an höherer Stelle zu glauben.

JUSTIZMINISTERIUM
AUSGELÖSCHT
Nur
Der STAATSMINISTER
übrig!

schrie der Expreß.

JUSTIZMINISTERIUM
AUSGELÖSCHT
Nur
Der MÖRDER
übrig?

brüllte das Abendblatt und machte aus dem Fragezeichen einerseits das Feigenblatt, das die Schamlosigkeit bedecken sollte, und andererseits das fragwürdige Alibi, durch das der Chefredakteur auch nach der nächsten Gewerkschaftssitzung noch seinen Posten behielt.

Der Tag wurde auch noch in anderer Hinsicht denkwürdig. Fünf Beamte, die kurz vor der Beförderung auf höhere Posten im Justizministerium standen, beantragten die sofortige Versetzung in einen staatseigenen Betrieb (in Burträsk). Dergleichen war noch nie vorgekommen, erklärte ein Veteran, nicht solange der Mensch ein Mensch gewesen sei und die Sozialdemokratie an der Macht im Lande Schweden.

Am selben Nachmittag berief der Staatspräsident seine Regierung inklusive des Parteisekretärs zu einer eiligen außerordentlichen Sitzung ein. (Auch der Staatsminister kam, fand jedoch die Tür verschlossen.)

Der Finanzminister, der ein Faible für rohe und brutale Methoden besaß, erklärte einleitend, daß die Tätigkeit des Staatsministers zwar politisch-taktisch diskutabel, er dennoch Ehrgeiz und Willensstärke bewies, ein schwerwiegendes Problem bei der Wurzel zu packen. »Weder bei Svanberg noch bei Rydlander war die Besetzung der Posten so durch und durch gelungen.«

Der Innenminister meldete sich hier zu Wort und meinte, das Land könne keinen Justizminister, keinen Hüter des obersten Rechts, gebrauchen, der systematisch seine Mitarbeiter ums Leben bringe und sie in Schränken verstecke. Vielfache Zustimmung war zu hören.

Der Staatspräsident jedoch, der schließlich über höhere Werte waltete, betonte, daß diese Betrachtungsweise zu kurz griffe. »In der gegenwärtigen politischen Lage können wir nicht aufstehen und zugeben, daß wir in der Regierung einen Doppelmörder haben. Das würde zu einer tragischen Spaltung des Landes führen und ... und ... es WÜRDE IM AUSLAND DEN GLAUBEN AN UNSERE NEUTRALITÄTSPOLITIK ERSCHÜTTERN!«

»Wir würden die nächste Wahl verlieren«, sagte der Finanzminister. »Die Bürgerlichen würden an die Macht kommen.«

»Das können wir vor unseren Nachkommen nicht verantworten«, erklärte der Staatspräsident feierlich. »Nehmt zum Beispiel Ferm, meinen Sekretär. Sollte er nicht auch die Chance bekommen, Karriere zu machen? Es gibt nur eine Lösung: Wir müssen den Parteikongreß einberufen und uns dabei auf eine einstimmige, bindende Erklärung einigen, daß der Staatsminister *kein* Mörder ist.«

»Aber die Gleichheit vor dem Gesetz ...«, murmelte ein schüchterner, kleiner Berater.

»Die Gleichheit vor dem Gesetz wird nicht verletzt«, erwiderte der Staatspräsident, »wenn wir in einer vorübergehenden Notlage zugunsten des Landes einen Staatsminister über das Gesetz erheben. Genau wie den König. Wir dürfen nie vergessen, daß wir Staatsminister auch Symbole darstellen, Symbole für den Willen, eine aktive Reformpolitik durchzuführen, für den Willen, eine unerschütterliche Neutralitätspolitik ...«

»Jajaja«, sagte die Regierung.

»Das Prinzip der Gleichheit aller vor dem Gesetz wird also nicht mißachtet«, fuhr der Staatspräsident fort. »Jedenfalls nicht mehr als andere Prinzipien. Denkt doch mal nach! Sind wir nicht bei der letzten Wahl mit dem Versprechen angetreten, die Steuern bei allen Lohnempfängern um zwei Drittel zu senken? Und haben nicht zwei Drittel höhere Steuern bekommen? Im Grundgesetz steht – ich habe selbst nachgeschlagen –, daß wir ›keine Person von einem Ort zum anderen verbannen‹ dürfen. Aber schicken wir denn keine Staatsbeamte wie Massendrucksachen in die abgelegensten Orte? Wir haben seit langem das Streikrecht in diesem Land. Aber hat uns das davon abgehalten, im vergangenen Frühjahr ein Gesetz gegen gewisse unwillkommene Streiks zu erlassen? Sind wir uns nicht einig, Streikbrecher zu verurteilen? Aber haben wir die Züge nicht genauso in den Dreck gefahren? Und genauso werden wir es mit dem Staatsminister machen – wir machen weiter wie bisher!«

(Der Parteisekretär summte leise vor sich hin: »Wir machen weiter wie bisher ...« und notierte: »›Wir machen weiter wie bisher.‹ Kann mit schmissiger Melodie als Wahlkampflied verwendet werden.«)

Der Kreis saß stumm um seinen Anführer.

»Aber wenn dann jemand im Reichstag ein Mißtrauensvotum gegen den Staatsminister stellt?« gab der Verteidigungsminister zu bedenken.

»Reichstag? Ist der nicht abgerissen?« fragte der Außenminister.

»Nein, er ist nur umgezogen«, antwortete der Staatspräsident.

»War das nicht der, den wir in die Kleinstadt Sveg nach Norrland geschickt haben?« murmelte der Finanzminister.

»Aber was machen wir, wenn ein Mißtrauensvotum gestellt wird?« wurden jetzt mehrere Stimmen laut. »Wir haben doch keine eigene Majorität mehr. Wenn nun die Kommunisten dagegen stimmen!«

»Verdammt noch mal!« schrie der Staatspräsident. »Heutzutage kann man sich nicht mal mehr auf die Kommunisten verlassen! Aber Gott sei Dank haben wir ja noch die Zentrumspartei!«

27

Es wurde spät an diesem Abend, und wir saßen im Arbeitszimmer des Staatsministers. Aus dem Zimmer dahinter war das Schreibmaschinengeklapper von Anita Johansson zu hören.

Der Justizchef war, stand im vorläufigen Polizeibericht zu lesen, gegen halb ein Uhr gestorben, also zwischen unserem Warten auf den Staatsminister und dem Mittagessen. Der Tod hatte ihn rasch und gewaltsam ereilt: Jemand hatte ihm mit einem einzigen Schlag den Hinterkopf zertrümmert. Wahrscheinlich war der schwere Vorsitzendenhammer, den ich auf dem Schreibtisch gesehen hatte, zum Einsatz gekommen.

Verhöre mit den Gästen hatten nicht viel Aufschluß erbracht, doch es schien auf der Hand zu liegen, daß jeder von uns zumindest für kurze Zeit während des Wartens allein gewesen war. Die Tür zwischen Wohnzimmer und Bürotrakt, die bei Frau Svanbergs Auftritt angelehnt gelassen wurde, war später von einem Unbekannten geschlossen worden. Es gab allerdings Grund zu der Annahme, daß der Mörder sie hinter sich und sein zukünftiges Opfer geschlossen hatte, da die Polizei herausgefunden hatte, daß Justizchef Rydlander im Arbeitszimmer, genauer im Schrank, den Tod gefunden hatte. Als er von dem einzigen todbringenden Schlag getroffen wurde, hatte er im Schrank gesessen, in genau der gleichen Stellung wie Staatssekretär Svanberg vor ihm. Das Blut und die Gehirnmasse an den Wänden des Schrankes ließen keinen anderen Schluß zu. Er war jedoch nicht an den Fundort getragen oder geschleift worden: *Er war selbst in den Schrank gestiegen und hatte sich selbst dort drinnen hingehockt.* Die Stellung des Leichnams, die Fingerabdrücke auf Innenseiten und Boden des Möbelstückes schlossen der Polizei zufolge jeden anderen Tathergang aus.

Die ersten Minuten, nachdem die Versammlung im Wohnzimmer aufgehoben wurde und die Gäste in den Garten geströmt waren, war der Justizchef mit seiner Frau zusammen gewesen. Doch dann hatte er gesagt, er wolle sich etwas zu trinken holen, hatte sich von ihr entfernt und war über den Rasen und die Terrasse zurück ins Wohnzimmer gegangen. Kein Mensch hatte beobachtet, daß er das Haus wieder verlassen hatte. Doch jemand mußte im Innern auf ihn gewartet haben oder ihm ins Wohnzimmer und Arbeitszimmer gefolgt sein, und dort hatte dieser Unbekannte, dieser bisher noch Unbekannte, ihn brutal und kaltblütig getötet.

Ich hatte der Polizei von meinem letzten Gespräch mit dem Justizchef berichten müssen, als wir im Wohnzimmer bei einem Aperitif zusammengestanden hatten. Ich hatte von seinem Wunsch nach einem Gespräch mit dem Staatsminister zu sprechen und von seiner Enttäuschung erzählt, als ich ihm gesagt hatte, daß er noch nicht im Hause sei. Und nicht nur von den Worten, die wir ausgetauscht hatten, hatte ich erzählt, sondern auch von den Dingen, die zwar unausgesprochen geblieben, aber so offensichtlich waren: Von seinem Bedürfnis und Willen, mit *jemandem* zu sprechen. Die zaghaften Versuche jedoch, eine Gesprächsbrücke zu mir zu schlagen, waren schließlich unterbrochen worden, als Direktor Johansson eingetroffen war. Auch seine Frau hatte diese Unruhe bezeugt, doch die Ursache war ihr unbekannt, oder sie behauptete zumindest, er habe sich ihr nicht anvertraut. Seine Nervosität war auch nicht überraschend aufgekommen; jetzt wurde sie von seinem Umfeld als ein sich seit dem

Mord an Staatssekretär Svanberg steigernder Zustand beschrieben.

Und um diese entscheidende, um diese Nervosität kreisten die Gedanken des Staatsministers.

»Warum war er so nervös?« murmelte er. »Worüber hat er mit mir reden wollen? Ging es um den Mord? Kann er am Abend von Svanbergs Ermordung etwas gesehen oder gehört haben? Er war schließlich nur ein paar Häuserblocks von hier entfernt zum Abendessen und ist um halb elf Uhr aufgebrochen. Durch die Worte seiner Frau heute beim Mittagessen wissen wir, daß er den Wagen genommen hat, und die nächste Straße zur Hauptstadt verläuft gleich hier in der Nähe. Ist er dem Mörder über den Weg gelaufen? Aber warum hat er eine ganze Woche verstreichen lassen, ohne ein Wort zu sagen? Oder hat er etwas gesehen, dessen Bedeutung ihm erst heute aufgegangen ist? Aber warum ist er dann die ganze Woche so nervös gewesen, und warum ist er nicht zum Leiter der Ermittlungen gegangen und hat alles erzählt, als ihm klar geworden war, was er gesehen hatte? Nach seinem letzten Auftreten zu urteilen könnte man fast glauben, er habe Svanberg getötet und habe sich heute endlich nach sieben Tagen des Zögerns und der Seelenqual dazu durchgerungen, ein Geständnis abzulegen, und daß er es aber bei einer Person tun wollte, die er kannte und zu der er Vertrauen hatte. Doch da stirbt er selbst durch Mörderhand ...«

Ich rutschte unruhig in meinem Sessel am Kaminfeuer hin und her.

»Und Selbstmord ist ausgeschlossen?«

»Vollkommen ausgeschlossen. Kein Mensch kann sich eine solche Verletzung selbst beibringen. Und der Hammer lag schließlich auf dem Schreibtisch, abgewischt. Ich habe ihn übrigens gestern in der Staatskanzlei gefunden und mitgenommen, vor allem mit dem Gedanken an die Besucher, er sieht so offiziell aus. Es waren nur deine Fingerabdrücke drauf.«

Das war mir bekannt. Die Polizei hatte diesen Punkt während meines Verhörs angesprochen, und man hatte betont, daß meine Fingerabdrücke auch auf dem Schrank waren. Selbstverständlich hatte ich erzählt, daß ich vor dem Mittagessen auf Wunsch von Frau Svanberg den Schrank geöffnet und den Hammer während des Besuchs der Moral-Abordnung in die Hand genommen hatte, und man hatte mich angehört und notiert, was ich auszusagen hatte, und ich hoffte, man habe mir auch Glauben geschenkt.

»Können wir es mit zwei Mördern zu tun haben?«

Der Staatsminister starrte mich an.

»Zwei Mörder ...? Eher gibt es in dieser Geschichte zwei oder mehr Personen, die uns Lügen auftischen und die etwas zu verbergen haben, das die Polizei herausfinden sollte. Doch die Vorstellung halte ich für abwegig, daß es in einem so kleinen Kreis zwei Menschen geben soll, die Morde begehen und noch dazu auf fast die gleiche Weise. Beide Morde lassen auf ein absolut rücksichtsloses, brutales Individuum schließen. In beiden Fällen stand der Mörder in selten widerlicher Form in direktem Körperkontakt mit seinem Opfer: Svanberg wurde erwürgt, und Rydlander wurde erschlagen wie ein unschuldiges Tier. Zwei solche Naturen – nein, das ist einfach nicht möglich. Aus Gründen der Vernunft glaube ich auch, es ist an der Zeit, alle Außenstehenden, die als Mörder in Frage kommen, definitiv von der Liste zu streichen. Wie sollte denn mitten am Tag ein Mister X in Haus und Garten ein- und ausgeschlichen sein?«

Der Staatsminister war von seinem Sofa aufgestanden und begann auf und ab zu wandern.

»Was ist passiert, nachdem Rydlander den Garten verlassen hat und ins Wohnzimmer gekommen ist? Eine Person kann hier auf ihn gewartet haben. Oder genauso wahrscheinlich kann jemand ihm bis hier hinein gefolgt sein. Sie fingen an, sich zu unterhalten. Dem Mörder ist im Verlauf der

Woche mit wachsender Besorgnis – das schlechte Gewissen ist ein scharfer Beobachter – Rydlanders zunehmende Nervosität aufgefallen, und er hat beschlossen, herauszufinden, ob und was Rydlander wußte. Sie gehen ins Arbeitszimmer und der eine schließt die Tür ...«

»Würde Rydlander wirklich allein mit einer Person dort hineingegangen sein, die seines Wissens oder seiner Vermutung nach ein Mörder war?«

»Vielleicht. Vielleicht auch nicht. Man rechnet wohl kaum damit, am hellichten Tag in einem bewohnten Haus, noch dazu mit Menschen in buchstäblicher Hör- und Sichtweite, umgebracht zu werden. Und vielleicht war ihm noch nicht einmal klar, daß es der Mörder war, in dessen Gesellschaft er sich befand. Aber warum ist er dann getötet worden?«

»Im Arbeitszimmer hat er sich vielleicht seinem Begleiter anvertraut, genauso wie er vermutlich die Absicht gehabt hat, sich mir anzuvertrauen, und hat erzählt, was er am Abend von Svanbergs Tod gehört oder gesehen hat. Der Mörder erkennt, daß Rydlander noch nicht klar ist, wohin die Spur führt, aber daß es der Polizei klar sein würde, und darum tötet er ihn, um weiterhin nicht in Verdacht zu geraten.«

»Das klingt vernünftig.« Der Staatsminister hielt am Fenster inne. »Aber wie hat der Mörder ihn dazu gebracht, *selbst in den Schrank zu steigen und sich dort hinzusetzen?* Das ist in der Tat besonders ärgerlich. Wäre der Leichnam dorthin getragen worden, dann hätten wir die Frauen von der Liste der Verdächtigen streichen können. Er war schließlich groß und lang, wog ... laß mich nachschauen, 92 Kilo. Warum hat er sich also selbst in den Schrank gesetzt, und warum hat er sich *genauso hingesetzt, wie wir Svanberg gefunden haben?*«

»Vielleicht haben sie über seinen Tod diskutiert«, tastete ich mich vor, »und dann hat der andere, der Mörder, gesagt:

›Steig mal rein, dann zeige ich dir, wie er gesessen hat …‹ Nein, so dumm kann er doch nicht gewesen sein! Damals, wenn nicht schon früher, hätte Rydlander doch begriffen, daß er den Mörder vor sich hat. Außer dir, mir, dem Mörder und den Hauswirtschafterinnen hatte schließlich niemand Svanberg im Schrank gesehen.«

»Er muß gezwungen worden sein, in den Schrank zu steigen«, sagte der Staatsminister. »Der Mörder hat ihn einfach mit dem Hammer oder mit einer anderen Waffe bedroht.«

»Aber warum mußte der Mörder ihn unbedingt in den Schrank scheuchen?«

»Aus genau dem gleichen Grund, aus dem er beim letzten Mal selbst die Leiche dort verstaut hat: Er wollte die Entdekkung hinauszögern. Doch dieses Mal war ihm klar, daß die Last etwas schwerer werden würde – es ist ein Unterschied, ob man 52 oder 92 Kilo trägt. Außerdem stand er dieses Mal unter größerem Zeitdruck – jeden Augenblick konnte jemand aus dem Wohnzimmer oder dem Garten hereinkommen und ihn überraschen. Die Zeit war knapp, das Ganze mußte schnell erledigt werden.«

»Moment mal!« rief ich aus der Tiefe meines Sessels und meiner Selbsterkenntnis. »Läßt man sich wirklich von einem Menschen in einen Schrank treiben, der sich zugleich als Mörder offenbart und von dem man weiß, daß er erst kürzlich ein Opfer in demselben Möbelstück versteckt hat? Ich würde um Hilfe rufen oder zu flüchten versuchen oder … ja, alles Mögliche anstellen, außer da reinklettern.«

Der Staatsminister machte ein verunsichertes Gesicht.

»Das hängt vielleicht ein wenig davon ab, mit was für einer Waffe man bedroht wird. Mit vorgehaltenem Revolver würde man es wohl tun. Aber weiß der Teufel, wie man das machen kann, wenn der andere nur einen Hammer oder ein Messer zückt …«

Mir ging ein Licht auf.

»Vielleicht war er überhaupt nicht mit dem Mörder zusammen, als er in den Schrank gestiegen ist! Er kann genausogut vorher da reingegangen sein.«

»Und warum sollte er das getan haben?«

»Um sich vor dem Mörder zu verstecken oder vor dem, den er dafür hielt. Allein im Arbeitszimmer sieht oder hört er ihn kommen, bekommt Panik und flüchtet sich in den Schrank. Doch der Mörder findet und tötet ihn.«

Der Staatsminister schaut zweifelnd drein.

»Da wäre es doch gescheiter gewesen, zur Haustür und in den Garten hinauszulaufen, der voller Menschen war. Oder wenn der Mensch, den er fürchtete, auf dem Weg kam, dann hinaus und ab durch das Wohnzimmer. Und deine Theorie erklärt wohl kaum, warum er sich da *hineingesetzt* hat. Die Fingerabdrücke beweisen doch, daß er es getan haben mußte. Ein Mann auf der Flucht hätte sich dafür kaum die Zeit genommen. Und der Schrank ist auch hoch genug für einen Mann von seiner Größe, wenn er steht.«

Da es bereits nach zehn Uhr war und ich nicht glaubte, noch weiter zu des Rätsels Lösung beitragen zu können, erhob ich mich und wünschte eine gute Nacht.

Ich konnte nicht einschlafen.

Die Ereignisse der Woche kamen mir wieder hoch, beschäftigten meine Gedanken und hielten mich wach. Doch auch Befürchtungen für die Zukunft. Was würde als nächstes auf uns zukommen? Wir hatten gerade zwei brutale, dem Anschein nach sinnlose Morde erlebt. Wird der Mörder noch ein drittes Mal zuschlagen? Wo und gegen wen? Wir hatten nach einem Motiv der Taten gesucht. Vielleicht war das unser Fehler? Wir hatten versucht, die Spuren zu einem berechnenden Gehirn zurückzuverfolgen, aber womöglich steckte kein rationaler Gedanke, keine Vernunft, bloß Verwirrung, Panik, Wahnsinn dahinter ...? Trotz allem hatte ich das Gefühl, daß eine Entscheidung kurz bevorstand. Aber daß sie so bald und unter so erschütternden Umständen eintreten würde, konnte ich zum Glück nicht ahnen …

Ich knipste die Lampe an und schaute auf die Uhr. Viertel vor zwölf. Vielleicht konnte ein Spaziergang im Garten mein mahlendes Hirn beruhigen und dem Körper zu der Müdigkeit verhelfen, die den Schlaf anlockt …

Ich zog mich leidlich an und stieg die Treppe hinab.

Im Wohnzimmer war es dunkel, still und menschenleer. Ich öffnete die Terrassentür, und schon war ich draußen auf dem Rasen.

Ob ich dem geschlungenen Pfad aus Kalksteinen rund um den Garten folgen sollte? Ich hatte hinter mir das Licht brennen lassen, und der Mond war aufgegangen und die Schritte Gewohnheit und der Stock in der Hand.

Die Nacht war lau, und der Wind wisperte lieblich mit den Zweigen und Blättern. Der Pfad führte mich rasch zur Hecke, wo ich geraume Zeit verweilte und durch das lichte Geäst hinaus auf die Straße sah. Sie lag still und verlassen und mir fiel ein, daß ich kein Auto hatte vorbeifahren hören. Der Abstand zwischen den Straßenlaternen war auch groß, und ihr Licht war von der alten, gelben, augenschonenden Sorte, das leidlich die Fahrbahn erleuchtet, aber Graskanten und Gräben im Dunkeln läßt.

Was spielte sich eines späten Abends vor genau einer Woche da draußen ab? Wir glaubten es zu wissen. Ein Auto mit nicht eingeschalteten Scheinwerfern war herangeschlichen, hatte sich an den Straßenrand und die schützende Dunkelheit gedrängt, und ein Mensch war daraus hervorgekommen, ein Mensch, der sich ängstlich umgeblickt hatte. Er hatte die Heckklappe geöffnet und einen Toten herausgeholt, der gerade eben erst durch seine Hand sein Leben verloren hatte, und er hatte ihn durch die Gartenpforte, den Weg entlang in den Park, in dem ich stand, getragen oder anderweitig transportiert …

Ich bekam eine Gänsehaut, setzte meinen Spaziergang fort und kam an dem Teich vorbei, wo der Staatsminister einige Tage vor dem Mord den Schlüssel des Staatssekretärs hatte versinken und im schlammigen Grund verschwinden sehen. Die Steine, die das Gewässer einfaßten, sahen glatt und spitz aus. Wenn man nachts hier entlangging, stolperte und auf die Einfassung fiel, würde man genauso in dem dunklen Naß versinken ...

Dann befand ich mich hinter dem Haus, und hier war der Wind kälter. Mich fröstelte ein wenig vor Unbehagen, holte beim Gehen weiter aus und marschierte schon an der Giebelwand entlang, wo das Arbeitszimmer lag. Ich sah einen Lichtspalt und blieb stehen. Saß er wirklich noch da drinnen und brütete über seinen Rätseln? Die Raffrollos waren heruntergelassen worden, doch die Schnüre verliefen durch ein Perlenband aus Löchern, und ich lehnte mich an die Hauswand und legte das Auge an die Fensterscheibe.

Zuerst war dort nur eine Wand, ein Stück der Wand. Aber ich wußte, daß sich jemand dort aufhielt, denn über die Tapete huschte ein Schatten, ein grotesk verzerrter, hüpfender Schatten. Die Lampe auf dem Schreibtisch, die unterhalb des Fensters stand, muß brennen, dachte ich, und darum geht jemand zwischen Lampe und Wand durchs Zimmer ...

Ich drehte den Kopf etwas zur Seite, und da sah ich mehr als Schatten.

Im Zimmer befanden sich zwei Personen am Schrank. Die eine war Anita Johansson, sie stand mit dem Gesicht zu mir. Der andere Mensch, der den Rücken dem Fenster zugekehrt hatte, hielt sich in dem Bereich auf, den ich nicht einsehen konnte. Nur als er sich einmal in diesem Feld bewegte, konnte ich ihn schemenhaft als etwas Schwarzes, Verwischtes, Konturloses erkennen.

Anita Johansson stand jetzt direkt vor dem Schrank, und ich erinnere mich an ihren Gesichtsausdruck – eine Art ungläubigen Schrecken. Sie schaute unablässig den Mann vor sich an und wich immer weiter zurück, so daß ihr Rücken den Schrank berührt haben mußte. Und da tastete sie mit den Händen hinter sich, die Schranktür ging auf, und sie stieg in den Schrank, in dem zwei Tote gefunden worden waren, ohne die Gestalt vor sich aus den Augen zu lassen.

Und jetzt war ihr Feind beinah, beinah in meinem Blickfeld, und ich sah, wie er das Messer in seiner rechten Hand hob und die junge Frau langsam in die Knie und weiter in die Hocke zwang. Sie saß jetzt genau so, wie wir Justizchef Rydlander und vor ihm Staatssekretär Svanberg gefunden hatten.

Sie nicht, sie nicht auch noch ..., dachte ich.

Und jetzt hatte ich den Schatten vor ihr erkannt, und ohne Nachzudenken oder es auch nur zu versuchen, trieb ich meinen Stock durch die Fensterscheibe und das Rollo, und in einer letzten Sekunde des Bewußtseins sah ich, wie der Staatsminister sich umdrehte, und ich sah den Ausdruck der Erbitterung und einen Funken des Kranken, Verwirrten, das so lange in ihm geschlummert haben mußte, und vielleicht erkannte ich auch, wie die Frau im Schrank sich gegen ihn warf und wie er rücklings mit dem Kopf auf die scharfe Schreibtischkante aufschlug.

Dann war alles vorbei.

28

Durch Nebelschleier und Finsternis arbeitete ich mich zum Bewußtsein vor.

Ich lag auf einem Sofa im Wohnzimmer.

Rechts von mir, auf einem anderen Sofa, ruhte der Staatsminister, ein Handtuch auf dem Kopf.

Im Zimmer befanden sich außerdem meine Schwester Margareta, Frau Johansson und eine Anzahl Kinder.

Eine Welle quälender Erinnerungen überkam mich, und ich spürte, wie die Beine krampfartig zuckten.

Der Staatsminister hatte sich auf den Ellenbogen gestützt und starrte mich vorwurfsvoll an.

»Du hast mein Experiment zerstört! Warum zum Teufel hast du den Stock durchs Fenster geworfen? Jetzt finde ich nie heraus, wie genau ein Mensch reagiert, der mittels einer Waffe in einen Schrank getrieben wird. Ich bekomme nicht heraus, wie weit sie es mitgemacht hätte. Daß sie hineinsteigt, habe ich herausgefunden, und daß sie sich hinsetzt. Aber danach? Erwartet sie wie gelähmt den Dolchstoß oder schreit sie oder unternimmt eine andere Tat der Verzweiflung? Du mit deinem Stock hast doch die ganzen Voraussetzungen verändert und sie zu etwas ermuntert, das ihr sonst vielleicht nie in den Sinn gekommen wäre. Und es ist ein Wunder des Himmels, daß ich mir nicht den Schädel am Schreibtisch gespalten habe!«

Ich sah Frau Johansson an. Sie saß auf einem Stuhl am Fußende des Staatsministers und machte ein Gesicht, als hätte man sie fünf anstrengenden Einläufen unterzogen und ihr Fortsetzung versprochen.

»Wenn ich nur begreifen könnte, warum ihr mitten in der Nacht solche Dummheiten anstellt!« sagte meine Schwester. »Jetzt muß ich den Glaser anrufen und ihn zum zweiten Mal bitten, eine neue Scheibe einzusetzen. Was wird er bloß denken?«

Es klang, als sei die Sache mit dem Fenster eine größere Schikane als die beiden Leichen und ihr verrückter Ehegatte zusammen.

Ich stand auf, sonderbarerweise trugen mich die Beine, und tat meine Absicht kund, mich in mein Zimmer zurückzuziehen und es nicht eher zu verlassen, bis meine Wohnung renoviert und bezugsfertig sei.

Auf der Treppe nach oben dachte ich über Frau Johansson nach. Sie würde einen guten Posten und bestimmt auch eine Lohnerhöhung bekommen. Doch ich beneidete sie nicht. Als Sekretärin des Staatsministers würde sie die Hölle auf Erden haben. Die hatte schließlich schon angefangen. Sie hatte zwar das Vermögen bewiesen, sich zur Wehr setzen zu können. Doch auf lange Sicht, auf lange Sicht würde sie es nicht aushalten. Kein Mensch konnte das. Eine ununterbrochene Folge von mit dem Staatsminister verbrachten Tagen würde sie früher oder später in den Wahnsinn treiben. Sie hat es schlechter, natürlich hat sie es schlechter! dachte ich noch, als mir die Augenlider zufielen und ich sogleich einschlief, gestärkt und beruhigt durch den Gedanken an anderer Leute Unglück.

Mein Arzt, der berühmte Herzspezialist, saß auf der Bettkante, und es war später Nachmittag.

Auf meinen Wunsch und dank der Fürsorge des Staatsministers war er aus seiner Klinik am Norr Mälarstrand geholt und in einem Polizeifahrzeug vorbei an Warteschlangen und Chaos hinaus nach Spånga befördert worden. Er kannte mein Herz, und jetzt hatte er es abermals untersucht, und ich harrte meines Urteils. Ich wußte, daß es niederschmetternd ausfallen würde. Kein Mensch mit fortgeschrittener Verkalkung der Herzkranzgefäße hätte ein Leben wie das meine in Spånga führen können, ohne daß ernsthafte Beeinträchtigungen in den Funktionen der zentralen Organe eingetreten wären.

»Aha«, räusperte sich der Mann unheilverkündend. »Ich habe Sie doch schon vor einigen Monaten untersucht. Aber im Krankheitsbild scheint in dieser kurzen Zeit ganz eindeutig eine merkliche Veränderung eingetreten zu sein.«

Ich warf dem Staatsminister, der sich an der Tür herumdrückte, einen verbitterten Blick zu.

»Eine höchst offensichtliche Veränderung. Das Herz arbeitet jetzt auf ganz andere Weise, nämlich mit starken, gleichmäßigen Schlägen. Es scheint fast so, als ob die Verkalkung von frischem Blutfluß fortgespült worden sei, als ob die Arterien auf wundersame Weise gereinigt worden seien. Das Leben hier draußen in Spånga muß besonders gesundheitsfördernd sein. Ruhe, Harmonie, ohne den Streß und die Versuchungen der Großstadt, vermute ich. Und natürlich der Besuch im Kreis der Lieben ...« – hier besaß er die Geschmacklosigkeit, sich leicht vor dem Staatsminister zu verneigen – »hat bestimmt auch seinen vitalisierenden Anteil daran. Ich kann Sie nur beglückwünschen und Ihnen sagen: Leben Sie so weiter wie in der letzten Zeit, und Sie haben die besten Aussichten, achtzig, neunzig Jahre alt zu werden! Fünfhundert Kronen, bitte.«

»Da siehst du's!« sagte der Staatsminister neunmalklug, nachdem der Herzmensch hinausgeleitet worden war. »Ein bißchen Spannung und Dramatik spült das System sauber. Mord belebt. Guter Doktor, wenn ich mal krank bin, werde ich zu ihm gehen. Reizend, was er da über mich gesagt hat und was für eine Stütze ich für dich bin.«

Ich murmelte etwas von dem zweifelhaften Vergnügen, neunzig Jahre alt zu werden um den Preis, ein Leben in Spånga verbringen zu müssen, konnte aber meine Erleichterung über die Diagnose nicht verhehlen, und der Staatsminister, der durchaus keinen Sinn für psychologische Zusammenhänge besaß, aber wie Hunde ein feines Gehör für Tonfälle, saß schon auf der Bettkante und sprach mit doppelter Begeisterung von Mord.

»Wir müssen bei den Verdächtigen mit den Gedanken zurück zum Mittagessen gehen«, fand er. »Ich bin sicher, daß da etwas Wichtiges gesagt wurde. Aber ich komme nicht drauf, was es war.«

Ich entgegnete, daß eine ganze Menge bei der Gelegenheit gesagt wurde, aber das meiste böswillige Verleumdungen und schmutziger Tratsch waren, und der Staatsminister meinte, daß gerade solche Dinge ergiebig seien.

»Fing es nicht an mit ...«, versuchte er.

Doch ich unterbrach ihn, ergriff selbst das Wort und gab wieder, woran ich mich von der widerlichen Unterhaltung erinnerte. *Mußte* sie rekapituliert werden, war es das beste, ich machte es selbst und erzählte geschwind, um es hinter mich zu bringen und um belanglose und störende Einwürfe zu verhindern.

Die Darstellung war beendet und erschöpfend, und ich bedauerte, daß das Thema so unbedeutend und so wenig ergiebig für einen normalen Menschen war und daß mein Zuhörerkreis in jeder Hinsicht beschränkt war.

Der Staatsminister schien anfangs zerstreut, doch allmählich weiteten sich seine Pupillen, und sein Atem ging schneller. Und als ich mit einem scharf formulierten Urteil über die Geschmacklosigkeit des gesamten Mittagessensarrangements geendet hatte, schoß er hoch und begann zu schreien, zu toben und unzusammenhängendes Zeug zu faseln.

»Meine Güte! Die Bushaltestelle! Und Rydlander hat doch zu Abend gegessen ... So ist es natürlich abgelaufen. Daß wir das nicht erkannt haben. Das erklärt seine Nervosität und sein Bedürfnis zu beichten, und das erklärt, warum er sterben mußte. Alles ist jetzt klar!«

»Was ist jetzt klar?« fragte ich und dachte, daß die Luft in Spånga womöglich den Körper stärkte, aber nicht verhinderte, daß der geistige Alterungsprozeß sehr schnell fortschritt.

»Aber begreifst du denn nicht, was du selbst erzählt hast? Frau Rydlander hat es doch gesagt! Und Anita Johansson!« Der Staatsminister riß mir mit einer heftigen Bewegung die Decke fort und dekolletierte mich bis zu den Fußgelenken. »Alles ist jetzt klar! Die Morde! *Wir haben gedacht, der Mörder habe Svanberg ins Arbeitszimmer getragen oder sonstwie transportiert. Aber so ist es ja überhaupt nicht gewesen. Und Svanberg ist auch nicht von selbst hineingegangen.* Wir haben gedacht, er sei im Haus gestorben, aber das war falsch. Er ist allerdings auch nicht draußen gestorben ... Aber du hast dich trotzdem etwas gescheiter als ich angestellt. Bei unserer Diskussion gestern hast du gesagt, Rydlander sei vielleicht in den Schrank geklettert, um den Mörder demonstrieren zu lassen, wie er Svanbergs Leiche plaziert hat. Das hat sich widersinnig angehört, aber du hattest ganz recht – aber es war genau umgekehrt.«

Jetzt kam ich mir allen Ernstes senil vor.

»Stell dir mal vor, ich habe nicht kapiert, wie es sich abgespielt hat!« wiederkäute der Staatsminister. »Ich hätte es wissen müssen. Ich habe nämlich alles gesehen. *Ich habe gesehen, wie der Mörder ihn umgebracht hat, und ich habe gesehen, wie der Leichnam in den Schrank kam.*«

Zu meiner Erleichterung begriff ich jetzt, daß der Staatsminister und nicht ich verrückt geworden war.

Ich redete beruhigend auf ihn ein, er aber zerrte mich aus dem Bett und trieb es bis zum äußersten.

»Ich habe es gesehen. Der einzige Trost ist, daß *du es auch gesehen hast.* Wir haben beide gesehen, wie er gestorben ist und wie er in den Schrank kam. Aber wir haben es nicht kapiert ...«

Hier wurde der Staatsminister ans Telefon gerufen, und ich zog mich mit mechanischen Handgriffen und unter erheblicher Verwirrung der Gedanken an. Was hatte er mit seinem Gerede gemeint? Wie war Svanberg eigentlich ins Arbeitszimmer und in den Schrank gekommen, wenn der Mörder ihn weder getragen oder anderweitig transportiert hatte noch er sich nicht auf eigenen Beinen dorthin begeben hatte? Und wo war er gestorben, wenn er weder im Haus noch außerhalb des Hauses den Tod gefunden hatte? Und hatte ich den Mord gesehen? Welchen der Morde? Sei's drum, das war auch egal, dachte ich bei mir und kämpfte mit den Hosenträgern. Wenn es eine Sache gab, derer ich mir sicher war, dann bestand sie darin, daß ich *keinen* Mord gesehen hatte. Oder ... oder hatte ich einen gesehen? Konnte ich mir überhaupt noch irgendeiner Sache sicher sein? Wir hatten uns offensichtlich in den meisten Dingen getäuscht. Aber ich konnte doch nicht gleich ... Es konnte doch niemand ...

Der Staatsminister war zwecks neuer Bekanntmachungen ins Zimmer zurückgekehrt.

»Jemand hat versucht, sich zu Rydlanders Haus auf Lidingö Zutritt zu verschaffen. Frau Rydlander war in der Stadt gewesen, um die Beerdigung zu regeln, und als sie kürzlich zurückgekommen ist, da hatte jemand eine Leiter an den Balkon gestellt und da oben die Balkontür aufgebrochen, war aber offensichtlich aufgeschreckt worden und hat sich überstürzt aus dem Staub gemacht.«

»Kann das Zufall sein? Ein normaler Einbruchsversuch?«

»Selbstverständlich nicht. Es war der Mörder. Ich hätte es vorhersehen müssen. Es paßt ins Muster. Das Schlafzimmer geht zum Balkon hinaus, und das ist bestimmt der richtige Ort für eine Suche nach ... Wenn die Polizei die Sachen zuerst gefunden hätte, dann würde es nicht lange dauern, bis der Faden aufgewickelt wird. Und das ist dem Mörder vollkommen klar. Der Leiter der Ermittlungen hat einer Hausdurchsuchung zugestimmt. Sonst hätten wir es selbst in die Hand nehmen müssen, du und ich. Aber so bekommt das Ganze einen offizielleren Charakter. Wir können uns wohl für heute nacht auf einen neuen Besuch gefaßt machen. Ich frage mich, ob Frau Rydlander ... Ich muß ...«

Die verbliebene Zeit des Nachmittages saß der Staatsminister in der Bibliothek am Telefon. Ich selbst beschäftigte mich mit der vernachlässigten ägyptischen Sammlung. Die Arbeit bestand aus mechanischen Handgriffen, und die Gedanken kamen und gingen. Warum hatte der Mörder versucht, sich Zutritt zur Villa zu verschaffen? Offensichtlich befand sich etwas darin, das ihm gefährlich werden konnte – aber was? Etwas, das gegen ihn sprechen, ihn verraten würde, wenn es in die Hände der Polizei fiele und unter die Apparaturen der Leute von der Spurensuche käme?

Ich schob das Album fort und trat ans Fenster.

Es war ein nebeliger, ungemütlicher Tag ...

Und dann ahnte ich endlich, was es im Inneren des großen, ernsten Hauses gab und das der Mörder gesucht hatte und finden mußte, um auf freiem Fuß bleiben zu können.

Als der Abend an- und die Dunkelheit hereingebrochen waren, saßen wir in der Bibliothek.

Ich versuchte, meine Zeitung zu lesen, und der Staatsminister tigerte wie ein Tier im Käfig auf dem Teppich auf und ab. Das Telefon klingelte in kurzen Abständen, doch die Grunzlaute des Staatsministers gaben nur wenig Aufschluß darüber, was besprochen wurde und was da draußen vor sich ging, wo die Wählscheibe ratterte. Ich stellte keine Fragen. Früh genug würde ich alle Antworten erfahren ...

Das letzte Gespräch wurde kurz nach Mitternacht geführt, und dann fuhr der Wagen vor, und wir brausten durch die Nacht.

»Es geht um die Kleider«, sagte ich, »Svanbergs Mantel und Mütze, die in Rydlanders Haus liegen und die sich der Mörder beschaffen will, oder?«

Der Staatsminister nickte.

»Muß das nicht heißen, daß Rydlander ihn ermordet hat? Aber er ist doch auch von Mörderhand gestorben ... Haben wir es trotzdem mit zwei Mördern zu tun? Oder ... mit einem Mister X?«

»Nein, es ist nur einer. Ein alter Bekannter ...«

Ich sank im Sitz zurück und stellte keine Fragen mehr.

Das letzte Stück legten wir zu Fuß zurück. In der Villa brannte kein Licht. Wir gingen den Gartenweg entlang, und mir war klar, daß sie um uns herum sein mußten, die Polizisten, konnte sie aber nirgends entdecken. Und niemand hielt uns auf. Vor der unbeleuchteten Eingangstür hantierte der Staatsminister mit einem Gegenstand herum, und im nächsten Augenblick sprang die Tür auf.

»Wir müssen nach oben ins Schlafzimmer«, flüsterte er. »Da rechts ist ein Geländer ...«

Der Teppich auf der Treppe verschluckte all unsere Schritte.

Da oben flackerte die Taschenlampe über die Türen.

Er drückte eine der Klinken hinunter, und die Tür öffnete sich mit einem Spalt in eine Dunkelheit, die genauso undurchdringlich war wie jene, die uns umgab.

Einige Minuten standen wir auf der Schwelle zwischen Flur und Zimmer.

Die Dunkelheit *war* nicht mehr undurchdringlich. Aus der Schwärze vor unseren Augen waren blaue Rechtecke hervorgetreten, in denen ich die Fenster zum Balkon erkannte, vor denen die Vorhänge zugezogen waren. Dazwischen erahnte ich, mehr als daß ich es sah, einen Umriß – ein Bett? Und in der Dunkelheit war Leben. Die unidentifizierbaren, wechselnden Düfte, die der Mensch hinterläßt. Und leise, ganz leise drang der Laut von Atmen an mein Ohr.

Wir standen in der Tür zu Frau Rydlanders Schlafzimmer, die höchstpersönlich da drüben in ihrem Bett zwischen den Fenstern zum Balkon schlief.

Ein Geräusch wie von einem Menschen, der sich umdrehte, veranlaßte mich, den Arm des Staatsministers noch fester zu umklammern, doch ihr Atmen blieb ruhig und mir war klar, daß sie dank ihrer Schlafmittel barmherzig tief schlummerte.

Vorsichtig zog er mich wieder zurück in den Flur und half mir auf einen Stuhl. Die Tür zum Zimmer war leicht angelehnt gelassen worden.

»Der Balkon verläuft vor den Fenstern, und die Leiter liegt da drunter auf dem Boden«, flüsterte er. »So ist es am Nachmittag gelaufen. Und so wird es auch heute nacht laufen. Man braucht nur etwas, womit man die Splinte herausziehen kann, dann ist es nicht mehr schwer, die Balkontür aufzumachen ...«

Ich weiß nicht, wie lange wir so dasaßen. Eine Viertelstunde, eine Stunde? Die Zeit wurde wie die Schwärze um uns: konturlos, ohne Ende oder Anfang. Ich entsinne mich, daß ich versuchte, meine Gedanken um das Gewesene zu sammeln und um das Unfaßbare, das der Staatsminister im Laufe des Tage gesagt hatte: »Wir haben gedacht, der Mörder habe Svanberg ins Arbeitszimmer getragen oder sonstwie transportiert. Aber so ist es überhaupt nicht gewesen. Und Svanberg ist auch nicht von selbst hineingegangen ... Wir haben gedacht, er sei im Haus gestorben, aber das war falsch. Er ist allerdings auch nicht draußen gestorben ... Wir haben beide gesehen, wie er gestorben ist und wie er in den Schrank kam. Aber wir haben es nicht kapiert …«

Aber das ergab doch keinen Sinn und keinen Zusammenhang, und den konnte es auch nicht ergeben! Und ich ließ den Gedanken an das Vergangene fallen und bemühte mich, herauszufinden, was uns bevorstand. Wer war er oder sie, der oder die da draußen schon zwischen den Bäumen umherschlich, der oder die bald die Leiter an den Balkon stellen und über Glas und Leisten tasten würde? Jemand, mit dem ich gesprochen hatte, jemand, den ich kannte … Und aus welchem Grund kam er eigentlich her? Um nach dem Mantel seines Opfers zu suchen natürlich. Aber galt der Besuch auch noch einer anderen Sache und mehr? Forderte seine Sicherheit den Tod eines weiteren Menschen, der zuviel wußte? Sollte die Frau, die dort drinnen schlief, sein nächstes Opfer werden? Während des Mittagessens hatte sie, ohne daß es ihr bewußt war, etwas gesagt, das dem Staatsminister die Identität des Mörders preisgegeben hatte. Und der Mörder, der an demselben Tisch gesessen hatte, mußte es ebenfalls gehört und begriffen haben, und jetzt würde er kommen und dafür sorgen, daß er von dieser gesprächigen Frau nicht zu Fall gebracht wurde, und er würde bei dieser Sache genauso gründlich zu Werke gehen wie die Male zuvor … Aber wenn man jetzt die Absicht hatte, ihn ins Zimmer eindringen zu lassen, wie sollten dann wir beide ihn von dem abhalten können, worin der Grund seines Besuches bestand?

Alles um mich kam mir jetzt verändert vor. Die Dunkelheit war genauso undurchdringlich und die Augen genauso nutzlos wie zuvor, doch die Geräusche, die Geräusche drängten sich mir auf. Sie schien nicht mehr so tief zu schlafen, sie wälzte sich da drinnen von einer Seite auf die andere und seufzte in ihren Träumen. Und lag es an meinen überstrapazierten Nerven, die mir einen Streich spielten, oder kamen rundum aus dem Dunkel Laute? War es das Klopfen meines eigenen Herzens, das Geräusch meines eigenen Atems, das ich hörte? Oder ... oder waren wir nicht allein? Befanden sich Menschen um uns?

Dann kamen von draußen Töne. Greifbar, unverkennbar, definitiv – wie eine Tatsache nach einem Traum. Der Laut von Holz, das vorsichtig, unendlich vorsichtig auf Holz gelegt wurde, von schleichenden Schritten über den Metallboden des Balkons und von Händen, die über Türen und Fenster tasteten.

Ich griff nach dem Menschen neben mir, und er hatte sich vorgebeugt und saß wie sprungbereit da.

Und jetzt hatten die Hände vor dem Balkonfenster gefunden, was sie gesucht hatten, und sie arbeiteten zielstrebig, aber nicht vollkommen leise. Der Splint mußte alt gewesen sein und lose gesessen haben, oder die Hände waren an Arbeit dieser Art gewöhnt, denn jetzt war er fort, und das Erbeben des dunkelblauen Rechtecks verriet, daß die Tür dahinter aufgezogen wurde.

Ich beugte mich vor und spähte durch den Türspalt, und in dem kurzen Augenblick, da sich die Gardine ins Zimmer wölbte und die Stimmen der Nacht mit ins Zimmer drangen, lüftete der Raum vor meinen Augen einige seiner Geheimnisse. Ich sah das Bett und die Frau, die darin schlief, ich sah die Stühle und die Kommode und die Tür zum Wandschrank.

Doch jetzt war die Gardine zurückgefallen, und der Eindringling, den ich eben noch als Schatten gesehen hatte, verwandelte sich in etwas Dunkles vor noch dunklerem Hintergrund, zu etwas Konturlosem, das am Fenster wartete.

Dann blinkte ein Taschenlampenauge an der Wand, an den Schränken auf und war wieder verschwunden.

Jemand bewegte sich fort vom Fenster in den Raum hinein.

Ein paar nahezu lautlose Schritte.

Ein leises Knirschen, als der Schlüssel zum Wandschrank umgedreht wurde ...

Doch die Geräusche mußten stark genug gewesen sein, um bis ans Ohr der Schlafenden vorgedrungen zu sein und sie zu beunruhigen, sie zu wecken, denn ich hörte, wie sie hustete, sich umdrehte und etwas auf dem Nachttisch suchte.

Sie mußte die Lampe gefunden haben, denn nun brannte da drinnen Licht.

Durch die halb geöffnete Tür sah ich ihn.

Er stand am Wandschrank, den Rücken zum Bett, vollkommen reglos, als habe das Licht ihn nicht nur entdeckt, sondern auch gelähmt.

Dann wirbelte er herum, und ich fiel mehr als daß ich mich vorbeugte und beobachtete, wie er zwei Schritt Abstand vom Bett nahm, die schwere Taschenlampe hob und gewaltsam wie von Sinnen auf die Frau einschlug, die da lag, starr vor Schreck, und ich hörte das entsetzliche Krachen von zersplitternden Knorpeln und Knochen ...

Er holte mit dem Arm zu neuen Schlägen aus, als Leben ins Zimmer kam und all die Gestalten den Raum erfüllten, ihn ergriffen und zu Boden warfen.

Aber obgleich ich sah, daß er dort lag und mir klar war, daß er keine weiteren Gewalttaten mehr verüben würde, wußte ich auch, daß es zu spät war, daß alles zu spät war. Zu spät für die Toten und zu spät für die Lebenden ...

Ministerialrat Dååbhs letztes Opfer hatte in einer Falle der Polizei, vor den Augen des Staatsministers, den Tod gefunden.

29

»Es war lust... Wir waren dazu gezwungen«, sagte der Staatsminister. »Wir hatten keinen schlüssigen Beweis gegen ihn in der Hand, und bei einem normalen Verhör hätte er bestimmt kein Geständnis abgelegt. Der Einbruchsversuch, den er gestern begangen hat, hat mich auf die Idee gebracht, ihn sich selbst entlarven zu lassen.«

»Aber eine Puppe mit Perücke ins Bett zu legen und das Zimmer mit Polizisten vollzustopfen! Einer war sogar unter dem Bett!«

»Ja, ich gebe zu, des Ganze war etwas melodramatisch. Aber die Rechnung ist aufgegangen.«

Es war vor dem Mittagessen am nächsten Tag, und der Staatsminister lag auf dem Sofa, aß Nüsse und nahm ein alkoholfreies Erfrischungsgetränk zu sich. Nun war die Zeit für Fragen gekommen, und bei mir hatten sich viele angesammelt.

»Habt ihr Svanbergs Ledermantel gefunden?«

»Selbstverständlich. Er lag da, wo ich ihn vermutet habe. Ganz hinten im Wandschrank des Schlafzimmers, mit der Baskenmütze und der Aktentasche. Alles war voller Kratzer, Erde und Sand.«

»Sand?«

»Ja, er ist doch auf die Straße gefallen.«

»Auf welche Straße?«

»Auf die hier vorm Haus. Dem Skogsstigen.«

»Aber du hast doch gesagt, er sei nicht draußen gestorben!«

»Nein, ist er auch nicht. Wo stirbt man, wenn man weder im Haus noch draußen stirbt?«

»In ... in einem Auto?«

»Richtig. Svanberg ist in einem Auto ermordet worden.«

»In wessen?«

»In der Staatskarosse natürlich.«

Einen Augenblick lang schwindelte mir der Kopf bei dem Gedanken ... Dann entsann ich mich, wer das Auto von der Tankstelle abgeholt und wieder zum Haus des Staatsministers gefahren hatte, auf dunklen Straßen, vorbei an den Villen, an jenem Abend kurz nach halb elf Uhr ...

»Aber Dååbh *kann* Svanberg *nicht* umgebracht haben! Wie soll er den Leichnam in den Schrank bugsiert haben? Er ist doch am Mordabend nie allein im Arbeitszimmer gewesen!«

»Dååbh hat Svanberg umgebracht«, widersprach der Staatsminister. »Aber er hat ihn nicht ins Haus getragen.«

»Aber ... aber Svanberg kann kaum selbst hereinspaziert sein, wenn er im Auto gestorben war ... Wie ist er in den Schrank gekommen, wenn nicht der Mörder ...«

»Die Antwort ist ganz einfach, auch wenn es gedauert hat, bis ich drauf gekommen bin: Jemand anders hat ihn reingetragen.«

»Dann sind also zwei in den Mord verwickelt!«

»Nein, der andere, der ihn hergetragen hat, hat nichts mit dem Mord zu tun.«

»Versuch mir jetzt nicht weiszumachen, jemand geht dem Mörder zur Hand, indem er eine Leiche in ein bewohntes und beleuchtetes Haus trägt, ohne nicht selbst bis über beide Ohren in die Sache verstrickt zu sein!«

»Du hättest es selbst nicht anders gemacht, wenn du dazu in der Lage gewesen wärst. Die Absicht war nämlich ehrenhaft. Bedenklich wird es erst, als er den Leichnam im Schrank unterbringt. Wir sprechen übrigens von Mord und dem Mörder! Aber es war kein Mord.«

Ich gab auf. Wenn ein Mann in einem Auto erwürgt und dann auf die Straße geworfen wurde, mußte es sich doch im Namen aller Vernunft um Mord handeln ...

»Gib mir eine Nuß und erzähl dann, was eigentlich passiert ist! Alles zusammen, von Anfang bis Ende. Aber erspar mir überflüssige Details. Und mach es nicht komplizierter, als es ist!«

»Eigentlich war es überhaupt nicht kompliziert«, erklärte der Staatsminister und zerknackte eine Schale zwischen den Backenzähnen. »Nicht am Anfang. Svanberg ist einem normalen, banalen Gewaltverbrechen zum Opfer gefallen, eines, von dem elf auf ein Dutzend gehen. Wie ich schon gesagt habe, es war gar kein Mord. Es war Totschlag. Dååbh hat Svanberg umgebracht, aber eine Minute vorher wußte er noch nicht, daß er es tun würde. Er geriet nur wie andere Totschläger für wenige Augenblicke vollkommen außer sich vor Wut, war vollständig besinnungslos vor Raserei und wußte wohl kaum genau, was er tat, und hinterher hat er sich aus dem Staub gemacht. Svanbergs Tod ist ein sehr einfacher Fall. Rydlander ist schuld, daß daraus ein Rätsel geworden ist. Und er war es, der die Leiche ins Arbeitszimmer getragen und im Schrank versteckt hat. Und weil er es getan hat, mußte er sterben.«

»Du wolltest erzählen ...«

»Ja, ja, mache ich. Aber im Grunde haben du und ich die Puzzleteilchen eine Weile in Händen gehabt. Uns ist es nur nicht gelungen, sie richtig zusammenzusetzen. Wir wußten zum Beispiel, was Svanberg an dem Abend vorgehabt hat, der sein letzter sein sollte. Nach dem Nachmittag hier geht er hinüber zur Direktorenvilla und Anita Johansson. Um zehn Uhr kommt Direktor Johansson nach Hause, und kurz darauf stoßen aus unterschiedlichen Gründen Frau Svanberg und Frau Rydlander samt Konsul Karling dazu, und das Ganze bekommt tumultartige Züge. Egal, daran erinnere ich mich. Um halb elf Uhr oder kurz danach kann Svanberg über die Feuerleiter dem Tobsuchtsanfall des Ehemanns entfliehen. Er betritt den Lövstigen und macht sich auf den Weg zur Bushaltestelle am Stockholmsvägen.

Etwas früher ist mir im Arbeitszimmer eingefallen, daß die Staatskarosse, in der ich Japans Premierminister abholen soll, noch an der Tankstelle am Stockholmsvägen steht. Ich schicke Dååbh hin, sie abzuholen. Er geht fünf Minuten hin, beschimpft das Personal genauso lange und fährt dann über Parkgatan und Lövstigen hierher zurück. Als er um die Ecke biegt und auf meine Straße, den Skogsstigen, kommt, erblickt er eine bekannte Gestalt. Er lenkt den Wagen zu ihr hin. Es ist Viertel vor elf, und die Gestalt ist Svante Svanberg auf dem Weg zur Bushaltestelle.

Nach Dååbhs Aussage beim Verhör zufolge veranlaßte ihn ein plötzlicher Impuls zu bremsen. Er hatte das Gefühl, er müßte Svanberg ›ohne Zeugen ein paar wahre Worte‹ sagen. Andere Absichten hegte er nicht – und ich glaube, er sagt die Wahrheit. Svanberg, der wohl hoffte, eine Mitfahrgelegenheit nach Stockholm angeboten zu bekommen, stieg in den Wagen und war offensichtlich ganz der alte überlegene und ungenierte Charakter. Wir wissen es, und alle anderen wissen, daß sie zwanzig Jahre lang wie Hund und Katze gewesen sind. Durch Begabung, Glück und Dreistigkeit ist Svanberg ständig die Karriereleiter weiter nach oben geklettert, und von seiner hohen Stellung herab hat er seine weniger erfolgreichen, aber mehr rechtschaffenen Mitstreiter mit Hohn und Spott überschüttet. Wir sind übrigens beide im früheren Verlauf des Tages Zeugen gewesen, wie es zugehen konnte und wie sehr Dååbh sich über ein paar Sticheleien von seiten Svanbergs aufgeregt hatte. Egal, Svanberg nimmt auf dem

Beifahrersitz neben ihm Platz und fängt an, in seinem üblichen, Anstoß erregenden Stil fortzufahren. Den genauen Auslöser für Dååbhs Gewalttat kennen wir noch nicht, doch Svanberg sagt ein Wort zuviel, geht ein bißchen zu weit, und Dååbh verliert die Beherrschung, stürzt sich auf ihn und nimmt ihn in den Würgegriff. Svanberg holt mit der Hand aus, trifft ihn im Gesicht, und dabei entsteht der letzte und bis eben noch einzige ungeklärte blaue Fleck des Abends. ›Ich hätte im Traum nie daran gedacht, diesen dünnen Straußenhals zu packen und jedes verdammte Wort darin abzuklemmen‹, sagt er aus. Nach einer Weile – nach zehn, fünfzehn Sekunden, glaubt er, aber es muß bedeutend länger gewesen sein – löst er den Griff, öffnet die Wagentür und schubst ihn hinaus. Er sagt aus, es sei ihm nie in den Sinn gekommen, daß er hätte tot sein können. ›Ich wollte nur, daß er sein verfluchtes Großmaul hält.‹ Aber er ist stark und wütend, und Svanberg ist ein kleiner, dünner Mann, und sein toter Körper rollt herum und bleibt halbwegs dort im Graben liegen, wohin der Schein der Straßenlaternen kaum vordringt. Dååbh entdeckt die Aktentasche auf dem Boden, wirft auch sie hinaus auf die Fahrbahn. Sodann läßt er den Wagen wieder an und fährt an meiner Gartenpforte vor. Alles zusammen hat nur wenige Minuten gedauert. Er geht ins Arbeitszimmer, und wir sehen beide, in was für einem Zustand er sich befindet. Er ist weiß vor Wut, ihm zittern die Hände, und er schreit immer wieder ›dieser verfluchte Idiot‹. Seltsamerweise kümmern wir uns nicht weiter darum, weder da noch später. Die einzige Erklärung dafür muß sein, daß zumindest ich ihn schon viele Male zuvor genauso aufgebracht erlebt habe. Zu seinem Glück frage ich auch noch, ob etwas mit dem Wagen nicht stimmte, und er kann seine Mißerfolge auf die Tankstelle abwälzen, und wir erklären uns seine Aufregung mit diesen Erlebnissen. Dann gehen wir hinunter zum Wagen, und ich fahre ihn in die Staatskanzlei. Er sitzt während der Fahrt neben mir auf dem Platz, der noch immer von seinem Opfer warm gewesen sein mußte, und *auf dem Plaid, das ich im früheren Verlauf des Tages für dich dort hingelegt habe.* Die Fasern, die die Leute von der Spurensicherung in den Kniekehlen von Svanbergs und deinen Hosen gefunden haben, stammten natürlich von diesem Plaid. Und während des Kampfes, der sich abgespielt hat, bevor Dååbh Svanbergs Hals packte, wurde sein Gesicht für ein paar Augenblicke gegen die Rückenlehne und auf das Plaid gedrückt, und er atmete den Staub ein, der dann in seinem Mund und Rachen gefunden wurde. Egal, ich begleite ihn hinauf in die Kanzlei, um einige Unterlagen zu holen, und dort arbeitet er dann die ganze Nacht mit den Männern der Finanzabteilung.

Wäre es dabei geblieben, wäre der Mord oder besser gesagt der Totschlag bestimmt bald aufgeklärt worden. Ein Passant hätte ihn dann im Graben liegen sehen und die Polizei alarmiert. Ziemlich schnell hätte man durch die Spuren an Mantel, Mütze und Aktentasche herausgefunden, daß der Leichnam auf die Straße gefallen war; die Staatskarosse wäre untersucht worden, und das Plaid wäre einer Sonderuntersuchung unterzogen und Dååbh zum Verhör vorgeladen worden.

Doch das Schicksal wollte es anders.

Einige Minuten nachdem Svanbergs Leiche im Graben gelandet ist, tritt Rydlander seine Heimfahrt vom Abendessen im Haus wenige Blocks weiter im Skogsstigen an. Im Verhör hat er ausgesagt, er sei mit dem Bus dorthin gefahren und zurückgekommen. Aber da hat er gelogen. Er ist im eigenen Auto gefahren und hatte vermutlich etwas abseits geparkt, um die Ansammlung vor der Pforte zu meiden. Jedenfalls schien keiner der anderen Gäste darauf geachtet zu haben. Egal, Rydlander steigt in seinen Wagen und fährt den Skogsvägen hoch zum Stockholmsvägen. Ein kurzes Stück diesseits meiner Villa hat er das Gefühl, er habe etwas überfahren. Er hält an, steigt aus, um nachzusehen, was es ist. Er entdeckt einen Mann, der halbwegs im Graben liegt.

Sein erster und einziger Gedanke muß gewesen sein, er habe ihn überfahren. Die Beleuchtung der Straße ist schlecht, er ist nicht ganz nüchtern, und seine Sehkraft ist noch nicht einmal unter normalen Umständen besonders gut. Trotz des Schreckens und der Verwirrung erkennt er, daß er dem Überfahrenen schnell Hilfe herbeischaffen muß. Er sieht sich um und entdeckt, daß er kurz vor meinem Grundstück, nicht weit von der Gartenpforte steht. Er hebt den Körper hoch, und Svanberg ist mit seinen 51 Kilo eine schwere, aber keine erdrückende Last für einen kräftigen Mann von 92 Kilo, und trägt ihn zum Haus. In der unteren Etage brennt kein Licht. Automatisch folgt er den Kalksteinplatten geradeaus zum Arbeitszimmer, dem Weg, den er zu gehen gewohnt ist und der der kürzeste ist. Als er mit seiner Last in den Armen aufschließt, zerkratzt er das Schloß mit dem Schlüssel. In der Dunkelheit des Arbeitszimmers läuft er ein paar Stühle an der Tür um, ehe er den Körper auf dem Teppich ablegen und Licht machen kann.

Bis zu dem Zeitpunkt hat er vernünftigerweise geglaubt oder gehofft, daß der Mann, den er getragen hat, nur verletzt ist. Jetzt erkennt er Svanberg und sieht, daß er tot ist. In seinem panikartigen Zustand nimmt er an, er sei an inneren Verletzungen oder einer Kopfverletzung gestorben – das Gesicht war ja geschwollen und verfärbt nach den drei Schlägen, die er im früheren Verlauf des Tage hatte einstecken müssen. Der Wollschal verbirgt die Würgemale am Hals, sofern sie denn schon hervorgetreten sind.

Um zu begreifen, warum Rydlander dann so vorgeht, wie er es getan hat, müssen wir versuchen, uns in seine Lage zu versetzen. Nach allem, was er weiß, hat er in alkoholisiertem Zustand einen Menschen, einen Arbeitskollegen, überfahren und getötet. Für jeden anderen wäre die Situation äußerst ernst, für einen Mann in seiner besonderen gesellschaftlichen Stellung ist sie eine Katastrophe. Bis zu diesem Zeitpunkt hat er automatisch und instinktiv gehandelt: *Es ist darum gegangen, einem Verletzten zu helfen.* Alle Gedanken, alle Rücksichten haben dieser einen Sache weichen müssen. Aber jetzt, da er sieht, daß Svanberg tot ist und alle Hilfe vergebens, beginnt er, an die Folgen für sich selbst zu denken. Und die Versuchung überkommt ihn wie den meisten in seiner Lage: die Versuchung, vor allem zu flüchten, seine eigene Haut zu retten, zu verduften. Vielleicht hat niemand gesehen, was passiert ist ... Mit ein bißchen Glück und Geistesgegenwart ist noch alles zu retten: Ansehen, Position, Freiheit ...

Die Versuchung überkommt ihn, und er gibt ihr nach.

Den Leichnam hinauszutragen und wieder in den Graben zu legen, traut er sich nicht, das Risiko, daß jemand ihn auf der Straße oder dem erleuchteten Gartenweg sieht, ist zu groß. Die Leiche muß da bleiben, wo sie ist. Sein Blick fällt auf den Schrank ... Wenn er den Toten in dem Schrank dort versteckt, wird die Entdeckung wahrscheinlich entscheidend hinausgezögert, und wer Zeit gewinnt, gewinnt alles. Doch bevor er Svanberg dorthin trägt, zieht er ihm den Ledermantel aus – ihm ist eingefallen, daß sich seine eigenen Fingerabdrücke darauf befinden müssen. Er stellt die umgeworfenen Stühle auf und wischt die Flächen ab, die er berührt hat. Anschließend geht er aus dem Zimmer und läßt die Tür hinter sich wieder ins Schloß fallen. Daß Sand und Erde von Svanbergs Schuhen und Mantel auf den Teppich gefallen sein müssen, darüber denkt er nicht nach – aber am nächsten Morgen saugt Margareta wie immer die Räume. Sie reagiert auf den Schmutz nicht, sie ist daran gewöhnt, daß Leute allerlei vom Garten hereinschleppen.

Auf dem Gartenweg findet er Svanbergs Baskenmütze, die hinuntergefallen ist, als er die Leiche ins Haus getragen hat. Er steckt sie ein. Auf der Straße entdeckt er die Aktentasche.

Er ahnt es nicht, aber *im Grunde ist es dieser Gegenstand gewesen, den er überfahren hat.* Das erklärt, warum wir an dem Körper keine anderen Verletzungen gefunden haben – abgesehen von den Beulen im Gesicht und den Würgemalen. Die Hautabschürfungen auf dem Hinterkopf, von denen wir und der Gerichtsmediziner geglaubt haben, sie stammen von einem Schlag, mußten entstanden sein, als der durch die Baskenmütze geschützte Kopf beim Fall aus dem Auto auf die Straße aufgeschlagen ist. Weil Rydlander den Mantel und die Baskenmütze mitgenommen hat, haben wir alle Spuren vom Fall auf die Grabenkante verloren – außer den Grasflecken und der Erde an den Absätzen und Hosenaufschlägen. Ich war dumm genug zu glauben, daß Svanberg sie sich geholt hat, als er von Direktor Johanssons Feuerleiter gesprungen ist – als wenn man bei einem Sprung von einer Leiter mit den Absätzen aufkäme! Das Schicksal ist an diesem Abend wirklich grausam mit Rydlander umgesprungen: Er hält sich für einen Todesfahrer, aber weit gefehlt, daß er Svanberg umgebracht hätte, *er hat nicht einmal seinen toten Körper überfahren, sondern nur seine Aktentasche!* Damit nicht ruchbar würde, daß sich ein Unfall auf der wenig befahrenen Straße ereignet hat, nimmt er sie mit, als er davonfährt. Er weiß nicht, daß Anita Johansson von ihrem Schlafzimmerfenster das Auto auf der Straße hat parken sehen.«

Der Staatsminister goß einen Fruchtsaft hinunter und starrte grimmig ins Feuer.

»Hätten wir viel früher erkennen müssen, welche Rolle Rydlander in dem Drama gespielt hat?« murmelte er. »Ja, ich glaube schon. Er war nervös. Aber nervös war er schließlich immer, mehr oder weniger ...«

Eine Erinnerung erwachte in mir.

»Frau Rydlander hat doch gesagt, sie sei so ängstlich und außer sich gewesen, als er an diesem Abend endlich nach Hause gekommen ist! ›Er ist da unten stundenlang auf und ab gelaufen, es war richtig schrecklich.‹ Daß wir ihren Worten nicht weiter auf den Grund gegangen sind!«

»Und hinterher hat er natürlich von ihr verlangt, daß sie kein Wort darüber verliert, daß er an dem Abend das Auto gehabt hat – wahrscheinlich aus dem an und für sich wahrheitsgemäßen Motiv, daß er in alkoholisiertem Zustand gefahren ist –, doch bei dem Mittagessen hier hat sie sich verplappert. Ich entsinne mich übrigens jetzt, daß sie das schon getan hat, als wir uns draußen auf Lindingö mit ihr unterhalten haben. Und Rydlander konnte bei unserem ersten Gespräch auch den Mund nicht halten«, fuhr der Staatsminister fort. »Er hat gesagt, Svanberg sei ihm ›so leicht‹ vorgekommen. ›Leicht‹ war wohl in dem Zusammenhang ein Ausdruck, auf den wir hätten reagieren und etwas assoziieren müssen, das man trägt ... Und im nächsten Atemzug hat er gesagt, die Vorstellung sei schrecklich, daß Svanberg ›in diesem verräucherten Zimmer‹ ermordet worden sein solle. Als Rydlander kurz vor dem Abendessen aufgebrochen ist, hatte niemand in den Arbeitszimmern geraucht – alle wußten, daß er keinen Tabakrauch vertrug, und haben sich danach gerichtet. Am Abend glänzte Dååbh wieder durch Abwesenheit, und wir saßen wie im Nebel da. Als ich nachts um halb eins von Arlanda wieder zurück war, habe ich die Fenster aufgemacht und den Rauch abziehen lassen. Trotzdem hat Rydlander hier gesessen und davon gesprochen, daß Svanberg in ›diesem *verräucherten* Zimmer‹ gestorben sei! Wie konnte er das sagen? Tja, er muß da drinnen gewesen sein, nachdem Dååbh und ich das Haus um Viertel vor elf verlassen haben und ehe ich um halb eins zurückgekommen bin und gelüftet habe.

Am nächsten Vormittag haben wir Svanberg im Schrank gefunden. Und uns ist der alles entscheidenden Denkfehler unterlaufen, von dem wir dann nicht mehr losgekommen sind: *Wir gehen davon aus, daß die Person, die ihn in dem*

Schrank versteckt hat, ihn auch ermordet haben mußte. Und der Irrtum lag zweifellos nahe – wer, außer dem Mörder, hätte sich die Mühe machen sollen, eine Leiche in ein beleuchtetes Haus voller Menschen zu tragen und sie in einem Schrank zu verstecken? Der Schritt ist kaum anders zu erklären, wenn man davon ausgeht, daß der Mörder dafür verantwortlich ist. Aber die Maßnahme schien vollkommen widersinnig, wenn man davon ausging, jemand anders hätte es getan. Anfangs deutete schließlich alles darauf hin, daß das Arbeitszimmer auch der Tatort war: die Teppichfasern am Hinterkopf, der bis dahin noch nicht identifizierte Textilstaub im Hals, die umgeworfenen und wieder aufgestellten Stühle, die abgewischten Flächen und die Türklinken.

Unser Fehlschluß verhilft Dååbh zu einem nahezu perfekten Alibi. Er ist zwar zwanzig Minuten allein draußen gewesen, als er den Wagen von der Tankstelle geholt hat, aber wir haben der Tatsache weiter keine große Beachtung geschenkt, weil wir *wissen,* daß er den Leichnam nicht im Schrank versteckt haben kann. Im Verlauf des gesamten Abends war er schließlich nicht eine Minute allein im Arbeitszimmer gewesen. Bis halb elf halte ich mich mit ihm dort auf; als er von der Tankstelle zurück ist, sind wir alle drei dort. Dann setzen er und ich uns ins Auto, und den Rest des Abends und die halbe Nacht ist er in der Staatskanzlei, umgeben von Leuten. Sträng persönlich gibt dem Mörder ein Alibi. Aber dem Gerichtsmediziner zufolge ist Svanberg irgendwann zwischen halb elf und halb ein Uhr getötet und sein Leichnam im Schrank versteckt worden.

Der nächste Tag muß für Dååbh eine Überraschung gewesen sein, gelinde ausgedrückt. Nicht genug damit, daß Svanberg tot war, er begegnet ihm auch noch als im Schrank versteckte Leiche! Ihm ist klar, daß jemand seine Finger mit im Spiel hat. Aber wer? Und warum? Ihm ist indessen auch klar, daß er Glück gehabt hat, daß seine Spuren auf wundersame

Weise verwischt worden sind. Doch er schwebt trotz allem in Gefahr. Es muß nur sein unbekannter Helfershelfer auffliegen, und dann kommt die Polizei zu den Hinweisen, die sie zum Täter, zu ihm, führen muß.

Aber an der Sache kann er nicht viel ändern. Fragen, Neugier kann Mißtrauen erwecken ...«

»Ja. Ich erinnere mich, wie er mich gefragt hat, ob die Polizei eine Spur habe! Und dann habe ich gedacht, er habe sich verplappert – er betonte, du würdest die Ermittlungen leiten und daß das beruhigend sei. Und wie starrköpfig und zäh er daran festhielt, daß die Person, die Svanberg umgebracht hat, im Grunde eine gute Tat vollbracht habe!«

»Nein, mit seiner plumpen Art war Dååbh wirklich nicht der geeignete Mann, der verdeckte Ermittlungen durchführen konnte, und sein psychologischer Blick war nicht scharf genug, ihn in die richtige Richtung zu führen. Die Hinweise waren schließlich auch kein Kinderspiel – das Verhalten der meisten Menschen, die in ein Mordchaos verwickelt sind, ist mehr oder weniger von Anspannung oder Nervosität gekennzeichnet. Und Rydlander hatte doch schon im Alltagsleben eine ganze Menge von einem Zitteraal an sich.

Aber Dååbh findet am Ende seinen Mann: beim Mittagessen hier am Donnerstag. Auch für Rydlander mußte es eine schwere Woche gewesen sein. Am Tag nach dem Todesfall hat er herausgefunden, daß Svanberg nicht überfahren, sondern erwürgt worden war. Bestimmt hat er schon da überlegt, ob er zur Polizei gehen und erzählen soll, was er wußte und was er getan hat. Aber wir können beruhigt zugeben, daß das kein leichtes Unterfangen war, zu gestehen, bei einem vermeintlichen Verkehrsunfall mit tödlichem Ausgang Fahrerflucht begangen und einige seltsame Vorkehrungen getroffen zu haben, um das Ganze zu vertuschen. Sollte aber andererseits die Polizei von allein der Wahrheit auf die Spur kommen, gäbe es womöglich einen noch größeren Skandal.

Es war keine einfache Entscheidung, und er schob sie vom einen Tag auf den nächsten. Nach einer Woche des Zögerns und Zagens hatte er am Donnerstag endlich seine Entscheidung getroffen: Er würde mir von der Sache erzählen. Leider wurde ich aufgehalten, und er hatte nicht die Möglichkeit, beim Mittagessen oder bei anderer Gelegenheit mit mir zu sprechen.

Dååbh hat beim Verhör ausgesagt, er habe Rydlanders Verhalten angespannt und seltsam gefunden, während wir auf das Mittagessen warteten, und daß sich ihm der Verdacht aufgedrängt habe, er könnte die Leiche ins Arbeitszimmer getragen haben. Als Rydlander seine Frau im Garten allein zurückgelassen hatte und das Haus betrat, ging er ihm nach und bei einem Drink im Arbeitszimmer kitzelte er die ganze Geschichte aus ihm heraus. Sie standen schließlich schon seit alten Zeiten miteinander auf gutem Fuße. Dååbh sagt aus, ihm sei gleich klar gewesen, daß er ihn loswerden mußte. Rydlander war nämlich fest entschlossen, mir zu erzählen, was er getan hatte. Und wenn das bekannt würde, würde die Polizei, die schließlich allein die Ergebnisse der Spurensicherung und die genauen Zeitangaben kannte, herausfinden, wie sich alles abgespielt hat und was Dååbhs Alibi wert war. Dååbh versuchte zuerst, ihn zu überzeugen, es sei klüger, den Mund zu halten, aber damit hatte er keinen Erfolg. Da änderte er seine Strategie und tat so, als stimme er ihm zu, und forderte ihn auf, ihm zu zeigen, wie er den Leichnam im Schrank versteckt hat. Als wir gestern die seltsame Tatsache diskutierten, die Fingerabdrücke bewiesen, daß Rydlander selbst in den Schrank gestiegen ist und sich dort hingesetzt hat, hast du gemeint, daß es sich dabei vielleicht um eine Demonstration gehandelt haben könnte. Und damit hast du ganz richtig gelegen. Aber *es war nicht der Mörder, der da demonstrierte*, wie Svanberg im Schrank gesessen hat – das konnte er ja nicht wissen –, sondern der Mann, der Dååbhs Opfer ins

Haus getragen hat. ›Das Ganze war kurz und schmerzlos‹, versichert Dååbh. ›Rydlander hat dagesessen, und in dem einen Augenblick lebte er und im nächsten war er tot. Dann mußte nur der Hammer abgewischt werden, den ich mir vom Schreibtisch geschnappt und hinter dem Rücken versteckt hatte.‹

Beim Mittagessen danach hat er unangenehme Neuigkeiten erfahren. Frau Rydlander hatte Svanbergs Mantel und Mütze gefunden, die ihr Mann im Wandschrank des Schlafzimmers verborgen hatte. Ihr war bestimmt nicht klar, was das für Kleidungsstücke waren – sie hat offensichtlich geglaubt, daß das Sachen waren, die ihrem Mann mit seiner Veranlagung fürs Unpraktische von unseriösen Geschäftsmännern aufgeschwatzt worden waren, als er auf der Suche nach einem passenden Freizeitdress war, und die vorzuzeigen er sich geschämt hat. Dååbh hat schleunigst ihre Rede unterbrochen; er wußte, daß der Mantel eine tödliche Gefahr darstellte: Wenn Rydlander gefunden würde, dann würde die Polizei dessen Haus durchkämmen, und unter den Apparaturen der Spurensicherung würden dem Mantel seine Fingerabdrücke entlockt werden und den Fall am Straßenrand bezeugen. Rydlander würde mittels des Mantels nach seinem Tod noch sprechen.

Nachdem ich endlich alle Zusammenhänge durchschaut hatte, ahnte ich, daß Dååbh versuchen würde, sich den Mantel zu beschaffen. Ich behielt recht, er ist mitten am hellichten Tag gekommen, wurde aber vertrieben. Ich berief ein diskretes Empfangskomitee für seinen nächsten Besuch ein und sorgte dafür, daß Frau Rydlander bei ihrer Schwester übernachtete. Und den Rest, tja, den kennst du.«

Dem konnte ich nicht zustimmen.

»Du hast gesagt, wir hätten den ganzen Mord *gesehen!* Was hast du damit gemeint?«

»Ich habe es natürlich nicht im wörtlichen Sinne gemeint.

Aber wir haben es tatsächlich in einer Art übertragenen Sinne gesehen. Du erinnerst dich, wie Dååbh es nicht gelingen wollte, seinen Außenborder zu starten, und wie er sich in der Wut darauf stürzte, ihn losriß, ihn schüttelte, ins Wasser warf und dann einfach seiner Wege ging? *Genauso hat sich auch der Mord an Svanberg abgespielt!!* Dååbh hat da in dem Auto die pure Wut auf Svanberg übermannt, hat ihn am Hals gepackt, geschüttelt, zugedrückt und gedrückt, besinnungslos und blindwütig und hat ihn dann hinausgeschubst und sich aus dem Staub gemacht. Und genauso wie sich Rydlander später des Leichnams angenommen hat, so ist dieser junge Bursche hinunter zum Bootshafen gekommen und hat sich um den Motor gekümmert! Die Episode war in der Tat dazu geeignet, uns Dååbhs Veranlagung und Temperament blitzlichtartig zu erhellen. Wir haben uns darüber lustig gemacht, daß er wie ein Mörder aussieht. Doch das Aussehen sagt sehr wenig über einen Menschen aus. Woran wir uns hätten halten sollen, das waren sein Auftreten und seine Eigenschaften. Wir wußten, daß er einen Hang zur Gewalttätigkeit hatte, wir haben mehrere seiner Wutausbrüche miterlebt. Denk nur daran, wie er auf den Schrank im Arbeitszimmer losgegangen ist, während wir uns im anderen versteckt hatten! Aber das einzige, was ich dabei herausfand, war die falsche Schlußfolgerung, daß ein Mann, der den Riegel nicht kannte, folglich den Schrank nicht öffnen, auch nicht den Toten hineingelegt haben konnte und also des Mordes nicht schuldig war ...«

»Bei einer Gelegenheit bist du trotzdem ›psychologisch im Bilde‹ gewesen«, erinnerte ich ihn. »Aber da warst du der Meinung, der Mord mache den Eindruck, als sei er beherrscht und kaltblütig ausgeführt, daß es gerade nicht auf Dååbh als Täter schließen ließ. Du konntest ja nicht ahnen, daß es die Spuren von Rydlanders ordnender Hand waren, die wir im Arbeitszimmer entdeckt haben.«

»Rydlander, ja«, hakte der Staatsminister ein. »Die Aktentasche war schließlich auch bei ihm zu Hause. Noch mit allen Papieren, außer dem Bergbaubericht. Den hat natürlich Karling rausgenommen. Aber auch da ist uns ein kleiner Fehler unterlaufen. Als er am Mordabend zu Svanbergs Haus gegangen und im Flur zufällig mit der Ehefrau zusammengestoßen ist, da ist das nicht geschehen, um sich das Gutachten zu *beschaffen* – das hatte er schon am Nachmittag im Arbeitszimmer erledigt –, sondern um es wieder an seinen Platz *zurückzubringen,* ehe Svanberg den Verlust bemerkt. Verscheucht von Svanbergs Frau, ist er zu Anita Johansson gegangen, um sie zu bitten, die Unterlagen am nächsten Morgen in Svanbergs Aktentasche zu schmuggeln. Doch der Direktor war ja zur Jagd angetreten, so daß er sein Anliegen nie hatte vorbringen können. Statt dessen hat er das Gutachten am späten Abend per Post in die Staatskanzlei geschickt, ehe er erfahren hat, daß Svanberg tot war.«

»Und wer hat Svanberg am Nachmittag im Garten niedergeschlagen?«

»Direktor Johansson natürlich. Und etwas später hat er versucht, auch mich zu erschrecken – Verführer Nummer zwei seiner Frau, wie er zu glauben schien –, indem er diesen Apfel ins Arbeitszimmer geworfen hat. Er hat eine Schwäche fürs Werfen, dieser Johansson ...«

An dieser Stelle kamen fünf Kinder und ein Hund hereingerauscht und verkündeten, das Abendessen sei aufgetragen.

Es mußte fast zwölf Uhr an diesem späten Septemberabend gewesen sein, als das Telefon klingelte.

Ich tappte aus dem Dunkeln und fand den Hörer.

Der Staatsminister war am anderen Ende der Leitung.

Lange bevor er ein Wort herausgebracht hatte, während er noch keuchte, schnaufte und sein »Hallo« schrie, war mir die Situation klar. Er würde Vater werden. So mußte es sein – er sah wieder Vaterfreuden entgegen. Ich hatte es schon so viele Male zuvor erlebt, und alles stimmte. Die aufgeregte Stimme, die seltsam späte Tageszeit zur Verbreitung der Neuigkeit – bei meiner Schwester und dem Staatsminister scheinen sich die trauten Momente, ihre blauen Stunden um Mitternacht einzustellen, wenn er von den wichtigen Gesetzesvorschlägen des Tages und sie von den neuen Kleinen berichtet. Ich zählte an den Fingern ab – auch der Termin für die Niederkunft wäre gang und gäbe. Die Frischlinge in der Familie erblicken gewöhnlich in der Morgendämmerung des Spätwinters das Licht der Welt, wie eine Sorte von abgehärteten, winterfesten Kräutern.

»Kannst du dir vorstellen, was heute nachmittag passiert ist?«

»*Passiert?* Heute nachmittag? Meine Güte, kann man das heutzutage sofort feststellen? Aber .. aber seid ihr wirklich vollkommen sicher, daß es …«

Ich hatte die Hoffnung wachsen gespürt.

»Doch, ich habe eine Abordnung vom Müttergenesungswerk hier im Haus empfangen, und da ist etwas aus dem Schrank gefallen! Weißt du was? Dreimal darfst du raten! Aber du findest es beim ersten Mal raus!«

Es war kein Scherz. Ich wußte es. Es war wieder passiert, auf unerklärliche, erschreckende, irrationale Weise war es wieder passiert, und alles würde wieder von vorn anfangen. Die Polizeiverhöre, die Zeitungshysterie, die schrecklichen Hausbesuche in Gesellschaft des Staatsministers – ich würde wieder alles von Anfang bis Ende mitmachen. Die Lebenslust versiegte mit den Kinderjahren; jetzt spürte ich, wie auch der Lebenswille nachließ.

Ich tastete auf dem Tisch, und die Hand griff nach dem Röhrchen. »1 Tabl. bei innerer Unruhe, 2 Tabl. bei starker Gemütserregung« hatte der Doktor auf das Rezept geschrieben. Arznei sollte in Maßen eingenommen werden, und bis dato hatte ich mich nie, nicht einmal während der Schrecknisse in Spånga, dazu verleiten lassen, die 1-Tabletten-Grenze zu überschreiten.

Doch dies war, hatte ich das Gefühl, durchaus eine Situation für 2 Tabletten.

»Hallo! Hallo? Bist du da? Ja, ein Körper ist rausgefallen! Ein großer, lebloser Körper mit einer unschönen Quetschwunde am Kopf! Der ganze Kopf war Mus und rot, und die Frauen haben geschrien und sind in Ohnmacht gefallen, aber ich habe kühlen Kopf bewahrt ...«

»Die Polizei! Was sagt die Polizei?«

»Die Polizei? Ich habe die Polizei nicht verständigt!«

Ich hatte kein Wasser zur Hand, darum zerkaute ich die Tabletten. Der Staatsminister beabsichtigte diesmal offensichtlich, die kriminaltechnischen und die medizinischen Untersuchungen selbst in die Hand zu nehmen. Der Fall des Staatsministers ... Der eigene Fall des Staatsministers ... Gott, steh mir bei, dachte ich, Gott, steh mir bei!

»Da braucht man doch keine Polizei! Es waren doch die Kinder, verstehst du. Sie haben eine Puppe verkleidet, die sie beim Ringkampf benutzen, und haben sie mit Ketchup und Preiselbeermarmelade beschmiert. Erfinderische kleine Rakker, was? Ich habe neulich den Staatspräsidenten angerufen, habe gewußt, daß auch er die Geschichte lustig finden würde, er selbst hat doch auch Jungs.«

Aber ich erfuhr die Geschichte nur bis zur Stelle mit dem leblosen Körper im Schrank, dann war etwas zu hören, das wie ein schwacher Schrei und ein dumpfer Aufprall klang, und anschließend wurde die Verbindung unterbrochen. Eins von seinen Kindern war natürlich nach Hause gekommen. »Du kommst doch morgen mit in den Freizeitpark, oder? Wir wollen Åkes Geburtstag feiern. Åkes! Aber du weißt doch, wer Åke ist! Nummer acht: Anders, Eva, Britta, Nils, Rolf,

Kristina, Kerstin, *Åke?* Er wird zehn. Ich habe den ganzen Park für den Abend gemietet, da haben wir schön unsere Ruhe, nur wir und die Kinder und ihre Freunde. Die neue Berg-und-Tal-Bahn ist Spitze, mit einer Geschwindigkeit bis zu 50 Kilometern in der Stunde und einem Höhenunterschied bis zu zwanzig Metern. Das wird dich aufmuntern, du klingst ein bißchen abgeschlafft, finde ich. Es kann natürlich auch zu Entgleisungen kommen, aber das passiert bestimmt nicht so häufig. Du darfst so viel Popcorn und Zuckerwatte essen, wie du willst, und die haben eine Schiffsschaukel, die sich mit einer Geschwindigkeit von zwei Runden die Sekunde mehrere Minuten lang dreht, und dann, schwupps, hängt man kopfüber in der Luft. Vergangenes Jahr haben nur Cecilia und ich uns nicht übergeben, da mußt du mit der Zuckerwatte vielleicht bis hinterher warten ... Nein, jetzt werde ich noch mal versuchen, Palme zu erreichen. Was für Kinder! Stopfen einfach so ein großes, vollgeschmiertes Ungetüm in den Schrank ...«

Während ich wartete, daß die Tabletten ihre Wirkung taten, lag ich im Dunkeln und sann darüber nach, was schlimmer gewesen wäre: ein neues Staatsministerkind oder eine neue Leiche.

Ehe ich Klarheit darüber gewonnen hatte, schlummerte ich ein.

Glossar

Birger Jarl — (1200–1266), schwedischer Regent, gilt als Gründer Stockholms, sicherte durch Handelsverträge mit der Hanse den steigenden schwedischen Wohlstand

Tage Erlander — schwedischer Ministerpräsident von 1946 bis 1969

Lennart Geijer — sozialdemokratischer Staatsminister und Justizminister

Karl XII. — (1682–1718), schwedischer König, siegte mit seinen Truppen im 2. Nordischen Krieg (1700–1721), verlor beim Kampf gegen Rußland die entscheidende Schlacht bei Poltawa (1709), in der schwedischen Dichtung ein Nationalheld, in der übrigen europäischen Literatur ein kriegerischer Abenteurer

Olof Palme — schwedischer Ministerpräsident von 1969 bis 1976 und von 1982 bis 1986

Gunnar Sträng — sozialdemokratischer Finanzminister von 1955 bis 1976